Niemandsland
Robert Eben

Robert Eben wurde im März 1985 in Deggendorf geboren. Bereits in der Schulzeit begann er, Kurzgeschichten zu schreiben und sich für die Literatur zu begeistern.

Sein Debütroman *Gänzlich verloren...* erschien im Juni 2006. Es folgte der autobiografische *Roman Fleur et Papillon* , *Nachtschwarz – Die Geschichte einer ungewöhnlichen Freundschaft,* und *Die Vögel am Horizont*. Außerdem erschien der Kurzgeschichtenband *Blühende Gärten,* sowie der Lyrikband *Unerreichbar nah* . Er lebt und arbeitet in Deggendorf.

Niemandsland
Roman

Robert Eben

Bibliografische Information der Deutschen Nationalbibliothek
Die Deutsche Nationalbibliothek verzeichnet diese Publikation
in der Deutschen Nationalbibliografie; detaillierte
bibliografische Daten sind im Internet unter http://dnb.d-nb.de
beziehbar.

© November 2016 Robert Eben
Eichenblatt Literatur, Förderung junger, deutschsprachiger Literatur
Titelbild & Gestaltung: Stefan Birne
Lektorat: Helena Reich
www.eben-robert.de

Herstellung und Verlag:
BoD - Books on Demand, Norderstedt

1. Auflage
ISBN: 9783741299278

Inhalt

Teil I
Der 1. Aufbruch, S. 7

Teil II
Das Dorf am Rande der Welt, S. 51

Teil III
Der 2. Aufbruch, S. 175

Teil IV
Zwischenbilanz, S. 202

Teil V
Die Rückkehr, S. 223

Für Stefanie und Melanie – danke für die tiefe Freundschaft!

> *The only thing they want*
> *is a universal war*
> *I don´t know*
> *if I can take it anymore*

Nick Woodland
(„Smell the roses" - Album: The Beacon)

Teil I
Der 1. Aufbruch

Winter 1969

Die Gäste des überfüllten Lokals applaudierten und pfiffen vergnügt auf den Fingern, als die Musikanten zu spielen aufgehört hatten. Es waren drei Roma-Männer, die beiden Geiger etwas älter, der Harfenist hingegen mochte noch keine zwanzig sein, er wirkte etwas scheuer als seine Kollegen und hatte immer wieder verstohlen ins Publikum geblickt, während den Älteren Lampenfieber fremd zu sein schien. Die wiedergegebenen gefühlvollen Lieder hatten sie mit ganzer Leidenschaft gesungen, zwischen den Stücken tiefe Züge aus ihren Bierkrügen genommen und nun, nach der vollendeten Darbietung ließen sie einen zerschlissenen, graubraunen Hut durch die Menge gehen.

Als die Musiker ihre Instrumente verstaut, den gefüllten Hut wieder an sich genommen und gegangen waren, um in der nächsten Kneipe ein paar ihrer Lieder zu singen, waren die Leute schon wieder in ihre Gespräche vertieft. Jan hatte gerade einen Schluck Bier getrunken, als ihm Ludvik einen Klaps auf die Schulter gab.

„Schade, dass Alena nicht mehr bei uns sein kann," bemerkte er mit einem verstimmten Lächeln. „Der lustige Abend hätte ihr bestimmt gefallen."

„Ja," seufzte Hanka. „So viel gelacht haben wir schon lange nicht mehr. Wirklich schade, dass sie nicht hier ist."
Jan lachte auf und sah seine beiden Freunde schmunzelnd an. Sie waren schon zusammen zur Schule gegangen und auch während der Zeit des Studiums verloren sich die drei nicht aus den Augen, obwohl sie sich unterschiedlichen Richtungen hingewandt hatten. Jans jüngere Schwester Alena war im Grunde genommen nur selten mit ihnen unterwegs gewesen, aber seit ihrer Emigration nach Österreich vor ein paar Monaten, sprachen Hanka und Ludvik immer öfter von ihr.

„Mir scheint, ihr seid ein wenig neidisch", meinte Jan etwas spöttisch und als er keine akustische Antwort bekam, es den beiden aber in ihren Gesichtern ablesen konnte, eröffnete er, dass es ihr dort sicherlich besser ergehe. „Alena wollte etwas erreichen, was sie in Prag nie bewältigt hätte. Mit ihren Bildern hat sie etwas geschaffen, was den Unsrigen niemals klar geworden wäre."

„Deswegen ist sie ja auch auf die Straße gegangen...," erinnerte sich Hanka. „Für mehr Freiheit, auch in der Kunst."

„Was macht es schon aus, welche Bilder jemand malt?" fragte sich Ludvik.

„Sie sollten mehr Heimatverbundenheit zeigen, Genossin!" äffte Hanka einen der Professoren der Kunstakademie nach. „Furchtbar!"

„Du sagst es! In Österreich wird ihr wohl niemand mehr vorschreiben können, wen oder was sie malt," entgegnete Ludvik.

„Lasst uns lieber von etwas anderem als der Vergangenheit sprechen," meinte Jan und wandte sich an Hanka. „Wie geht es Markétka?"

„Sie wächst und gedeiht," lachte sie. „Aber, wenn ich meine Eltern nicht hätte, würde es ihr wahrscheinlich nicht so gut gehen."

„Großeltern und ihre Enkel...," sinnierte Jan.

„Vermisst du Petr noch ab und an?" fragte Ludvik.

„Spinnst du?" entgegnete Hanka mit gespieltem Entsetzen und gab Ludvik einen Stoß in die Rippen. „Ich bin froh, dass der Kerl sich nicht mehr blicken lässt."

„Wird Markétka nicht irgendwann nach ihrem Vater fragen?"

„Mit Sicherheit, aber bis dahin ist es zum Glück noch ein Weilchen hin..."

Die drei Freunde prosteten sich lachend zu. Um sie herum herrschte weiterhin ein fröhliches Treiben. Die Kneipe war eine der ältesten in diesem Teil Prags. Zwar war das Mobiliar schon ziemlich verschlissen, aber das konnte dem Charme der Wirtschaft keinen Abbruch geben. Auf einem Bretterbord, das sich rings um die Wände zog, standen Bierkrüge und -gläser verschiedenster Epochen, über der Bar aus dunklem Holz hatten sich Flaschen aus aller Welt angesammelt. Die verrauchte Luft trübte etwas die beigen Wände.

Gewandt schob sich eine beleibte Bedienung mit hoch aufgeschobenem Busen durch die Menge und balancierte ein Tablett mit Biergläsern über ihrem Kopf.

„Hey Martha, noch eine Runde für uns!" rief Jan ihr zu. Sie kam an ihren Tisch und stellte das Bier ab.

„Mach aber langsam, nicht, dass du wieder unter dem Tisch landest", spottete sie keck.

„Ach komm schon!" wandte Ludvik ein. „Das eine Mal ist doch schon längst vergessen."

„Du musst gerade reden", entgegnete die Bedienung prompt und lachte. „Nach allem, was ich von dir im Rausch schon erlebt habe. Steht dein Angebot mit der Heirat eigentlich noch?"

„Heirat?" Ludvik starrte sie verwirrt an. Die übrigen drei brachen in schallendes Gelächter aus.

„Na, du hast Martha doch einen Antrag gemacht, als wir das letzte Mal hier waren", klärte Hanka ihn auf.

„Hm...", meinte er nachdenklich. „Vielleicht sollten wir es für heute bei diesem Bier belassen."

„Wenn du mich nicht willst, kannst du auch gerne Olga aus der Küche fragen", meinte Martha verschwörerisch und zwinkerte ihm zu. Schnell warf Ludvik einen Blick in Richtung Küche, wo Olga sich gerade ihre Hände an der Schürze abwischte. Ihr schütteres Haar war fettig vom Dunst des Essens und ihre plumpe Erscheinung watschelte eher durch ihr Reich, als das man es gehen hätte nennen können.

„Ist dir wohl nicht gut genug?" Martha warf ihm einen gespielt bösen Blick zu. „Na warte, das erzähle ich dem Wirt, der wirft euch hochkant raus!"

Vor lachen konnten Jan und Hanka kaum noch an sich halten. Ludvik rutschte nervös auf seinem Stuhl herum und nahm einen kräftigen Zug vom Bier.
„Wir sollten langsam gehen, der Boden ist mir hier ein bisschen zu heiß."
Nachdem sie ausgetrunken hatten, verließen sie die Kneipe. Der Wind wehte kalt durch die Häuserschluchten und es hatte leicht zu schneien begonnen. Jan und Ludvik hakten sich links und rechts bei Hanka ein und schritten durch das nächtliche Prag. In diesem Teil der Stadt war zu dieser späten Stunde nicht mehr viel Verkehr auf den Straßen und nur vereinzelt kamen ihnen Passanten entgegen. An einer Ecke zwei Straßen weiter verabschiedete sich Jan von seinen Freunden und kehrte allein zu seiner Wohnung zurück.
Er spazierte durch die Straße in der das alte Haus lag, in dem er wohnte. An den Rändern standen ein paar Fahrzeuge, der Asphalt war brüchig und unförmige Löcher wurden vom Schnee freigelassen, während der Rest von einer leichten Schneeschicht bedeckt worden war. Ein paar Schuhabdrücke durchzogen den Gehweg.
Die Häuser dieses Viertels stammten aus dem Ende des 19. Jahrhunderts, ihre Fassaden waren über die Jahre hinweg rissig geworden, der Putz bröckelte und die Farben verblassten allmählich. Im Treppenhaus roch es nach vermoderter Luft, die aus dem Keller heraufkam und sich bis unters Dach ausbreitete.
Jan schloss die Tür zu seiner Wohnung auf. Im selben Augenblick war ihm, als hätte er Geräusche aus

seinem Wohnzimmer gehört. Es ließ die Tür leise ins Schloss schnappen und betrat den Raum. Plötzlich wurde das Licht eingeschaltet und Jan erkannte zwei Männer, die im Zimmer standen. Einer von ihnen war schäbig gekleidet, während der andere eine dunkle Stoffhose und ein weißes Hemd mit Krawatte trug. Auf dem Schreibtisch lag ein unförmiger Hut. Ein dritter stand hinter Jan, er hatte den Lichtschalter betätigt.
Erschrocken betrachtete Jan die drei Eindringlinge. Doch bevor er noch etwas sagen konnte, hatte der dritte Mann seine Arme gepackt und hielt sie hinter seinem Rücken fest. Sein fauliger Atem drang ihm in die Nase, ein kurzer Schmerz durchzuckte seine Schultern.
„Was wollen Sie hier?" fragt Jan entsetzt.
Der Mann mit der Krawatte hielt ihm seine Polizeimarke hin.
„Bleiben Sie ruhig, Herr Barták", sagte er, seine Augen funkelten dabei hasserfüllt, ein hämisches Grinsen auf den Lippen.
„Was wollen Sie?" fragte Jan noch einmal.
„Sie haben eine Schwester Namens Alena Bartáková, nicht wahr?" stellte der Polizist fest und als Jan nicht antwortete, sprach er weiter.
„Vor einem halben Jahr ist sie emigriert und nach Österreich gegangen. In der Universität fanden wir Bilder von ihr, die sich gegen unser Land richten. Es fanden sich Sprüche wie *Freiheit, Demokratie* oder *Unabhängigkeit der Tschechoslowakei* darin eingearbeitet. Wir brauchen Ihnen als einen

vernünftigen Menschen ja nicht zu erklären, wie hirnrissig solche Aussagen sind, denn all dies gibt es in unserem Land. Ihre Schwester wollte damit nur zu einem nicht gerechtfertigten Protest aufwiegeln."
Der Polizist schob seinen Hut beiseite und setzte sich an die Kante von Jans Schreibtisch, noch immer das Grinsen auf den Lippen. Jetzt fing der neben ihm Stehende zu sprechen an.
„Genau wie ihre Teilnahme an den Protesten am 21. August vorigen Jahres, als uns unsere sowjetischen Freunde dabei unterstützten, die Konterrevolution niederzuringen."
„Das muss ein Irrtum sein," entgegnete Jan und versuchte sich aus dem Griff des dritten Mannes zu befreien.
„Nicht im Geringsten. Wir haben mehrere Fotos, auf denen Alena Bartáková eindeutig zu erkennen ist. Auf einem kann man sehen, wie sie ihre Faust erhoben hat und etwas zu eine der sowjetischen Mannschaftswagen brüllt. Und dem Gesichtsausdruck zu entnehmen, sind es keine Nettigkeiten."
„Darüber hatten wir doch schon nach der Ausreise meiner Schwester gesprochen. Es dauerte damals keinen Tag, bis Ihre Kollegen unsere Eltern und mich dazu verhörten. Was wollen Sie also noch? Ich kann Ihnen nicht mehr dazu sagen als damals."
Einige Sekunden lang stand Jan im Griff des dritten Polizisten gefesselt da und schaute ungläubig auf die beiden anderen Männer. Der Sitzende kramte in einer schwarzen Aktentasche, während der andere ihn streng musterte.

„Das glaub ich Ihnen nicht, Herr Barták," sagte der Sitzende. „Außerdem haben wir in Ihrer Wohnung diese Fotos gefunden. Wie können Sie uns das erklären?" fragte er nachdem er einen dünnen Stapel Fotos aus der Aktentasche hervorgeholt und sie seinem Kollegen gegeben hatte. Dieser blätterte sie langsam vor Jan durch, sodass er sie sehen konnte.
Es waren Bilder vom Tag des Einmarsches der sowjetischen Truppen. Sie zeigten beflaggte Panzer und Soldaten in Mannschaftswagen, ihre leeren Blicke in die empörte Menge um sie herum gerichtet. Protestierende warfen Steine nach den Fahrzeugen, andere hatten eilig geschriebene Spruchbänder in den Händen. Brennende Autos und Busse, eingeknickte Straßenschilder und Laternenmasten. Und immer wieder Menschen, die ihre Wut den vorbeifahrenden Soldaten hinterher riefen. Sie warfen nicht nur Steine, ein alter Mann schlug mit seinem Spazierstock gegen einen Panzerwagen. Die Bürger der Tschechoslowakei hatten sich gegen die sowjetischen Eindringlinge verbündet, fast war es, als könnte man ihre wutentbrannten Schreie und das dröhnen der schweren Panzer jetzt, nach fast anderthalb Jahren, noch immer hören, wenn man die Fotos betrachtete.
So viele Emotionen kochten an diesem Tag in Prag über. Jan war mit seiner Schwester und Ludvik inmitten des brodelnden Schauplatzes, hielt seine Kamera in jede erdenkliche Richtung, um alles einfangen zu können. Viele davon waren verwackelt oder zeigten einfach nur Schwarz. Er erinnerte sich, wie sie trotz der beklemmenden Situation inmitten

von Rauch und über den Platz knallenden Schüssen ein wenig Glück und Freude bei dieser Versammlung empfunden hatten. Sie dachten, sie würden als tschechisches Volk alles schaffen, Alexander Dubčeks Ziele des gemäßigten Sozialismus, Presse- und Reisefreiheit sowie auch für Wissenschaft und Kultur. Keiner hatte es sich erahnen lassen, dass dies nach so langer Zeit des Stillstandes in ihrem Land eintreffen würde.

„Ihr Schweigen bringt Ihnen überhaupt nichts, Herr Barták", sagte der linke Polizist. „Wir wissen nämlich, dass Sie auch an solchen Veranstaltungen teilgenommen haben."

Er legte ein Foto auf den Tisch, auf dem Jan eindeutig zu erkennen war. Neben ihm stand Alena, im Hintergrund war die aufgebrachte Menge der Demonstranten zu sehen.

„Wer hat die Bilder aufgenommen?" fragte der linke Polizist, diesmal nachdrücklicher und als hätte die erhobene Stimme seines Kollegen ihm ein Zeichen gegeben, verhärtete der Mann hinter Jan den Griff. Aber, noch immer schwieg er.

„Na gut, wie auch immer", entgegnete der rechte Polizist. „Sie brauchen nicht mit uns zu kooperieren. Allerdings wäre es ratsam." Sein Blick wanderte von Jan zu seinem Kollegen und wieder zurück, dann griff er hinter sich und zog einen dünnen Stoß Papiere hervor, den er schwungvoll vor Jans Füße warf, als sei dieser ein Hund, dem man einen Knochen vorwirft. „Wenn Sie uns nicht sagen, wer die Fotos gemacht hat und wer noch mit Ihnen bei den weiteren, nicht genehmigten Versammlungen war, werden wir Maßnahmen gegen Sie in die Wege leiten. Oder wollen Sie bestreiten, dass Sie diesen Artikel geschrieben haben, Herr Barták?"

Schlagartig fühlte Jan, dass die Männer ihn in der Hand hatten. Gedankenverloren starrte er auf die vor ihm liegenden Seiten des Gehefts. Damals, in seiner Euphorie, war ihm nicht klar gewesen, was er damit anrichten würde. Im Gegenteil, war er davon überzeugt gewesen, dass durch die Veränderungen in der Tschechoslowakei ein neues, helles Licht zu leuchten begonnen hatte. Damit war Jan, wie so viele Bürger in seinem Land, einem Irrtum aufgesessen.

In diesem Bericht hatte sich Jan all das von der Seele geschrieben, was ihm durch Dubčeks Neuerungen im Kopf umging. Er lobte die neuen Freiheiten für das Volk und wie wichtig diese für die Menschenrechte waren. Allerdings war der Artikel von mehreren Zeitungen und Verlegern zurückgewiesen worden, da es zu dieser Zeit ein Überangebot an solchen Gedanken und Meinungen gegeben hatte. Somit war er irgendwann in Vergessenheit geraten. Wahrscheinlich hatten die Polizisten ihn in seinem Schreibtisch gefunden und konnten ihn somit gegen ihn verwenden.

„Sie können sich entscheiden", meinte der linke Polizist. „Entweder, Sie nennen uns bis morgen die weiteren Beteiligten, oder wir werden Sie dafür zur Rechenschaft ziehen. Es ist Ihnen doch sicherlich bewusst, dass ein Mann in Ihrer Situation nicht mehr als Lehrer arbeiten kann. Was sollen die Eltern der

Kinder denken, die Sie unterrichten, wenn Sie davon erfahren würden?" Er deutete nochmals auf die vor ihnen liegenden Blätter, schloss seine Aktentasche und rutschte von der Kante des Schreibtisches. „Aber, vielleicht können wir noch etwas für Sie tun."
„Lass ihn los," sagte der rechte zu seinem Kollegen hinter Jan gewandt. „Kommen Sie morgen um vierzehn Uhr zu uns ins Büro. Hier ist die Adresse."
Mit lautem Krach zogen sie die Tür hinter sich zu.
Jan sah sich im Zimmer um. Sämtliche Schubladen waren durchwühlt, seine Bücher achtlos vom Regal auf den Boden geworfen, manche von ihnen lagen geöffnet auf ihren zerknitterten Seiten. Die Sitzflächen der Couch lagen auf dem Boden, der alte, abgetretene Teppich zusammengeschoben darauf.
Die Küche hatten die Männer ähnlich zugerichtet. Der Kühlschrank war offen, einige Lebensmittel lagen auf den Fliesen davor, Schubladen und Schränke waren auch hier durchsucht worden und überall verstreut lagen aufgeplatzte Packungen mit Haferflocken, Mehl und die wenigen Gewürze, die Jan hatte.
Niedergeschlagen setzte er sich auf eines der Couchkissen und starrte auf das angerichtete Durcheinander.
Jan war vor eine schwere Entscheidung gestellt worden. Anscheinend glaubte die Polizei, dass neben Ludvik und Alena noch andere an den Aufmärschen beteiligt gewesen waren, die Jan kannte. Vielleicht hofften sie, jemanden hochrangigen verhaften zu können. Klar, auch Alenas Freunde und Hanka waren

von der Euphorie angesteckt worden, doch als die Russen in Prag einfielen, waren die drei nur zufällig in der Innenstadt gewesen. Alena hingegen hatte einflussreiche Freunde unter den Künstlern und Professoren, mit denen die Polizei wohl als Beteiligte rechnete.

Seufzend bückte sich Jan nach den losen Blättern seines Artikels. Doch, er musste feststellen, dass es sich dabei nicht um diesen handelte, es waren ganz andere Papiere, die er irgendwann einmal geschrieben hatte. Jedenfalls nichts, was belastend für ihn gewesen wäre. Womöglich hatten die Männer den Artikel zusammen mit den Fotos mitgenommen.

Aber, was würde passieren, wenn er der Polizei die Wahrheit sagte? Würden sie Ludvik als politisch nicht gefährdend einstufen und sie würden beide straflos ausgehen? Andererseits, wenn er niemanden Wichtigen nannte, würde er wegen des Artikels mit Sicherheit Konsequenzen zu spüren bekommen.

Konnte er ihnen vertrauen? Viel zu oft hatte er in den letzten Wochen und Monaten von Menschen gehört, die wegen ihrer politischen Einstellung denunziert und aus ihren Ämtern entlassen wurden. Hoch angesehene Ärzte, Rechtsanwälte oder auch berühmte Künstler bekamen Berufsverbot und mussten sich seither mit gering bezahlten Tätigkeiten über Wasser halten. Bücher wurden verboten, Maler durften nicht mehr ausstellen und kritische Musiker nicht mehr auftreten. Selbst altgedienten Genossen oder Politikern war das Parteibuch entzogen worden. Außer, sie hatten sich, als die Grenzen noch offen waren, in den Westen abgesetzt, waren, wie Alena, vor den willkürlichen Handlungen des kommunistischen Regimes geflüchtet.

Und was sollte er machen, wenn er nicht mehr als Lehrer arbeiten durfte? Sein Beruf erfüllte ihn voll und ganz, er liebte es, sein Wissen an die Schüler weiterzugeben. Sie von der Geschichte zu begeistern und ihnen die tschechische Sprache und deren Literatur näher zu bringen. Wenn er nicht mehr unterrichten durfte, was sollte er dann machen? Wohin würden sie ihn stecken? Jan dachte an das Fließband einer Fabrik, an monotone Arbeit ohne Abwechslung, die ihn abstumpfen lassen würde. Er wollte sich das nicht kaputt machen lassen!

*

Warten. Warten war alles, was Jan tun konnte. Auf dem Weg hierher musste er nicht warten, er durchbrach das kalte Dunkel der Nacht, um dorthin zu gelangen. Nun saß er auf einer der abseitigen Bänke im Einlaufbereich der Züge des Bahnhofs. Klirrende Januarkälte zog immer wieder durch die riesige überdachte Halle. Jan legte seinen Mantel enger um sich und rieb seine Hände.

Jetzt wartete er auf den Zug, der ihn nach Böhmen bringen sollte. Und gleichzeitig wartete er somit auch auf seine Zukunft, von der er nur wusste, dass sie irgendwo existieren würde. Ganz weit entfernt von hier. Vielleicht in Deutschland, vielleicht in den USA, oder aber in Österreich, wohin seine Schwester Alena

emigriert war. Er wusste nicht, wohin ihn diese Reise führen würde. Doch eines war ihm bewusst – hier, in der Tschechoslowakei gab es keine Zukunft für ihn.
Die Ansichtskarte, die Alena ihm vor wenigen Tagen geschickt hatte, steckte in Jans Reisetasche aus glänzend braunem Lederimitat. Vor einem ihm unbekannten Ort ragten ländliche Häusern auf und ein See erstreckte sich dahinter. Viel hatte seine Schwester ihm nicht geschrieben. Es gehe ihr gut, er brauche sich keine Sorgen ihretwegen zu machen. Und das hatte er auch nie gemacht. Alena war zwar seine jüngere Schwester, doch schon immer war sie von den drei Geschwistern – der ältere Bruder Karel war vor fünf Jahren bei einem Autounfall ums Leben gekommen – die stärkste, diejenige, die sich am besten durchzusetzen verstand und immer schnell neue Leute kennenlernte. Alena wusste sich zur Schau zu stellen, ihren fertig geschmiedeten Plan auszuführen. Schon mit dem Studium der romantischen Kunst musste sie sich gegen die Eltern stemmen, aber sie schaffte es. Genau wie später, als sie sich in einem eigenen Atelier mit anderen Kunststudenten zusammenschloss und ihr eigenes, künstlerisches Leben begann.
Viel war es nicht, was Jan mitgenommen hatte. Neben den wichtigen Dingen wie warmer Kleidung, Unterwäsche zum wechseln und Proviant, war lediglich Platz für ein paar Erinnerungen geblieben: Ein Foto, das seine Eltern und die drei Geschwister zeigte, das Kriegstagebuch des Vaters und das kleine Porträt seiner ehemaligen Geliebten Léňa, Öl auf

Pappe, das er zusammengerollt oben in der Reisetasche lagerte. Alena hatte es kurz vor Léňas überstürztem Aufbruch nach Deutschland gemalt. Aber, im Gegensatz zu Alena, wusste Jan nicht, wohin genau Léňa gegangen war. Seit ihrer Abreise hatte er nichts mehr von ihr gehört, aber er sehnte sich sehr nach ihr und im Grunde seines Herzens hatte er auch den Gedanken noch nicht aufgegeben, er könnte sie eines Tages wieder in seinen Armen halten. Vielleicht war der gezwungene Bruch mit seinem Heimatland somit doch zu etwas gut. Sobald Jan im Westen war, wollte er sich nach Léňa umsehen, sie wiederfinden und möglicherweise würden sie so auch wieder zueinander finden.

Jan sah sich um. Viel war um diese nächtliche Stunde nicht los auf dem Bahnhof. Nur vereinzelt standen Reisende umher und warteten ebenso wie er auf einen der Züge. Es waren aber höchstens ein dutzend Menschen. Fast so viele Arbeiter brachten derweil Frachtstücke mit Sackkarren aus einem von hieraus nicht sichtbaren Lager auf den Bahnsteig, oder leerten die übervollen Mülltonnen aus. Von draußen drangen keine Geräusche herein und hier klapperte nur selten ein Eimer oder eine der Sackkarren quietschte leise vor sich hin. Ansonsten war der komplette Bereich geisterhaft ruhig.

Eine leise Melodie ging Jan immer wieder durch den Kopf. Ein Stück von Bedřich Smetana, das er vor langer Zeit einmal in einem Konzert gehört und lieben gelernt hatte. Auch die Platte mit den Klavierstücken musste Jan in der Wohnung zurücklassen. Doch, er wollte dieses Stück jetzt nicht hören, er musste es so schnell wie möglich aus seinen Gedanken vertreiben. Der Anlass war mehr als unpassend, um sich mit verträumter Musik zu befassen. Flüchtig sah Jan auf die große Bahnhofsuhr. Der Zug sollte erst in zwanzig Minuten einlaufen, vorausgesetzt, dass er pünktlich erscheinen würde, so hatte er noch genügend Zeit, um sich Gedanken zu machen. Hätten sie sich nicht gegen den Kommunismus ausgesprochen, wäre vielleicht alles anders gekommen. Seine Freunde, Alena und er. Es war so einfach gewesen, sich in den allgegenwärtigen Wirren treiben zu lassen, laut mit all den Menschen auf der Straße gegen das zu protestierten, was ihnen schon so lange am Herzen lag, was sich in ihr Leben geschlichen hatte, ohne, dass sie es wollten. Eine bessere Existenz wollten sie, mehr Rechte für die Bürger, die diese Regierung – mehr oder weniger – gewählt hatten. Sie forderten freie Wahlen ohne die stete Einmischung der Russen in die tschechoslowakischen Angelegenheiten.

Jan merkte, wie sehr sein Herz raste. Andauernd fühlte er sich beobachtet, misstrauisch ließ er seinen Blick über das Bahnhofsgelände schweifen, aber es war, wie schon zuvor, alles ruhig. Nichts regte sich, niemand machte den verdächtigen Eindruck, ihn auszuspionieren zu wollen. Keine auffälligen Herren in Hut und Mantel wie in seiner Wohnung am Vortag, oder jemand, der sich hinter einer Zeitung versteckte. Jedoch durfte er sich nicht sicher sein, denn auch ein Spitzel würde sich eher unscheinbar verhalten, sich

nicht in das bekannte, voreingenommene Klischee einfügen.
Nach scheinbar endlosen Minuten des Wartens wurde der Zug nach Böhmen durch eine krächzende, gelangweilt wirkende Männerstimme aus dem Lautsprecher ausgerufen. Jan atmete erleichtert auf. Wenn sie ihn jetzt nicht beim Einstieg verhafteten, dachte er, dann bin ich bis zur Grenze einigermaßen in Sicherheit. Noch einmal sah er sich verstohlen um, nahm seine Reisetasche auf und machte sich gemächlich auf den Weg in Richtung des Bahnsteiges, an dem der Zug einlaufen sollte.
Kreischend und nach Diesel stinkend fuhr die Lok in den Bahnhof. Ein paar schläfrig wirkende Reisende betraten den Bahnsteig bevor Jan in den ausgebleicht grünen Waggon steigen konnte, der zu dieser Uhrzeit fast leer, dafür aber vollkommen überhitzt und mit abgestandener Luft gefüllt war. Er verstaute seine Tasche, setzte sich und warf einen letzten Blick durch das verschmierte Fenster nach draußen. Nach einer Weile setzte sich der Zug langsam wieder in Bewegung und ließ somit Prag hinter sich.
Würde er seine Heimatstadt je wieder sehen? Eigentlich war Jan niemand, der in Situationen, die eine enorme Tragweite hatten, spontan entschied. Für ihn musste alles genau durchdacht sein, jedes Detail abgewogen werden, bevor er eine Entscheidung für sich traf. Doch diese wahrscheinlich wichtigste Entscheidung in seinem Leben hatte er so schnell gefällt, dass es ihm inzwischen unheimlich vorkam. Alles war nun dabei, voraussichtlich für immer zu

verschwinden, manches würde über kurz oder lang in Vergessenheit geraten, anderer Dinge würde er sich gerne oder schmerzlich erinnern, wann immer sie in seinen Gedanken auftauchten.

Langsam begann es in großen Flocken zu schneien.

Das monotone Rattern des alten Waggons und die beruhigenden Schneeflocken am Fenster ließen Jan schon bald schläfrig werden. Da er in seinem Abteil alleine war, lehnte er sich an dessen Außenwand, legte die Beine auf den Sitz und schloss die Augen, um für die kommenden Stunden Kräfte zu sammeln. Doch schaukelte der Zug ab und an derart, sodass Jan mit dem Kopf immer wieder an die Wand stieß, was ihn schließlich von seinem Vorhaben, ein wenig Schlaf zu finden, aufgeben ließ.

Es schneite nun immer mehr, je weiter sich die Bahn von Prag entfernte und durch die schon schneebedeckten Weiten der kargen Winterlandschaft glitt. Kahle Laubbäume und abgemähte Stoppelfelder zogen unbehelligt von Jans Aufmerksamkeit an den Gleisen vorbei, der Mond tauchte alles in ein schummriges Licht, das nichts genau erkennen, vieles jedoch erahnen ließ. Doch dann verschwand er wieder hinter den Wolken und hinter dem Fenster wurde es erneut stockdunkel. Nur die spärlich beleuchteten Dörfer erhellten noch die gefahrene Strecke in Richtung Pilsen .

Jan dachte wieder an seine Lieben. An Léňa, von der er nicht wusste, wo sie war, an Alena, die in Österreich ein neues Leben begonnen hatte und an seine Eltern und Freunde, denen er bei seinem übereiltem Aufbruch nicht einmal lebwohl sagen konnte. Er würde ihnen schreiben, nahm sich Jan fest vor, wenn er erst dort angekommen war, an dem Ort, von dem er jetzt noch nicht einmal wusste, wo er sich befand, in welchen Teil der Welt ihn diese Reise führen sollte.

Frühjahr 1945

Jan wurde im Mai des Jahres 1939 in Prag geboren. Seine Eltern lebten in einem gutbürgerlichen Heim in einem der Randbezirke namens Vinohrady. Der Vater führte ein Architekturbüro in der Tradition der Familie, denn auch der Großvater übte diesen Beruf aus, er hatte es zu einem höheren Beamten des Stadtbaudirektoriums gebracht. Jans Mutter war Hausfrau und kümmerte sich zu seiner Geburt bereits um den zwei Jahre älteren Karel.

Zu dieser Zeit hatte die deutsche Wehrmacht gerade das Land besetzt und das Protektorat Böhmen und Mähren ausgerufen, nachdem bereits sechs Monate zuvor, im September und Oktober 1938, die Grenzgebiete des Sudetenlandes in das deutsche Reich eingegliedert worden waren.

Hitler hatte den Tschechen zwar eine eigenständige Selbstbestimmung versprochen, dem Land aber seine Souveränität genommen. Die Bürger lebten nun in ständiger Angst, da die Gestapo sofort damit begonnen hatte, zuvor emigrierte Deutsche und die Kommunisten des Landes zu verfolgen, was zu einer großen Welle von Verhaftungen führte. Niemand wusste mit Sicherheit, ob sich die Besetzer an die verhandelten „Spielregeln" halten würden, denn durch den Einmarsch war es schon zu einem Bruch des Münchner Abkommens gekommen. Bis auf die deutsche Minderheit und ein paar Anhängern Hitlers, waren die Tschechen vom Verlust ihres Landes an

Deutschland nicht begeistert und lebten in der Ungewissheit, was noch kommen würde.

Davon bekam Jan freilich als Säugling nichts, und als Kleinkind nur wenig mit. Die Familie war während des 2. Weltkrieges nicht, wie Freunde und Bekannte, aus Prag geflüchtet und dennoch konnte sich Jan nur an den dritten Luftangriff erinnern, der am 14. Februar 1945 von den Amerikanern geflogen wurde und auch ihren Stadtteil nicht verschonte. Als kaum Fünfjähriger stand er zusammen mit seiner Mutter und Karel im Haus Todesängste aus, als um sie herum die Bomben detonierten. Der Vater war zu dieser Zeit als Sanitäter im Feldeinsatz.

Aus Furcht vor erneuten Einfällen, flohen nun auch die drei verbliebenen Familienmitglieder zusammen mit einer Nachbarfamilie zu Verwandten aufs Land und entgingen somit dem vierten und letzten Luftangriff unbeschadet.

Nach Beendigung des Krieges kehrten sie jedoch nicht sofort nach Prag zurück. Vieles war noch zu unsicher, keiner wusste mit Sicherheit zu sagen, wie es mit dem Land nach der Befreiung durch die Sowjetunion weitergehen sollte. Dies führte dazu, dass Jan sein erstes Schuljahr auf dem Land verbrachte, eingeschüchtert davon, seiner gewohnten Umgebung und seiner Freunde entrissen worden zu sein. Der Vater war noch nicht aus dem Krieg zurückgekehrt und man vermutete ihn in Gefangenschaft der Russen, allerdings beschlich die Mutter immer steter das Gefühl, er könnte in den letzten Tag noch umgekommen sein, was sie in eine anhaltende Lethargie ihrer Umwelt gegenüber verfallen ließ.

In diesem Frühjahr, dem letzten vor seinem Schulanfang, erkundete Jan das ehrwürdige Gehört, auf dem sein Großonkel mütterlicherseits – bei dem sie lebten – als Pferdepfleger arbeitete. Es war ein stolzes Anwesen mit ausladenden Stallungen für Rinder, beachtlichen Scheunen und Kornspeichern. Ein zweistöckiges Wohngebäude schloss sich dem Hof an, dahinter lag ein eingezäunter Gemüsegarten und eine Wiese mit Apfel- und Birnbäumen. Es gab zwei Traktoren, doch wurde noch ebenso viel Feldarbeit mit den Pferden verrichtet. Stark beeindruckt von den großen Tieren hielt er sich mit Vorliebe im riesigen Stall auf, sah seinem Großonkel bei seinen Aufgaben zu und hörte sich stumm die Erzählungen an, die dieser über die Pferde zum Besten gab. Es war eine Leidenschaft, die beim Großonkel schon in frühester Kindheit begonnen hatte, damals gehörte der Hof noch zu einem gräflichen Gut. Vom Stallknecht arbeitete er sich zum Pfleger dieser edlen Tiere empor und wurde auf seine Art und Weise glücklich, denn eine eigene Familie hatte er nie gegründet, er lebte zurückgezogen in seiner kleinen Dachkammer über den Stallungen.

Über die Pferde wusste der Großonkel mehr als über alles andere zu sagen. Er kannte ihre Rassen, ihre Stärken und Schwächen, wusste, was ihnen guttat, wenn sie lahmten oder Schmerzen hatten. Und alles andere auf der Welt schien ihm egal. Hier auf dem flachen Land hatte er vom langen Krieg nur sehr wenig mitbekommen, die Sowjets kümmerten ihn gleichfalls recht gering.

Das Zusammenleben in der kargen und engen Dachkammer gestaltete sich für die junge Familie und den ans Alleinsein gewöhnten Großonkel hingegen oftmals schwierig. Jans Mutter schlief mehr schlecht als recht auf einer knarrenden Couch, die bei jedem Umdrehen die beiden Kinder, auf dem Fußboden auf Stroh gebettet liegend, weckten, wenn sie nicht schon durch das laute Schnarchen des Großonkels wach lagen. Gegenüber seiner Nichte zeigte sich dieser als mürrischer Griesgram, der sich nicht in seinen Haushalt reinreden lassen wollte und jeglichen ernsthaften Gesprächen aus dem Weg ging, was häufig zu lauten Wutausbrüchen der Mutter führte.

Karel indessen hatte schnell neue Freunde unter den Kindern der Landarbeiter gefunden und zog mit ihnen durch die Wiesen und Felder, immer auf Abenteuer aus. Oft sah man ihn den ganzen Tag lang nicht und er kehrte erst spät am Abend zurück, was die Mutter wieder in Rage brachte. Für Jan war er ein Held, weil er diese Ausschimpfungen der Mutter stumm und gelassen hinnahm, sich umdrehte und Jan ein kleines Lächeln schenkte, bevor er ohne Abendessen auf sein Lager musste. Nach solchen verbalen Zusammenstößen mit ihrer Familie konnten die Brüder ihre Mutter oft leise aber dennoch für sie beide sehr eindringlich weinen hören, wenn sie die Geschwister in der Dunkelheit schlafend vermutete.

Wenn einer der Jungen nach dem Vater fragte, wann er nun endlich wieder bei ihnen wäre, bekam er immer nur eine ausweichende Antwort: „Es geht ihm gut, dort wo er ist." „Fragt nicht immer. Vater kommt schon wieder." Sie mussten dies hinnehmen, auch, wenn Jan erst viel später verstand, dass auch die Mutter nichts wusste und in ständiger Sorge lebte.

*

An einem sonnigen Tag saß Jan auf einem der starken Äste einer Eiche inmitten der Felder. Der alte Baum lag in Sichtweite des Hofes an der löchrigen Schotterstraße, die dorthin führte, aber man konnte nicht in die Krone sehen, da das Laub schon in hellem, saftigem Grün die Zweige undurchsichtig machte. Ein leichter Wind wehte die Gerüche des Hofes herüber. Von Weitem beobachtete er Karel und seine Freunde hinter der Scheune, er bemühte sich zu erkennen, was sie dort trieben. Wieder einmal fühlte sich Jan ausgeschlossen und allein. Doch er traute sich auch nicht zu seinem Bruder und den anderen Jungen zu gehen, um zu fragen, ob er bei ihren Spielen mitmachen durfte. Er hatte Angst, dass sie ihn abweisen könnten, oder noch schlimmer, ihn wegen seines Alters und seiner Größe verspotteten. Er war sich dessen sicher, da er sich selbst schämte, fast einen halben Kopf kleiner als Karel zu sein und wollte daher nichts riskieren.
Als es Jan auf seinem Ast nicht gelungen war herauszukommen, mit welchen Spielen die Jungen sich dort die Zeit vertrieben, kletterte er vom Baum und schlenderte gemächlich über die Felder.

Vereinzelt waren schon kleine Pflänzchen zu sehen, die später einmal zu verschiedenen Getreidearten heranreifen würden. Es roch nach frischem Gras und Erde, Bienen summten durch die Luft. Nach einem langen Marsch war der Hof fast nicht mehr zu sehen, als Jan sich umdrehte und über das flache Land zurückschaute. So weit war er noch nie fort gewesen und er fragte sich, ob sein Bruder jemals weiter gekommen war. In einiger Entfernung konnte er eine Reihe kleiner Bäume und dichter Büsche erkennen.

Die Neugierde, was sich dahinter verbergen könnte, siegte über Jans Angst davor, von der Mutter abends ebenso ausgeschimpft zu werden, wie sie es mit Karel immer tat. Geduckt bahnte er sich einen Weg durch das Dickicht, seidige Spinnweben legten sich über sein Gesicht und als er nicht aufpasste, holte er sich an einem hervorstehenden Ast eine blutige Schramme am Fußgelenk. Ein aufgescheuchter Hase erschreckte Jan genauso, wie er ihn, als er durch das hohe Gras und das trockene Laub des Vorjahres sprang und über die Felder verschwand. Als sein pochendes Herz sich wieder beruhigt hatte, hörte er stetiges Rauschen und nach wenigen Schritten durch das Gebüsch erreichte er einen schmalen, circa fünf Meter breiten Fluss.

Das Wasser floss nicht sonderlich schnell, wurde aber immer wieder von großen, glatten Steinen unterbrochen, die daraus aufragten, was dem seichten Fluss eine gewisse Wildheit verlieh. Das Ufer war fast durchgehend von den Büschen gesäumt, durch die Jan sich gerade gekämpft hatte. An einer Stelle führte ein schmaler Tierpfad hinunter zu einer fast rechteckigen Sandbank. Jan sprang dorthin, doch anstatt auf festem Untergrund zu landen, sank er sofort im Sand bis zu den Knöchel ein. Ein wenig Blut aus seiner Wunde floss in Wirbeln davon. Er versuchte, seine Schuhe wieder aus dem Dreck zu ziehen. Einer kam schmatzend wieder heraus, der zweite blieb stecken, sodass er sich danach bücken musste. Er legte sie zum Trocknen ins Gras und setzte sich barfuß auf den Stamm eines umgestürzten Baumes.

Überall um ihn herum in den verstrickten Zweigen konnte Jan fröhliches Vogelgezwitscher hören und immer wieder raschelte das alte Laub, was von der Anwesenheit anderer Tiere zeugen musste. Im klaren Flussbett waren silbrig schimmernde Fische auszumachen, die im kalten Wasser ihre Runden schwammen. Jan brach sich eine Rute von einem der Büsche, um daraus eine Angel zu machen, doch er merkte, dass ihm die Schnur dazu fehlte. So hielt er sie nur ins Wasser, in der Hoffnung, so einen Fisch zu fangen. Bisweilen schlug er mit der Rute nach einem Fisch, aber außer, dass das Wasser aufspritzte, erreichte er damit nichts.

Auf der anderen Flussseite war eine Lichtung zwischen den ansonsten dichten Büschen, durch die Jan einen Fußweg und dahinter wiederum Felder sehen konnte. Er hatte ihr bisher keine weiter Aufmerksamkeit geschenkt, doch mit einem Mal hörte er Stimmen und somit blickte er neugierig in die Richtung, aus der sie kamen. Zuerst waren sie nur sehr undeutlich zu vernehmen, doch dann wurden sie

lauter und auch das sanfte Geräusch von Schuhen auf kiesbedecktem Untergrund wurde deutlich. Dann traten zwei Menschen auf die Lichtung, eine Frau und ein Mann.
Jan sah zu ihnen herüber, im ersten Augenblick erkannte er sie nicht. Die beiden waren in ein Gespräch vertieft und sahen nicht zu ihm ans andere Ufer hinüber. Doch als ihm klar wurde, dass die Frau seine Mutter war, überkam ihn eine drückende Neugierde, er rutschte von dem Baumstamm und versteckte sich dahinter, sodass sie ihn nicht entdecken konnten, falls ihre Blicke doch über den Fluss wandern sollten.
Seine Mutter raffte ihren weiten, grauen Rock und setzte sich, die Füße nach außen gerichtet, ins hohe Gras. Ihr Begleiter blickte kurz zum wolkenlos blauen Himmel empor, bevor er sich ebenfalls niederließ. Die beiden begannen wieder ihr Gespräch in dessen Verlauf die Mutter immer wieder lachte und kicherte. Jan hatte sie schon lange nicht mehr so fröhlich gesehen und er fragte sich, wer dieser Mann wohl sei. Auf dem Hof arbeitete er nicht, sonst würde er ihn kennen. Er war jung, vielleicht sogar jünger als die Mutter, von großer, schlanker Statur und trug eine flache Mütze auf seinem Kopf, bestickte Hosenträger spannten sich über dem weißen Hemd und hielten seine braune Hose.
Nach einigen Minuten unterbrachen die beiden ihr Gespräch und der Mann beugte sich langsam zu seiner Mutter hinüber und küsste sie. Jan lag fassungslos hinter seinem Stamm. Er konnte nicht

glauben, was er dort drüben mit eigenen Augen sah. Warum ließ die Mutter sich das gefallen? Im Gegenteil schien sie es zu genießen und gluckste freudig. Was würde der Vater dazu sagen, wenn er es erführe? Er wollte schon aufschreien, doch er besann sich doch noch. Still lag er da und betrachtete verstohlen das ihm dargebotene Bild, bis ihm klar wurde, dass sein Vater niemals davon erfahren durfte. Vorsichtig griff er nach seinen nassen Schuhen und schlängelte sich durch die Büsche hindurch auf die Felder, ließ den Fluss hinter sich und rannte zurück zum Hof.

*

Am Abend saßen alle gemeinsam beim Essen. Jan sah in die Gesichter seiner Familie. Karel, der ausnahmsweise einmal pünktlich zu Tisch kam, grinste ihn nur an, der Großonkel hatte den Kopf gesenkt und schlürfte seine Suppe und die Mutter tat so, als wäre heute nichts gewesen. Jan wusste nicht, wie er das einzuschätzen hatte. Er wusste nicht, wer der Mann war, mit dem er seine Mutter nachmittags gesehen hatte und warum sie sich von ihm küssen ließ. Aber, vor allem wusste er nicht, warum sie jetzt so tat, als wäre all das niemals geschehen. Der fünfjährige Junge zerbrach sich den Kopf darüber. Was würde sein, wenn sein Vater es doch herausbekommen sollte? Wieso hatte sie das getan? Hatte sie den Vater nicht mehr gerne? Und immer noch lag er im Ungewissen, ob seine Mutter und der

fremde Mann ihn nicht doch auf der anderen Seite des Ufers gesehen hatten.
Die Kartoffelsuppe vor Jan wurde allmählich kalt, ohne, dass er sie auch nur einmal angerührt hatte. Vergeblich wartete er darauf, dass seine Mutter etwas zu ihm sagen würde. Aber auch nach dem Essen wandte sie sich nicht an ihn. So vergingen zweieinhalb Wochen in denen nichts dergleichen geschah. Zwar hatte Jan das Erlebte nicht vergessen, aber er dachte nur noch sehr selten daran. Andere Dinge waren für den Fünfjährigen wesentlich wichtiger geworden.
An einem bewölkten Dienstag nach einer regnerischen Nacht begleitete Jan die Mutter zu Fuß ins nahegelegene Dorf. Sie hatte ihm versprochen, dass er neue Buntstifte und Zeichenpapier bekäme, sodass er sich beschäftigen konnte. Außerdem wollte sie ihm schon vor dem baldigen Schulanfang beibringen, welche Buchstaben es gab und wie sich größere Zahlen zusammensetzten, wofür sie ihm noch ein Heft kaufen wollte, in das er das Gelernte eintragen konnte.
Im Ort gingen sie, nicht wie sonst üblich, in den Dorfladen, sondern bogen in eine schmale, ungeteerte Seitengasse ein und folgten ihr bis zum Ortsausgang. Das letzte Haus war sehr klein und der Dachstuhl bog sich erschreckend, als hätte er eine schwere Last zu tragen. Rings herum war ein windschiefer Zaun gezogen, aus dem schon ein paar Latten gebrochen waren und der Garten war von Unkraut und hohem Gras überwuchert.

Die Mutter klopfte an die niedrige Eingangstüre und als diese geöffnet wurde, war Jan erstaunt und entsetzt zugleich. Da stand der Mann, mit dem er sie vor einiger Zeit am anderen Ufer gesehen und der sie so schamlos geküsst hatte. Lächelnd bat er die beiden herein und führte sie in einen zusammengedrängten, aber sehr tiefen Raum, der voller Statuen und aus Holz gefertigten Bilder war. Jan hatte so etwas noch nie gesehen. In der hinteren Ecke standen ein halbes Dutzend, fast zwei Meter hohe Menschen aus Holz, die nahezu die Zimmerdecke berührten. Eine davon war mit einer alten Decke umhüllt, sodass man nicht feststellen konnte, was sie darstellen sollte. Die anderen fünf zeigten immer das gleiche Standbild eines aufrecht stehenden Soldaten, in der linken Hand einen Beutel halten, in der rechten ein gesenktes Gewehr. Die Unterschiede waren nur marginal und auf den ersten Blick nicht zu erkennen. Mal war der Beutel größer, mal berührte das Gewehr den Sockel, auf dem der Soldat stand und die Gesichtszüge unterschieden sich ebenfalls ein wenig. Jan bestaunte sie mit offenem Mund, während er an der abgenutzten Werkbank stand, auf die der Mann sein Werkzeug gelegt hatte, sodass er erst bemerkte, dass er angesprochen wurde, als seine Mutter ihn an der Schulter berührte.

„Gefallen dir die Statuen?" fragte ihn der Mann erneut, worauf Jan schüchtern nickte.

Er wollte nichts zu ihm sagen, hatte Angst vor ihm. Angst, dass er ihm den Vater wegnehmen könnte, obwohl dieser schon lange nicht mehr da war und auch seine breiten Schultern und das zerzauste, pechschwarze Haar waren nicht gerade vertrauenerweckend für ihn. Dies besserte sich auch nicht, als seine Mutter meinte, er habe den gleichen Vornamen wie er – Jan.

„Das ist mein Bruder Jakub", begann er wieder zu sprechen. „Er ist im Krieg gefallen und ich habe ihm mit diesem Kunstwerk ein Denkmal gesetzt."

Jan wusste nicht, was gefallen bedeutete, für ihn war es gleichbedeutend mit hinfallen und so konnte er sich nicht erklären, warum jemand dafür ein Denkmal bekommen sollte.

Später saß er am Tisch in der Küche, während die Mutter und der andere Jan sich im Atelier unterhielten. Sie hatten ihm Papier und Buntstifte gegeben, damit er sich beschäftigen könne. Dazu ein großes Glas sauren Apfelsaft. Er verstand nur bruchstückhaft, was im anderen Raum gesprochen wurde.

„Jan ist ein guter Freund", sagte die Mutter auf dem Nachhauseweg. „Er ist Künstler und hat schon viele Ausstellungen in der Stadt gehabt. Alles, was er macht, ist aus Holz, wie die Statuen von seinem Bruder Jakub, die du gesehen hast. Außerdem hat er dir die Stifte und das Papier geschenkt, ist das nicht nett von ihm?"

Die Mutter lächelte ihn vergnügt an, aber Jan war noch immer nicht fröhlich gestimmt. Er freute sich zwar über die Malsachen, aber den älteren Jan mochte er nicht.

Die Mutter machte sich zunehmend Gedanken über Jans Verschlossenheit. Nicht nur, dass er keinen Kontakt zu anderen Kindern suchte, ihnen sogar aus dem Weg zu gehen schien, seit einiger Zeit sprach er auch mit ihr nicht mehr viel und verbrachte die Tage lieber im Stall bei seinem Großonkel. Er saß auf einem niedrigen Melkschemel und sah zu, wie dieser die Pferde versorgte, oder bürstete das neugeborene Fohlen. Manchmal brachte er mit der hölzernen Schubkarre Heu herein, aber zumeist hörte er nur schweigsam den Geschichten des Großonkels zu. Auf Versuche, Jan von sich aus zum Reden zu bringen, reagierte er nur selten.

*

Die späten Tage des Mai hatten begonnen. Eine Regenfront war über das Land hinweggezogen und hatte den schmalen Fluss über die Ufer treten lassen. In den Feldern stand das Wasser, tiefe Pfützen umgaben den Hof. In der Luft lag der Geruch von nasser Erde, zahlreiche Stechmücken flogen ziellos umher. Die Obstbäume hinter dem Haus standen in prachtvoller Blüte, auf den hohen Giebeln der Scheunen nisteten Amseln und Rotschwänze, geschäftige Schwalben flogen durch die offenen Stalltore aus und ein. Ein reges Zwitschern und Summen verbreitete sich über den Landstrich.
Am letzten Maisonntag waren die Mutter und der Großonkel früh aufgebrochen und zur Kirche ins Dorf gegangen. Karel schlief noch, als Jan die überdachte

Holztreppe von der Kammer des Großonkels hinunterstieg. Unten lag einer der Hofhunde, ein braun-weißer Mischlingsrüde, und gähnte ihn gelangweilt an als er vorbeiging.

Jan überquerte den breiten Hof. Nichts war von der hektischen Geschäftigkeit zu spüren, die unter der Woche immer herrschte. Alles lag im Stillen, als hätte das ganze Gut ausgedient, würde niemals mehr zu arbeiten beginnen und nur noch Jan und der Hofhund wären dortgeblieben. Aber dann war von der Zufahrtsstraße aus festgefahrenem Kies ein gedämpftes Motorengeräusch zu hören. Neugierig drehte Jan sich um, um sehen zu können, wer da kommt.

Langsam näherte sich das Geräusch, aus dem kleinen, undeutliche Punkt wurde schließlich ein Fahrzeug, das eine mächtige Staubwolke hinter sich herzog. Schließlich fuhr ein schwarzer Vorkriegs-Tatra in den Hof ein und blieb vor den Stallungen stehen. Ein Mann stieg auf der Beifahrerseite aus und setzte sich einen Hut auf den Kopf, aus dem Heck des Wagens holte er einen Koffer. Diesen stellte er neben sich, sprach etwas durch das geöffnete Fenster zu dem Fahrer und gleich darauf fuhr der Tatra wieder ab.

Der Mann stand noch immer an der selben Stelle, blickte in Jans Richtung und rief dann seinen Namen. Fassungslos, da der Fremde ihn zu kennen schien, stand Jan da und strengte seine Augen an, um ihn besser wahrnehmen zu können. Doch er brauchte sich nicht weiter zu bemühen, denn der Mann setzte sich in Bewegung und schritt auf ihn zu. Und als er die

halbe Strecke zwischen den beiden erreicht hatte, erkannte Jan seinen Vater.
Sofort rannte er auf ihn zu, der Vater ging in die Hocke, öffnete ihm die Arme und empfing seinen Sohn lachend. Immer wieder sagte er seinen Namen und strich dem Jungen dabei übers Haar. So lange hatte er ihn nicht mehr in Armen gehalten und es hatte Zeiten gegeben, da hatte er wirklich geglaubt, seine Familie nicht mehr wiederzusehen, für immer in ein anonymes Grab gebettet zu werden, zusammen mit anderen Soldaten aus aller Herren Länder. Doch diese Augenblicke waren auch diejenigen, in denen sein Glaube an die gemeinsame Zukunft am Stärksten gewesen war. Er hatte sich niemals unterkriegen lassen, die Hoffnung stets beibehalten und nie aufgegeben, an seine Familie zu denken. Das war es, was ihm die nötige Stärke verliehen hatte, um weiterhin an diesem grauenhaften Krieg teilzunehmen, einem Krieg, für den er nichts konnte, den er nicht unterstützte und in den sein Heimatland nur hineingerutscht war.
Am Nachmittag wurde das lang ersehnte Wiedersehen gefeiert. Zusammen mit dem Gutsverwalterehepaar und den Mägden und Knechten saßen sie an einer vom Wetter gegerbten Tafel unter einer schattenspendenden Linde, die Köchin hatte allerlei Köstlichkeiten aufgetragen. Einer der Knechte spielte verträumte Lieder auf seinem Akkordeon, es wurde gelacht und getrunken, bis der Vater schließlich seine Geschichte erzählte.

Zum Ende des Krieges war er in Südosten Deutschlands stationiert, unweit der Stadt Augsburg. Als am 28. April die US-Soldaten einmarschierten, war der Jubel unter seinen Kriegskameraden, die schon lange vorher nicht mehr an einen Sieg Deutschlands geglaubt hatten, sehr groß. Doch, da sie auf deren Seite gekämpft hatten, wurden sie von den Amerikanern inhaftiert, gleichfalls die Sanitäter und somit auch der Vater. Doch die Gefangenschaft war nur kurz und so konnte er bald nach Prag zurückkehren, wo er seine Familie vorzufinden gehofft hatte. Durch die Bombenangriffe fand er Vinohrady allerdings verwüstet vor und er glaubte schon, auch ihr Haus hätte den Bombardierungen nicht standgehalten. Zum Glück bewahrheitete sich seine Befürchtung nicht, es waren nur einige Glasscheiben zerbrochen, ansonsten hatte der ganze Straßenzug nichts weiter abbekommen. Durch eine Nachbarin erfuhr er, wohin seine Familie gegangen war und machte sich noch am selben Tag auf, sie zu suchen.

Ein paar Tage darauf kehrte der Vater wieder nach Prag zurück, um alles für die Familie vorzubereiten. Auch die Großeltern und die meisten Bekannten, die in der Hauptstadt geblieben waren, hatten die letzten Kriegstage gut überstanden. Der Vater nahm seine Tätigkeit als Architekt wieder auf. Jan wurde im Herbst in der kleinen Schule des Dorfes eingeschult und im Februar des darauffolgenden Jahres wurde die kleine Alena geboren.

Über die Erlebnisse an jenem Frühlingstag, als Jan die Mutter mit dem älteren Jan am Fluss gesehen hatte, sprach er zu niemandem. Und selbst als er älter wurde, kamen ihm die Gedanken, Alena könnte die Tochter des anderen sein, erst spät. Da der Vater aber ganz verrückt nach der kleinen Nachzüglerin war, behielt er seine Befürchtungen und Mutters Eskapaden lieber für sich.

Winter 1969

Das gleichmäßige Quietschen der Bremsen des in den Bahnhof einlaufenden Zuges weckte Jan aus seinen Gedanken. Um ihn herum auf dem Gang waren die wenigen Reisenden aufgestanden, hatten ihr Gepäck bereits in Händen und warteten darauf, dass der Zug zum stehen kommen würde. Jan reihte sich zwischen sie, die monotone Menge schob ihn langsam im Abteil voran bis zum Ausgang, in die kalte Nachtluft hinaus. Es war jetzt kurz nach fünf Uhr morgens, außer den mitgefahrenen Pendlern und dem überschaubaren Bahnhofspersonal waren keine Menschen in Sicht, die Stadt schien wie ausgestorben. Der Schnee hatte nachgelassen, es fielen nur noch vereinzelt ein paar Flocken, sichtbar durch die gelblichen Lichtkegel der Laternen. Irgendwo in der Ferne fuhr ein Lastwagen vorbei, ansonsten war es still. Nur selten war eines der Fenster der Umgebung beleuchtet.

Jan wollte die Gunst der frühen Stunde nutzen, ungesehen aus der Kleinstadt Domažlice herauszukommen. Schon nach dem raschen Umstieg in Pilsen in die kleine, rote Regionalbahn, der ersten des Tages, hatte er sich zwar sicherer gefühlt, doch seine Bedenken würden erst dann zum Stillstand kommen, wenn er die letzte Bastion der tschechischen Zivilisation hinter sich gelassen hätte.

Schwerfällig stapfte Jan durch den hohen Schnee. Er sah nicht, ob er auf einem Feld oder einem Weg unterwegs war, denn alles war von der gleichen weißen Masse bedeckt. Hier im Böhmerwald hatte es um Einiges mehr geschneit als in Prag. Nur notdürftig erhellte der Mond das Gelände, wenn die dichten Wolken ihm dazu Gelegenheit boten. Immer wieder drang Schnee in seine Schuhe, ihn fröstelte unaufhörlich. Gerade hatte es wieder stärker zu schneien begonnen, als Jan einen schmalen Waldausläufer erreichte.

Unter einem hohen Nadelbaum suchte Jan Schutz. Hier war er erst mal allein, niemand weit und breit zu sehen und auch gab es in der ganzen Umgebung keine Häuser mehr. Jan lehnte sich an den massiven Stamm und atmete tief durch. Der kalte Wind ließ das Geäst gleichmäßig schwingen, feiner Reif rieselte von den Bäumen.

Von nun an musste Jan aufpassen, denn der Weg führte ihn immer näher an die ersehnte Grenze. Doch hier war das Areal bewacht. Überall konnten sich Grenzsoldaten auf Patrouille befinden, oder Tretmienen versteckt sein. Und durch die Finsternis konnte Jan nicht mit Sicherheit sagen, wie weit er noch von diesem Todesstreifen entfernt war. Er musste sich also immer nahe an den Bäumen verborgen halten. Und Mienen konnte man am undurchdringlichen Wurzelwerk ebenfalls nicht vergraben.

Die eisige Winterluft brannte in seinen Lungen. Es roch süßlich nach Tannennadeln, die sich auch, abgestorben, zu seinen Füßen an den Stämmen der Bäume häuften. Verstreut lagen runde und längliche Zapfen im Schnee. Spuren von Hasen, Rehen und

Vögeln durchzogen den Wald. Nichts ließ auf die kürzliche Anwesenheit eines Menschen schließen.

Vorsichtig setzte Jan seinen Weg entlang der Bäume fort. Seine Füße waren trotz drei paar Socken und dicker Winterstiefel bereits feucht und kalt, es fröstelte ihn. Und auch der Koffer lähmte seine Hand, so musste er ihn immer wieder von der linken in die rechte wechseln.

Jan bahnte sich einen Pfad durchs blattlose Gestrüpp, folgte einer Tierfährte und gelangte schließlich an einen niedrigen Hang, der hinunter zu einem halb zugefrorenen Bächlein führte. Wieder horchte er um sich, aber außer dem Wind in den Blättern war nichts zu vernehmen. Er ließ seinen Koffer auf dem Schnee hangabwärts gleiten, ging in die Hocke und tastete sich mit Bedacht Schritt für Schritt nach unten. Zum Glück war der Koffer vor dem Wasser zum Stehen gekommen. Aber Jan musste aufpassen, denn im trüben Dämmerlicht konnte er nicht wirklich zwischen festem Untergrund und zugefrorenem Bach unterscheiden.

Sein Gewicht nur so gering wie möglich verlagernd, prüfte Jan das Ufer. Eine Schneeschicht brach, landete im Eiswasser und schwamm langsam davon. Er versuchte es an einer anderen Stelle, ein wenig weiter stromaufwärts. Hier schien der Bach nicht allzu breit und auch der Untergrund mutete fester an. Jan warf den Koffer auf die andere Seite, stieß sich ab und sprang. Aber er schaffte es nicht ganz hinüber, sein linker Schuh verlor an der Böschung den Halt und rutschte ins eiskalte Wasser. In sich hinein

fluchend setzte er sich unter einen Baum, zog Schuh und Socken aus und rieb seinen Fuß mit einem Hemd aus dem Koffer trocken. Trockene Socken hatte er noch, aber der Schuh war auch nachdem er ihn ausgewischt hatte, nicht trocken zu bekommen.
Missmutig tastete sich Jan weiter. Der Mond war erneut hinter dichten Wolken verschwunden, er konnte teilweise die Hand vor Augen nicht mehr sehen und stolperte immer wieder über heruntergefallene Äste und überwuchertes Gestein. Doch seine Augen hatten sich bereits an die Dunkelheit gewöhnt und so konnte Jan wenigstens die grauen Schemen der Baumstämme ausmachen.
Als die Wolken endlich wieder das Mondlicht freigegeben hatten, kam Jan ein gutes Stück weiter voran. Er hoffte allerdings, durch die Finsternis nicht seine Orientierung verloren zu haben. Irgendetwas in seinem Inneren brachte ihm diese ungute Vorahnung. Wenn er tatsächlich wieder in Richtung Domažlice gelaufen wäre, würde dies bedeuten, dass er einen beträchtlichen Teil seiner Zeit vergeudet hätte.
Doch mit einem Mal war dieser Gedanke wie weggeweht und ein kalter Schauer durchlief Jans Körper. Ihm war, als hätte er ganz in der Nähe gedämpfte Stimmen gehört. Sofort ging er hinter einem Baumstamm in Deckung und lauschte in die Nacht hinein. Und tatsächlich unterhielten sich nicht weit entfernt von ihm zwei Männer miteinander. Bereits nach dem ihre Schritte sich seinem Standpunkt ein klein bisschen genähert hatten, konnte

er deutlich ihre Stimmen auseinanderhalten und teilweise sogar verstehen, was sie sagten.
Der eine Mann hatte eine gedämpfte Stimme und Jan verstand nur sehr wenig. Dafür waren fast alle Worte des anderen hörbar, dessen helle Stimme schon fast der einer Frau glich. Mehrmals beklagte er sich über die Kälte und ihre Nachtschicht. Offenbar kamen die beiden Grenzsoldaten genau auf Jans Versteck zu. Mit angehaltenem Atem horchte er auf das stete Knirschen ihrer Stiefel im Schnee, wie ihre Schritte immer näher in seine Richtung rückten. Jan hoffte, eine neuerliche Wolkenschicht würde den Mond verdecken, um ihn so vor ihren Blicken unkenntlich zu machen. Bange versuchte er sich noch weiter in die Sträucher zu ducken, sich kleiner zu machen.
Genau dies war allerdings ein Fehler. Das Knacken eines abbrechenden Zweiges exakt in dem Moment, als die Soldaten an dem Baum vorbei schritten, ließ einen von ihnen aufmerken. Er legte seinem Kameraden eine Hand vor die Brust und brachte ihn somit zum stehen. Blitzschnell hatte er seine Pistole aus dem Halfter gezogen und blickte horchend in die Richtung des Geräuschs.
„Das wird irgendein Tier gewesen sein", meinte der mit der hellen Stimme gelangweilt.
„Nein, warte mal", entgegnete der andere zweifelnd indem er angestrengt die nähere Gegend absuchte.
Als nichts mehr zu hören war, entspannte sich der Soldat wieder und steckte seine Pistole zurück.
„Ich sag doch, nur ein Tier."
„Doch, da ist jemand."

Genau in dem Augenblick, als er seine Hand vom Griff der Pistole genommen hatte, fiel ein fader Lichtschein auf eine der Schnallen an Jans Koffer und reflektierte das Licht. Schlagartig begriff Jan, dass er entdeckt war und zögerte nicht. Er ließ den Koffer liegen und hastete mit einem schwungvollen Sprung tiefer in den Wald hinein.

Zu seinem Glück konnte der Soldat die Pistole nicht wieder rechtzeitig ziehen und so bekam Jan einen kleinen Vorsprung. Aber er war sich sicher, dass sie ihn aufgreifen würden, denn sie brauchten nur seinen Fußspuren zu folgen. Nur kampflos wollte Jan keinesfalls aufgeben. Ein Schuss krachte laut in die Stille des nächtlichen Waldes hinein.

„Stehenbleiben," schrie einer der Soldaten. „Bleiben Sie, wo Sie sind. Sie befinden sich auf verbotenem Gebiet!"

„Geh nach links", rief der andere. „Wir müssen ihn einkesseln!"

Inzwischen hatten die Soldaten zwei weitere Schüsse abgegeben. Wie ein aufgeschreckter Hase, der von einem Hund gejagt wird, schlug auch Jan Haken, um den Kugeln zu entgehen. Doch die Flucht durch den hohen Schnee gestaltete sich schwer und anstrengend. Er mühte sich ab, seine Füße voranzubringen und nicht wieder über irgendetwas zu stolpern. Aber seine Schuhe rutschten regelmäßig auf dem schneeglatten Untergrund zur Seite weg und fast hätte er so den Halt verloren.

Wieder ein Schuss. Dennoch schien es, als hätte Jan die Soldaten ein wenig abhängen können, denn ihre

Stimmen drangen nun von weiterer Distanz zu ihm. Wie lange würde er vor ihnen flüchten können? Wie lange würde es dauern, bis weitere Soldaten als Verstärkung für sie erscheinen würden? Das Letzte, was Jan wollte, war, so kurz vor dem ersehnten Ziel verhaftet zu werden. Sie würden ihn nur foltern und danach verurteilen, für etwas, was im Grunde kein Verbrechen war – ein Land zu verlassen. Ein Land, auf dem all seine Hoffnungen ruhten, das er noch vor Kurzem in seinen Zukunftsplänen nicht wegdenken konnte und das ihn derart enttäuscht hatte.

Erneut gelangte Jan zu dem Bach, den er zuvor überquert hatte, jedoch an einer anderen Stelle, denn auf der anderen Uferseite war der Hang nun bedeutend höher. Er sprang darüber und machte sich sogleich daran, auf allen Vieren den Hang zu erklimmen. Bitterkalt spürte er die Nässe durch seine Kleidung dringen, während er durch lockere Erde und welke Blätter robbte. Jan erreichte die Anhöhe und sah sich kurz um. Unten war nur schemenhaft einer der Soldaten zu sehen, der wenige Schritte vor dem Gewässer über etwas gestolpert war und auf dem Boden lag. Fluchend suchte er die Pistole, als aus einer anderen Richtung ein Schuss abgegeben wurde.

Jan konnte nicht erkennen, woher der Schuss kam, aber sofort spürte er den brennenden Schmerz an seiner linken Schulter. Blitzartig duckte er sich und türmte durch ein Gebüsch. Die hervorstehenden Zweige zerkratzten ihm das Gesicht. Schon vollkommen außer Atem suchte er sich verzweifelt einen Weg durch die Dunkelheit. Doch dann musste er sich ausruhen, durchatmen. So viel Bewegung war er nicht gewohnt.

Um ihn herum war wieder Stille. Keine Stimmen und keine Schüsse mehr. Jan wusste nicht, wie lange er seit dem letzten Schuss gelaufen war, es kam ihm endlos vor. Nur, allzu lange durfte er sich nicht in Sicherheit wiegen, die Soldaten würden nicht eher ruhen, bis sie ihn gefangen hatten.

Keuchend rannte er weiter. Jan war nie ein Mensch gewesen, der sich gerne mit sportlichen Aktivitäten auseinandersetzte. Das machte ihm nun zu schaffen. Durch die kühle Luft musste er mehrfach hintereinander husten und trotz der niedrigen Temperatur schwitzte er stark. Die durchdringenden Schmerzen an der Schulter und am Fußgelenk erschwerten ihm das Atmen zusätzlich. Er spürte, wie die Kräfte aus seinem Körper schwanden, ein leichtes Schwindelgefühl machte sich breit.

Noch immer war nichts von den Soldaten zu hören. Nur ganz weit entfernt meinte er noch einen Ruf zu vernehmen. Jan wurde etwas leichter ums Herz. Doch seine Kräfte wurden immer weniger, er musste sich mit den Händen an den umstehenden Bäumen festhalten, um nicht zu fallen. Alles um ihn herum begann sich zu drehen. Zitternd blieb er im Unterholz stehen, seine Knie wurden schwach und er sank erschöpft in den Schnee.

Teil II
Das Dorf am Rande der Welt

Winter 1969

Als Jan aufwachte fühlte er zuerst nichts. Erst, als er sich in dem knarrenden Bett umdrehte, fuhr ein stechender Schmerz in seine Schulter, sodass er leise aufschrie. Außerdem war ihm kalt und sein Kopf fühlte sich an, als hätte er drei Nächte durchzecht. Er spürte das Fieber in sich, eine belegte Zunge und schmerzende Gelenke.

Angestrengt versuchte er sich zu erinnern, was vorgefallen war. Seine Flucht vor den beiden Grenzsoldaten, der Schuss, der seine Schulter getroffen hatte und der kraftlose Zusammenbruch. Das alles wusste Jan noch. Aber, was war danach geschehen? Wie war er hier in dieses Bett geraten? Wo war er überhaupt? Nach einem Gefängnis sah es hier nicht aus, der Raum besaß eine normale, hölzerne Türe und ein unvergittertes, wenn auch sehr kleines Fenster.

Und auch sonst deutete hier nichts darauf hin, dass er in diesem Haus gefangen gehalten wurde. Auf dem einfachen Tischchen neben der Schlafstelle stand eine Blechtasse, daneben ein Krug mit Wasser. An der Wand hing ein Bild, das eine Jagdszene aus vergangenen Zeiten mit einem erlegten Wildschwein und Jägern zu Pferd zeigte. Einer der Jäger blies in ein schön geschlungenes Horn, wie es heutzutage nicht mehr verwendet wurde. Neben dem Bild ein

Kreuz. Auf einem Regal mit durchhängenden Brettern türmte sich allerhand Trödel, davor stand ein Stuhl auf dem Jans Kleidung geschichtet lag.

Wieder begann sich alles um Jan zu drehen und seine Zähne klapperten in dem nur gering beheizten Raum. An den Scheiben des geteilten Fensters hatten sich feine Eiskristalle gebildet. Er zog die wollene Decke weiter nach oben, aber der Kälte war nicht beizukommen.

Nur sehr bedächtig kamen seine Erinnerungen wieder zurück. Oder hatte er diese nur geträumt? Jan kam in den Sinn, dass sich ein grau-brauner Wolf über ihn gebeugt und ihm das Gesicht geleckt hatte, als er im Schnee lag. Spärlich drang das frühe Sonnenlicht durch die dichten Äste der Bäume über ihm. Dann versiegten seine Erinnerungen wieder. Das alles musste ein Traum gewesen sein, den er während der Nacht gehabt hatte. Gab es in Böhmen überhaupt noch Wölfe? Soweit Jan wusste, waren sie seit einiger Zeit in diesem Gebiet ausgerottet.

Der Verlust seines Koffers fiel Jan wieder ein. Angestrengt versuchte er sich zu erinnern, ob darin irgendetwas sein konnte, was auf seine Identität schließen lassen würde. Geistesgegenwärtig beugte er sich zu dem Stuhl hinüber und zog ihn näher zum Bett. In der Innentasche seiner Jacke fand er die Karte, die Alena ihm aus Österreich geschickt hatte. Noch im Zug hatte er sie in die Hand genommen und das Bild der malerischen Seelandschaft betrachtet. Erleichtert atmete er auf, denn die Karte war der einzige Gegenstand, auf dem seine frühere Adresse geschrieben stand.

Um seine Kleidung tat es ihm nicht leid, all das war ersetzbar und sein Geld befand sich ebenfalls eingenäht in der Jacke. Doch die Erinnerungsstücke – das Familienfoto, das Tagebuch und das Bild – waren unwiederbringlich verloren. Wie gerne hätte er sich diese Dinge als eine Art Reliquie für immer erhalten, um sich an seine zurückgelassenen Liebsten zu erinnern.

Jan wurde jäh aus seinen Gedankengängen gerissen. Hinter der niedrigen Holztüre war gedämpft eine Stimme zu vernehmen. Aufmerksam horchte er, doch er konnte nicht verstehen, was dahinter gesprochen wurde. Es machte aber den Eindruck, als handle es sich lediglich um eine sprechende Person, denn soviel er verstand, wurde auf den Monolog nicht geantwortet. Nach einiger Zeit der Stille begannen die alten, hölzernen Dielenbretter zu knarren und schlurfende Schritte näherten sich.

Jan wurde ein wenig mulmig zumute, da er noch immer nicht wusste, in wessen Hütte er sich hier befand und welche Absichten die Bewohner mit ihm hatten. Ächzend schwenkte die Türe nach innen auf und das erste, was Jan sah, war die Schnauze eines grau-braunen Wolfes. Ihm stockte der Atem. Er hatte also nicht geträumt.

Dahinter betrat ein gebückt gehender, alter Mann das Zimmer. Er war hager, sein Gesicht übersät mit weißen Bartstoppeln und seine mit zahllosen Altersflecken bedeckten Hände waren zerkratzt, als hätte er gerade Brombeerranken geschnitten. Aber sein fettiges, weiß-graues Haar war noch voll. Ein unangenehmer, ranziger Geruch ging von ihm aus, was daran liegen konnte, dass das karierte Hemd und die braune Cordhose, die er mit ausgefransten Hosenträgern festhielt, lange nicht mehr gewaschen worden waren.

„Na, ausgeschlafen?" fragte der alte Mann in schroffem Tonfall, aber ein Lächeln durchzuckte sogleich seinen faltigen Mund.

Er legte Jans Kleider zu dessen Füßen auf das Bett und setzte sich sehr langsam und unter Stöhnen auf den Stuhl, wobei er sich an der Wand festhalten musste.

„Nach über zwölf Stunden dürfte man das annehmen."

Erst jetzt bemerkte Jan, dass der Himmel hinter dem kleinen Fensterchen schon wieder dunkel war.

„Was ist geschehen?" fragte er zaghaft.

„Das hoffte ich eigentlich von dir zu erfahren", erklärte der Alte. „Du hast mir einen ganz schönen Schrecken eingejagt, als ich dich halb erfroren dort draußen im Wald gefunden habe. Oder besser gesagt, Tosca hat dich gefunden." Er deutete auf das neben ihm liegende Tier.

„Ist das ein Wolf?"

„Nein", lachte der Alte, wurde aber sogleich von keuchendem Husten wieder unterbrochen. „Tosca hat zwar wölfisches Blut in sich, aber sie ist ein Wolfshund."

„Sieht aber wirklich aus wie ein kleiner Wolf."

Der Alte tätschelte den Brustkorb des Hundes. Dann wandte er sich wieder Jan zu.

„Was hast du dort draußen im Wald gemacht? Wer auf dich geschossen hat, kann ich mir ja denken. Die ganze Gegend ist stärker bewacht als unsere Staatsbank. Dein Glück war es, dass die Kugel dich nur gestreift hat."

Jan wusste nicht, ob er sich diesem Fremden anvertrauen konnte. Andererseits hatte er ihn wahrscheinlich vor dem Erfrieren gerettet, ihn ohne lange zu überlegen zu sich nach Hause geholt. Niemand, der einen ihm vollkommen unbekannten Menschen frei von jeglichen Fragen, selbstlos, mit sich nimmt, würde ihn anschließend verraten. Der Alte hatte Jans längeres Schweigen allerdings richtig interpretiert, und er meinte, er stelle keine weiteren Fragen.

„Jetzt erhol dich erst einmal, dann sehen wir weiter," meinte er und machte sich daran, das Zimmer zu verlassen.

„Wie heißen Sie?" fragte Jan.

„Helmut. Nach meinem deutschstämmigen Großvater."

Deutschstämmig, dachte Jan. Also bin ich noch immer in der Tschechoslowakei. Der kleine, gehegte Funken Hoffnung war nun doch weggeblasen. Andererseits hätte ihn ein Deutscher wohl kaum auf Tschechisch angesprochen. Seine Gedanken waren noch immer durcheinander.

„Vielen Dank für alles, Helmut. Ich weiß gar nicht, wie ich mich bei Ihnen revanchieren kann. Es ist nicht selbstverständlich..."
„Nichts zu danken", unterbrach ihn der Alte. „Es muss nicht immer alles ausgesprochen werden."
Helmut öffnete die Tür, pfiff kurz durch die Zähne und die Hündin stand auf, folgte ihm ins andere Zimmer.

*

Jan lag mit dem Rücken an die Wand gelehnt auf dem schmalen Bett, die Decke weit nach oben gezogen, aber er konnte nicht mehr schlafen. Wenn er daran dachte, dass er hier in einem Ort fernab jeglicher Möglichkeiten lag, kam er sich vor wie Robinson Crusoe, gefangen auf einer einsamen Insel. Gleichwohl verdrängte er seine depressiven Gedanken wieder und war froh, überhaupt hier sein zu können. Wenn der Alte ihn nicht gerettet hätte, wäre er jetzt wohl tot.
Inzwischen musste jemand in Prag seine Abwesenheit bemerkt haben. Mit Sicherheit die Polizei, da er nicht zu dem genannten Zeitpunkt bei ihnen erschienen war, um seine Entscheidung mitzuteilen. Jan musste schmunzeln.
Aber, auch seinen Eltern oder seinen Freunden musste es aufgefallen sein. Sicherlich machten sie sich noch keine Gedanken, zwei Tage nicht zuhause zu sein, war nichts Ungewöhnliches. Er konnte sich auf einem Ausflug befinden, oder anderweitig

verhindert sein. Nichts, was größere Bedenken hervorrufen könnte.

Nur, wenn er einmal lange Zeit verschwunden sein würde, war sich Jan sicher, dann würden seine Eltern mit Sicherheit aus lauter Sorge verzweifeln. Er konnte sich noch gut daran erinnern, als Karel gestorben war. Tagelang waren die Eltern melancholisch gewesen, sie sprachen so gut wie nichts miteinander, nur einmal sah er seinen Vater am großen Fenster des Wohnzimmers stehen, stumm weinend. Zwar hatten sie versucht, ihre Kinder nicht mit ihrer lautlosen Trauer zu beunruhigen, aber Alena und er waren damals längst erwachsen, sie konnten den innerlichen Schmerz der Eltern spüren, denn auch sie trauerten schweigsam.

Jan konnte sich noch genau an den Tag erinnern. Es war ein Mittwoch, als gegen acht Uhr abends die Türklingel im Haus erklungen war und vor der Wohnung die Polizei stand. Noch nie hatte er jemanden so sachlich und unbeteiligt über den Tot eines Menschen reden hören, wie diesen Polizisten. Es war ihm anzumerken, dass ihn das Schicksal der Hinterbliebenen nicht im Geringsten interessierte. Er war nur gekommen, um seine Pflicht zu erledigen. Sein Kollege stand hingegen nur gelangweilt neben ihm.

Karel war auf dem Weg von seiner Arbeitsstelle nach Hause. Das Unternehmen lag etwas außerhalb von Prag und so hatte sich Karel einen alten Wagen angeschafft, damit er die Strecke pendeln konnte, denn eine Busverbindung gab es dorthin nicht. Es

dämmerte bereits und der Asphalt war vom Regen des Tages noch feucht und rutschig. Wahrscheinlich war Karel in Gedanken bei seiner Verlobten, oder er dachte über eine wichtige Sache in der Arbeit nach, jedenfalls fuhr er den Wagen zu schnell in eine langgezogene Linkskurve. Er kam rechts von der Straße ab, überschlug sich einmal und prallte, mit dem Dach voran, gegen eine Lagerhalle. Die rasch herbeigerufene Feuerwehr und der Notarzt konnten nichts mehr für ihn tun. Sein Bruder war sofort tot.
Als endlich wieder Ruhe in der Familie eingekehrt war, folgte bald der nächste Schock. Alena und Jan waren bereits ausgezogen, doch sie trafen sich an den Wochenenden regelmäßig zum Essen im Elternhaus. Da auch die Großeltern väterlicherseits dort wohnten, waren immer viele Leute dort und die beiden Geschwister wollten die Gesellschaft ihrer Familie nicht missen. Ab und an war auch Karels Verlobte noch nachmittags zum Kaffee anwesend.
Doch dann war Alena mit einem Schlag ebenfalls aus dem Leben der Familie verschwunden. In aller Eile hatte sie gepackt und war zusammen mit ein paar Künstlerfreunden über die Grenze gegangen, um in Österreich ein neues Leben zu beginnen. In dem Brief, den sie in ihrem Studentenzimmer hinterlassen hatte, stand, dass sie nicht wüssten, wohin sie gehen würden. Nur, dass sie weit weg von der Tschechoslowakei wollten. Erst, als sie in den Alpen eine neue Bleibe und Arbeit gefunden hatten, schrieb Alena, wo sie ab jetzt wohnen würde. Zwar war Jan in ihr Vorhaben eingeweiht gewesen, aber wirklich

beruhigt war er erst, als seine Schwester mitteilte, sie hätte es geschafft.
Und nun war auch noch Jan aus Prag geflohen. Auch er wusste nicht, wohin ihn seine Reise führen würde, nur, dass mit ihm ab jetzt alle drei Geschwister für die Eltern unwiederbringlich verloren waren. Jan konnte sich vorstellen, das dies für Mutter und Vater einen Schock bedeuten musste, denn sie wussten nicht, ob sie ihre Kinder je wiedersehen würden.
Die Gedanken zogen vor Jans innerem Auge vorbei, als würden sie gerade vor ihm wirklich geschehen. Wie ein Theaterstück, das man extra in dem kleinen, schlecht beheizten Zimmer für ihn aufführte. Folgen des starkem Fiebers und der schmerzenden Verletzung.

*

Später klopfte es an an der Tür. Helmut kam mit einem Tablett in Jans Stube, wieder folgte ihm die Wolfshündin. Er stellte eine Schüssel mit heißer Brühe auf den wackligen Nachttisch und legte einen Löffel daneben.
„Ich gehe davon aus, dass du Hunger haben wirst," meinte Helmut. „Tee bringe ich gleich noch."
Helmut schlurfte nach draußen, doch die Hündin blieb im Zimmer und sah Jan an. Er wusste nicht, ob sie es auf die Suppe abgesehen hatte, oder, ob ihr Interesse seiner Person galt. Jedenfalls kam sie näher heran, als Jan sie an sein Bett lockte und ließ sich ohne Weiteres von ihm streicheln, den Kopf auf das

mit einem löchrigen Leinentuch überdeckte Strohlager gelegt.
„Tosca ist einfach zu gutmütig für einen ordentlichen Wachhund," sagte Helmut, als er den Tee gebracht hatte.
„Wie weit ist es von hier bis zur Grenze?" fragte Jan.
„Bis zur Grenze sind es nur ein paar hundert Meter, aber der nächste Grenzübergang ist einige Kilometer entfernt. Wobei ich davon ausgehe, dass du den nicht gemeint hast. Dort, wo ich dich gefunden habe, wären es nur noch ein paar Schritte bis Deutschland, du hättest nur noch die Stacheldrahtsperren überwinden müssen, dann wärst du drüben gewesen. Für einen alten Mann ist es aber doch ganz schön anstrengend, wenn man einen Jungspund auf dem Schlitten nach Hause ziehen muss." Helmut lächelte Jan zu. „Und dabei musste ich auch noch aufpassen, dass ich den Grenzsoldaten nicht begegnete."
Der alte Mann zündete sich eine selbstgedrehte Zigarette an und sah Jan eine ganze Weile schweigend beim Essen zu.
„In unserer Gegend ist schon lange niemand mehr über die Grenze geflohen. Die meisten Menschen versuchen, nach Österreich zu gelangen. Anscheinend gibt es dort ein besseres Flüchtlingsprogramm, aber was weiß ich. Was hat dich veranlasst, es hier zu probieren?"
„Ich weiß es ehrlich gesagt nicht," entgegnete Jan. „Es war so ein Gefühl, dass es hier besser gelingen würde. Von der schwächer frequentierten Grenze

wusste ich, und so dachte ich, hier würden die Patrouillen nicht so häufig sein."

„Ja, der Gedanke war gut, aber leider hat es nicht geklappt."

Es entstand eine lange Pause in der man das Klappern von Jans Löffel und das stete Ticken einer Uhr im Nebenzimmer hören konnte. Helmut drückte die Zigarette auf der Untertasse aus und stellte das Teeglas auf den Nachttisch.

„Warum haben Sie Ihren Hund Tosca getauft?" fragte Jan, um das heikle Thema nicht mehr ansprechen zu müssen.

„Meine Frau hatte vor langer Zeit einmal eine Platte von Giacomo Puccinis Oper Tosca besessen, die sie sehr gerne hörte. Und daran erinnerte ich mich, als ich die Hündin bekam."

Helmut strich sanft über Toscas Ohren, woraufhin sie ihm über die Hand leckte. Dann nahm er das leere Geschirr und ging wortlos wieder ins Nebenzimmer. Später hörte Jan die Haustüre quietschen. Der alte Mann plagte sich mit irgendetwas, es krachte immer wieder und das durchdringende Stöhnen und Husten war sogar bis ins hintere Zimmer zu vernehmen. Er kam mit einer Kiste voll Brennholz wieder ins Haus, Jan spürte die eisige Winterluft und bemerkte dadurch, dass es in seiner Kammer doch nicht so kalt war, wie er vermutet hatte.

Die Hündin war derweil vor dem Bett liegengeblieben und hatte ihrem Herrn hinterher gesehen. Jetzt stand sie träge auf, streckte sich und ging zu Helmut, schnupperte an der Kiste mit dem

Holz, während er ein paar der Scheite in den Ofen nachlegte. Dann konnte Jan Helmut wieder durch den Türausschnitt sehen, wie er quer durch den Raum ging. Außer Sichtweite hörte er nur ein leises Rascheln, danach ein ebenso stilles Kratzen, aber gleich darauf ertönte erhabene Musik.
„Du hast mich an die Platte erinnert, also spiele ich sie. Ich hoffe, du magst Opern, Jan."
Ein wohltuender Schauer ging durch Jans Körper. Die Suppe hatte ihm gutgetan und die behaglichen Klänge der Musik ließen ihn kurz seine Schmerzen vergessen. Er schloss die Augen und ließ sich von den Tönen führen. Zwar kannte er Puccinis Tosca bislang noch nicht, aber sie gefiel ihm ausgesprochen gut.
Er hörte noch eine ganze Weile das beflissene Klappern im anderen Teil des Hauses. Helmut werkte scheinbar pausenlos an etwas. Obwohl er körperlich stark beeinträchtigt schien, war er doch nie ruhelos. Jan hätte zu gerne gewusst, mit was für Dingen der alte Mann andauernd beschäftigt war. Doch auch hörte er ihn zwischendurch wieder leise vor sich hin fluchen, sein beißender Husten oder das angestrengte Stöhnen, wenn er kurz verschnaufte.
Nachmittags hatte es sich Helmut zum Lesen in seinen abgewetzten Lehnstuhl gemütlich gemacht, was Jan vom Bett aus sehen konnte, wenn er sich nach vorne beugte. Er schien geradezu von seiner Lektüre gefangen zu sein, denn er sah nicht einmal auf, als Jan, dick eingewickelt in seine Kleider, zum Toilettenhäuschen nach draußen ging, was ihm noch einige Anstrengung kostete, da das Fieber ihn

erheblich schwindeln ließ. Zuerst hatte er seinen Augen nicht getraut, als er Helmut dort sitzen und lesen sah, dies hatte er nicht erwartet. Doch dann bemerkte er, dass im ganzen Raum Bücher in allen verfügbaren Ecken verteilt und fein säuberlich verstaut waren. Helmut war nicht der typische Mensch, den er sich mit einem Buch vorgestellt hatte. In seiner Fantasie lasen nur Leute mit akademischen Berufen, ein alter Einsiedler am Rande des Landes gehörte bisher nicht zu dieser Vorstellung.

Jan war gerade wieder in das Bett zurückgekehrt, hatte sich vor Kälte schlotternd in die Decken gewickelt, als es an der Haustüre klopfte. Helmut gab lediglich ein kurzes Brummen von sich und stand langsam auf, um zu öffnen.

„Ich wollte mal nach deinem Patienten sehen", sagte eine fröhliche, weibliche Stimme.

„Mach das, er ist gerade wach", antwortete Helmut und ließ sich wieder keuchend im Sessel nieder.

Zwischen den Türstöcken erschien eine junge Frau mit langen, blonden Haaren. Sie lächelte schüchtern in das Zimmer, trat von einem Fuß auf den anderen und entledigte sich dabei von ihrem hellroten Strickschal. Sie war zierlich, nicht sehr groß und ihr fein geschnittenes Gesicht sehr blass, was ihre schmalen Lippen umso röter erscheinen ließ. Jan schätzte sie auf höchstens zwanzig Jahre. Ungeduldig spielte sie mit dem Schal in ihren Händen und lehnte sich dann kurz an den Türstock.

„Geht es Ihnen schon besser?" fragte sie schließlich.

„Es geht", antwortete Jan. „Aber, meine Schulter schmerzt noch unwahrscheinlich stark."
„Aber, wenigstens sind Sie wieder auf dem Weg der Besserung. Als ich zum ersten Mal hier war, hatte Helmut Sie gerade gefunden und mich gebeten, ihm zu helfen. Sie sahen gar nicht gut aus."
„So fühlte ich mich auch", meinte Jan. „Aber, würden Sie mir verraten, wer Sie sind, wenn Sie sich schon um meine Gesundheit sorgen?"
„Oh, Entschuldigung!" Der jungen Frau war es sichtlich unangenehm, sich noch nicht vorgestellt zu haben. „Mein Name ist Ina, Helmut ist mein Onkel. Darf ich mich setzen?" Sie deutete auf den Stuhl neben dem Bett. Jan nickte.
Ina betrachtete Jan eine Weile scheu, ein zaghaftes Lächeln in ihrem Gesicht.
„Was ist? Habe ich etwas Falsches gesagt?" fragte Jan verwundert.
„Nein..., es ist nur...," Ina stotterte und ihr Gesicht bekam vor Verlegenheit ein wenig Farbe. „Wir bekommen hier so selten Besuch von Außerhalb, also, jemanden, den wir nicht eingeladen haben. Sie sind sozusagen eine kleine Attraktion im Dorf."
Obwohl Jan sogleich Angst bekam, einer der Dorfbewohner könnte den Soldaten verraten, wo er sich aufhalte, musste er dennoch schmunzeln. Er hatte schon vieles erlebt, aber, dass aus ihm eine Dorfattraktion wurde, war doch zu komisch. Außerdem fand er ihre schüchterne Art, ihm dies alles mitzuteilen, sehr sympathisch, er merkte Ina an, dass

sie ihm die Sache gar nicht erzählen wollte, aber es doch auf seine Nachfrage hin tat.
„Es hat sich schnell herumgesprochen, dass Sie über die Grenze wollten und es nicht geschafft haben. So etwas ist bei uns nicht lange ein Geheimnis. Schon, nachdem ich Helmut verlassen hatte, sprach mich jemand auf Sie an. Keine Ahnung, woher er davon wusste. Die Welt ist ein Dorf und das Dorf die Welt."
Ina lachte.
„Solange mich die Polizei nicht abholen kommt...", noch immer war Jan misstrauisch.
„Keine Angst, es leben zwar ein paar Leute hier, die zugegebenermaßen seltsam sind, aber im Grunde sind es alles gute Seelen."
Ina war vollkommen überzeugt von ihrer Meinung, aber aus Erfahrung wusste Jan, dass man gerade in solchen Fällen immer auf der Hut zu sein hatte. Es brauchte nur einer der Bewohner eifersüchtig darauf sein, dass es jemanden gab, der das Wagnis der Flucht einging. Oder jemand hatte sich etwas zu Schulden kommen lassen, so wie er selbst, und sollte nun für das Regime als Spitzel fungieren. Man konnte nie wissen, was einem noch für groteske Schlechtigkeiten das Leben vergällen würden, mit welchem egoistischen Eifer sich Menschen dazu herablassen würden, jemanden anderen zu denunzieren.
„Kann ich Ihnen noch etwas bringen?" fragte Ina in Jans Gedanken hinein. „Möchten Sie noch was haben?"
„Nein danke, vorerst bin ich wunschlos zufrieden."

*

Bereits zwei Tage später war Jan wieder einigermaßen in der Verfassung, dass er sein Krankenlager zeitweise verlassen konnte. Vom langen liegen war sein Körper schlaff geworden und schmerzte ihn bei jeder Bewegung. Er kam sich vor, wie ein Küken, das aus dem Nest geworfen wurde, um fliegen zu lernen, als er die ersten Schritte hinüber in den anderen Teil des kleinen Hauses wagte.
Helmut war nicht da, also sah Jan sich neugierig um. Nichts war zu hören, nur das stete Ticken einer leicht schief hängenden Wanduhr, die er auch in seinem Zimmer vernommen hatte, durchbrach die Stille. Das Zimmer war Küche und Wohnraum in einem. Neben der niedrigen, aber massiven Eingangstüre war ein weiß gestrichener Herd, den man mit Holz befeuerte und der das ganze Haus erwärmte. Daneben ein Tisch mit drei Stühlen, worauf ein voller Aschenbecher und etwas Werkzeug lagen. Im hinteren Teil des Zimmers stand der Lehnstuhl und ein paar Regale mit Büchern, wie Jan schon vom Bett aus hatte sehen konnte. Eine steile Treppe führte hinauf unters Dach. Die Decke war mit schweren Balken durchzogen und auch sonst war im Inneren fast ausschließlich Holz beim Bau verwendet worden. Und obwohl das Haus schon sehr alt war und hier und da kleinere Blessuren aufwies, schien alles sehr solide.
Von draußen näherten sich knirschende Schritte auf dem Schnee. Jan schob den gehäkelten Vorhang beiseite und sah nach draußen. Helmut näherte sich

mit einem Schlitten voller Reisig, die Hündin zog freudig und mit purem Tatendrang Kreise um ihn. Ein freudiges Bellen durchbrach die Stille. Jan beobachtete, wie der alte Mann das Holz in einem Schuppen verstaute und dann mit einem Sack wieder herauskam, um die Hühner zu füttern, die in einem Gehege vergeblich im gefrorenen Schnee scharrten.
Alles an dieser idyllischen Szenerie erinnerte Jan an vergangene Zeiten. Wie eine Trutzburg inmitten all der wirren Hektik dieser Welt. Das winzige Haus mit der alten Tenne daneben inmitten der verschneiten Einöde, zu dem lediglich ein schmaler Fußweg führte, war wie eine altertümliche, schon vergilbte Postkarte anzusehen. Außer dem betagten Plattenspieler schien es auch keine technischen Dinge in Helmuts Haushalt zu geben, alles war, wie vor Jahren, als seine Großeltern jung gewesen waren.
Auf der einen Seite lag der dichte Böhmische Wald, zumeist von Nadelgehölz bewachsen. Der Weg führte einen seichten Hügel bergauf, eingebettet in zwei Weiden, deren Zäune aus dem Schnee ragten. Ziel war der Ort, in dem auch Ina wohnte. Von seinem Standpunkt am Fenster konnte Jan ein paar Häuser und die herausragende Spitze der Dorfkapelle erkennen, dahinter begann erneut der Wald.
Ein wenig fühlte er sich auf den Gutshof zurückversetzt, in dem er die ersten Tage nach dem Krieg mit der Mutter und Karel verbracht hatte. Doch im Grunde war, bis auf die abgelegene Lage, alles anders als dort. Der Hof war in unendlicher Weite gelegen, die weitläufigen Felder und Wiesen endeten

erst am Horizont, während hier durch die umliegenden Hügel des Böhmerwaldes alles beengt wirkte. Auch handelte es sich damals um ein riesiges, fast schon herrschaftliches Gehöft, während Helmuts Anwesen ärmlich dagegen aussah. Und schon damals hatte das Gutshaus über ein Telefon verfügt. Dafür kam die behagliche Gemütlichkeit Jans derzeitigem, angeschlagenen Gesundheitszustand sehr gelegen, er fühlte sich in dem Häuschen wohl und es bereitete ihm Freude, aus dem Fenster zu sehen, und Helmut mit den Tieren zu beobachten.
Ein fremder Mann kam schnellen Schrittes über den ausgetretenen Schnee des Weges angerannt. Schon aus einiger Entfernung rief er Helmut etwas zu, denn dieser unterbrach seine Arbeit und wandte sich nach dem Fremden um. Als dieser schließlich angekommen war, unterhielten sie sich kurz, der Mann gestikulierte dabei wild mit den Händen. Anschließend liefen beide zum Haus, Helmut öffnete die Türe und die beiden traten abrupt ein.
„Jan!" rief Helmut. „Schnell, du musst dich in Sicherheit bringen. Pack die Decken und folge mir!"
Jan, der nicht wusste, warum er fliehen sollte, stand nur wie angewurzelt da und betrachtete die beiden Männer. Helmut ging in die Schlafkammer und kam mit dem dicken Packen Decken von Jans Bett wieder heraus.
„Beeilung!" schrie er ihn mit erhobener Stimme an. „Sie können jeden Moment da sein."
„Wer kann da sein? Ich verstehe nicht..."

„Die Soldaten!" sprach nun auch der Fremde. „Sie haben die Suche nach Ihnen wieder aufgenommen."
„Ivan hat sie zum Glück noch rechtzeitig gesehen, um uns warnen zu können. Schnell!" Helmut trieb Jan weiterhin an.
Von eisigem Schrecken getrieben folgte Jan ihm. Wie waren sie ihm wieder auf die Schliche gekommen? Und warum erst jetzt, nach fast zwei Tagen? Panisch folgte er Helmut, Ivan ging hinter den Beiden, eine schmale Holztreppe in den dämmrigen Keller hinab. Unten angelangt warf Helmut die Decken in eine freie Lücke zwischen einer alten Hobelbank und einem wackligen Schrankregal.
„Hier rein!" rief er.
Als Jan in seinem Versteck war und sich in die Decken gewickelt hatte, legten die Männer Bretter über ihn und lagerten schnell ein paar Gegenstände darauf, die Jan nicht mehr erkennen konnte.
Es war in letzter Sekunde. Über ihm hörte Jan lautes Krachen, als die Soldaten die Eingangstüre aufstießen, danach ihre Rufe.
„Durchsucht das Haus, der Gesuchte könnte überall sein", befahl eine scharfe Stimme. Fußtritte polterten auf dem Boden wieder.
Helmut stieg schwer atmend die Treppe nach oben, gefolgt von Ivan.
„Was ist hier los?" fragte er und tat erschrocken.
„Wir suchen einen Mann, der über die Grenze fliehen wollte", herrschte ihn die Stimme an. „Er muss verletzt sein und sich hier irgendwo versteckt halten."
„Hier ist niemand", entgegnete Helmut mürrisch.

„Das würden wir gerne glauben, Alter", meinte die Stimme herablassend. „Aber, wir durchsuchen das Haus trotzdem."
Jan hörte, wie die Soldaten das Haus absuchten, ihre Schritte über ihm, auf der Treppe ins Obergeschoss. Manchmal krachte etwas, wie, wenn Möbel umgeworfen würden. Dazwischen das wütende Bellen und Knurren Toscas. Er schauderte. Hoffentlich finden sie mich nicht, dachte er. Sonst wäre alles aus. Sie würden mich einsperren, mich verhören, mich foltern. Alles wäre umsonst gewesen. Der überstürzte Aufbruch ohne Abschied von Familie und Freunden, die harte Flucht durch den Wald, die Schussverletzung. Sie würden mich nur noch mehr zurichten und meine Lieben würde ich dennoch für lange Zeit nicht mehr zu Gesicht bekommen.
„Hier ist nichts" - „Niemand da" - „Nichts zu finden" war es ab und an zu vernehmen.
Dann waren Schritte auf der Kellertreppe zu hören. Schnell kamen sie nach unten, näherten sich ihm. Jan sank weiter in sich zusammen, versuchte, sich noch kleiner zu machen unter den Decken. Er bangte. Fürchtete sogar um sein Leben. Wer wusste, was sie mit ihm anstellten. Ein Schuss genügte, nachdem sie ihn gestellt hatten. Notwehr würde es heißen, oder, dass er erneut geflohen sei.
Der Schrank neben ihm wurde aufgestoßen, die Türen schlugen gegen die Wand. Jan hielt erstarrt den Atem an.
„Alles sauber!" hörte er einen der Soldaten der genau neben seinem Versteck stand. Durch einen winzigen

Spalt zwischen den Decken konnte er die Uniform sehen, eine Hand, ein Maschinengewehr. Dann wieder Schritte, die sich diesmal allerdings entfernten, die Treppe wieder nach oben stiegen. Erleichtert atmete er auf.
„Wir hatten einen Hinweis bekommen, dass sich der Flüchtige bei dir aufhalten soll, Alter", wieder ertönte die herrschende Stimme. „Wo ist er?"
„Ich sagte doch bereits, dass..."
„Lüg´ mich nicht an!" unterbrach sie Helmut barsch und befahl, dass auch die Ställe durchsucht werden sollten. „Du wirst dein Leben im dunkelsten Kerker fristen können, wenn du einen Feind des Staates bei dir versteckst, Genosse."
„Lassen Sie den Mann in Ruhe", mischte sich Ivan ein. „Er ist alt und krank."
„Das macht nichts. Wer einem Verbrecher hilft, wird bestraft."
Ein abruptes, dumpfes Poltern, ein Aufstöhnen, dann wieder Stille. Irgendetwas klopfte ein paar mal auf die Holzdielen, wie ein Takt. Lange währte tiefes Schweigen.
„Wir werden dich beobachten, Genosse!" anscheinend hatten die Soldaten auch für die Ställe verlauten lassen, dass nichts gefunden worden war. Die Stimme drohte Helmut. Dann wieder schwere Schritte auf den Dielen, das unvermeidliche Krachen der Eingangstür. Tosca bellte noch immer.
Jan konnte endgültig aufatmen, die Soldaten waren abgezogen, ohne ihn entdeckt zu haben. Doch musste er noch lange warten, bis Ivan zu ihm in den Keller

stieg. Es kam ihm vor, als wäre er noch Stunden unter seinen Decken gewesen, die nasskalte, modrige Luft einatmend, trotz der Decken frierend.

Als Jan wieder sicher in der warmen Stube war, zitterte er vor Kälte, seine Zähne klapperten. Helmut reichte ihm eine Tasse warmen Tees und ließ ihn im Sessel platz nehmen, die Decken eng um sich geschlungen.

„Diese Schweine haben mich einfach umgestoßen", sagte Helmut und strich mit der linken Hand über den rechten Arm. „Manieren sind das…"

„Die Soldaten durchsuchen schon eine ganze Zeit lang die Gegend", fügte Ivan hinzu. „Ich wollte es euch nicht früher sagen, um euch nicht zu beunruhigen."

„Das hätte aber einiges leichter gemacht", fuhr Helmut ihn barsch an. „So hätten wir uns auf den Besuch vorbereiten können und wären nicht derart überrascht worden. Ist dir das vielleicht nicht selber eingefallen?"

Ivan murmelte etwas unverständliches und senkte den Kopf.

„Na, wie auch immer", erklärte Helmut nun ruhiger. „Wir haben es überstanden. Wie geht es dir, Jan?"

„Es wird mir wärmer", antwortete Jan lächelnd. „Ich hatte mich schon gefragt, warum die Soldaten nicht früher nach mir gesucht hatten. Aber, somit wird es klar, sie hatten das Gebiet durchkämmt und sind erst jetzt hier angelangt."

Nun hatte er die Gelegenheit, Ivan genauer zu betrachten. Er war etwas jünger, dafür kleiner und

rundlicher als Helmut, aber auch seine Kleidung war abgetragen und ein herber Stallgeruch ging von ihm aus, der Jan schon vorher in die Nase gestiegen war. An den Seiten seines fast kahlen Schädels standen ihm einige schwarz-graue Haare wirr ab. Ivans Augen waren aber ganz ohne Ausstrahlung, so, als würde er nur vor sich hin starren, keinen konkreten Gedanken verfolgen. Jan kam es vor, als würde er vor einem ergrauten, haarlosen Kind stehen, das man gerade ausgeschimpft hatte.
Seufzend ließ Helmut sich auf einem der Küchenstühle nieder. Sein Arm schmerzte, immer wieder strich er darüber und verzerrte dabei das Gesicht. Die Hündin lag vor der Tür und hatte noch immer die Ohren gespitzt, ob die Männer draußen wieder zurückkommen würden. Ivan ging zum Geschirrschrank, nahm eine Schnapsflasche ohne Etikett und 3 Gläser heraus und schenkte ein. Zwar schauderte Jan, da er Schnaps noch nie gemocht hatte, aber das hochprozentige Getränk wärmte ihn von innen.
„Warum wolltest du fliehen, Jan?" fragte Helmut mit einem Mal, seine Stimme war ruhig aber direkt.
Neugierig blickte Ivan zu Jan. Er hatte sein Glas inzwischen erneut gefüllt, setzte es an seine Lippen und kippte den Schnaps in einem Zug nach unten. Helmut drehte sich eine Zigarette.
Besänftigend sah Helmut zu Jan herüber, während er den Rauch seiner Zigarette inhalierte und ausblies. Jan allerdings fühlte sich in diesem Moment, als wäre er nackt. Er wusste, dass er seine Geschichte erzählen

musste, wollte er weiterhin in diesem Haus bleiben, es war eine Sache der Ehre. Dennoch fühlte er sich, als müsse er sich vor den beiden Männern bloßstellen, sich zu etwas herablassen, was er im Grunde nicht wollte. Er fühlte eine Leere in seinem Magen, der sich in ihm zusammenzuziehen drohte. Doch schließlich atmete er tief durch und begann die Ereignisse der letzten Tage zu erzählen.

Jan berichtete von seiner Schwester Alena, zeigte den beiden die Karte, die sie ihm aus Österreich geschickt hatte. Er sprach von seinen Plänen, die er bis zu diesem Zeitpunkt geschmiedet hatte, was er in der Tschechoslowakei vorhatte, von seinem Beruf als Lehrer und welche Hoffnungen er zusammen mit seinen Freunden und Bekannte damals in Dubčeks Politik setzte. Sie alle wollten, dass ihre Nation wieder aufblühte, wieder so wurde, wie nach dem ersten Weltkrieg, als die Industrie blühte und deren Produkte in der ganzen Welt hoch angesehen waren.

„Ich wusste einfach nicht mehr, was ich machen sollte. Ich war in der Zwickmühle – entweder meine Freunde verraten, oder nicht mehr als Lehrer arbeiten zu dürfen. Auch, wenn ich nicht viel dafür bekomme, so liebe ich meinen Beruf. Ich mag es, die Schüler mit der Weltgeschichte zu begeistern und ihnen die tschechische Sprache näher zu bringen. Hoffentlich bekomme ich im Ausland wieder eine Stelle, die dem gerecht wird"

Am Ende gestand Jan, wie enttäuscht er von der Regierung war, dass sie den Einmarsch der Russen gewähren ließen, wie schnell sich viele Politiker von

Dubček abwandten und wieder mit dem fremden Regime sympathisierten, ihre Meinung drehten und wendeten, wie eine Fahne im Wind.
„Ich weiß noch nicht, wie es weitergehen wird. Aber ich bin mir sicher, dass ich in meinem Land keine Zukunft habe, solange sich nichts an dieser Situation der Politik, der Denunzierungen und der Feigheit vor der Sowjetunion ändert", meinte Jan betrübt. „Aber, wenn sogar die Amerikaner vor den Russen kuschen, wird sich ein kleines Land wie die Tschechoslowakei wohl nicht noch einmal auflehnen."
Lange schwiegen die drei Männer, nachdem Jan seinen Bericht beendet hatte. Eine gedrückte Stimmung lag in der Luft, in die Helmut und Ivan durch das Gehörte gesunken waren.
„Die Menschen lernen nicht aus ihren Fehlern", sagte Helmut nach einer Weile. „Sie bringen Tod, schwelgen in ihrer Selbstherrlichkeit und vernichten das, was sie nicht verstehen. Jede Epoche, egal, wie weit man in der Geschichte der Menschheit zurückschaut, ist geprägt von Gewalt und unzähligen Kriegen. Der Mensch ist die brutalste, unberechenbarste Bestie auf Erden."
„Davon weiß ich zu wenig..." streute Ivan ein.
„Nimm doch zum Beispiel die Vertreibung der Deutschen aus unserem Land", wandte Helmut das Wort nun an seinen Freund. „Da warst du selbst dabei! Der zweite Weltkrieg war gerade mit seinen undenkbaren Grausamkeiten beendet worden, als wir dazu übergingen, legalisiert durch die Dekrete von Edvard Beneš, die deutsche Bevölkerung, die in

Böhmen und Mähren bis dahin gelebt hatte, des Landes zu verweisen. Auch mein Großvater mütterlicherseits war von der Deportation betroffen. Sie gaben ihnen nur die geringe Zeit, das Nötigste zu packen, dann wurden sie, genau wie unter Hitler die Juden und Roma, in dunkle Waggons gepfercht und nach Deutschland transportiert.

Viele in der Grenzregion flohen zu Fuß, sie wussten nicht, wohin sie sollten. Helmut, mein Großvater, war Witwer und nun sollte er auch noch seine Tochter, meine Mutter, verlassen. Sie hatte einen Tschechen geheiratet und durfte somit bleiben. Es ist schon eine Schande für unser Land, einen über achtzigjährigen Mann alleine in die Ungewissheit zu verjagen. Ich selbst war damals auch schon Mitte Vierzig, aber all unser Flehen und zähes Verhandeln mit den Behörden, dass er seine letzten Jahre bei seiner Familie verbringen durfte, war erfolglos.

Nach einem halben Jahr erhielten wir ein Schreiben seiner neuen Vermieterin, dass mein Großvater gestorben war. Er wurde in einem Armengrab in der Nähe von Nürnberg beerdigt, weil wir damals kein Geld hatten, ihn hier in seiner Heimat zu begraben.

Natürlich war es so, dass wir auf die Deutschen wegen des Krieges und dem nicht gewünschten Anschluss der Tschechoslowakei an das Reich verärgert waren. Aber, nicht alle Deutschen waren deshalb schlecht. Einige unserer Nachbarn mussten das Dorf verlassen, obwohl sie sich nie etwas zu Schulden hatten kommen lassen. Ich kannte sie mein Leben lang, wir halfen uns gegenseitig, wenn ein

Haus gebaut wurde, die Kinder wuchsen miteinander auf und wenn einer eine schlechte Ernte hatte, legten wir zusammen. Das war das stille Gesetz des Dorfes, wie es im Grunde auch heute noch herrscht."

„Ja, das ist wahr", stimmte Ivan zu. „Ich kann mich nicht daran erinnern, dass es jemals anders gewesen wäre."

„Ich weiß auch noch, dass ein paar meiner Spielkameraden nach unserer Rückkehr nach Prag verschwunden waren." sagte Jan. „Damals war mir das nicht bewusst und ich machte mir als kleines Kind auch keine weiteren Sorgen darüber, aber im Nachhinein erfuhr ich die Geschichte der deutschen Familien.

„Das ist es, was ich vorher meinte, dass der Mensch eine unberechenbare und grausame Bestie ist", erklärte Helmut. „Und wahrscheinlich wird sich die Menschheit auch niemals ändern. Macht ist eine sehr trügerische und gefährliche Waffe, die man nur den wenigsten Leuten in die Hand geben darf."

Sommer 1969

„Habt ihr eigentlich schon mal daran gedacht, einfach von hier zu verschwinden?" fragte Zdenka.
Alena, Radek und sie saßen im leeren Saal der Prager Universität und hatten gerade noch über das zuvor Gehörte der Vorlesung gesprochen. Zdenkas Frage ließ ihre beiden Freunde aufhorchen.
„Du meinst, das Studium abbrechen?" fragte Radek vorsichtig.
„Nein, ich meine, aus dem Land zu verschwinden. Die Grenzen sind offen. Ich könnte mir ein Visum besorgen und einfach weggehen."
„Und, was würdest du im Ausland machen?" wollte Alena wissen.
„Malen."
„Also das Gleiche, was du hier auch schon machst."
„Ja, aber in Freiheit. Hier hat man doch keine Möglichkeit, sich zu verwirklichen. Alles wird einem aufgetragen, wenn man von der Norm abweicht, ist man gleich unten durch oder verdächtig. Hier gibt es nichts, was für mich erstrebenswert wäre."
„Ganz so schlecht ist es doch auch wieder nicht," meinte Radek und tat, als sei er von Zdenkas Aussage eher gelangweilt. „Auch die Tschechoslowakei hat große Maler mit bemerkenswerten Werken hervorgebracht."
„Aber nur in einer Form, die die Oberen für das Volk für richtig erachtet," antwortete Zdenka mit widerwilligem Unterton. „Nichts von dem, was heute

als große Kunst gilt, ist für mich die wahre Erfüllung. Ich möchte Protest in meinen Bildern zum Ausdruck bringen, gegen die Rede- und Meinungsfreiheit anmalen, für das freie Sein und auch das laute Denken."
„Das laute Denken?" Radek kicherte und tat belustigt. Alena war ihren Kommilitonen gedanklich nicht gefolgt. Sie hatte über Zdenkas anfängliche Frage nachgedacht, als Radek mit seinem kindischen Gekichere sie aus ihren Überlegungen riss.
„Seine Meinung sagen", antwortete sie ihm barsch. „Mensch Radek, Zdenka hat vollkommen Recht! Wir fügen uns und spielen die braven Genossen, aber wirkliche Freiheit haben wir nicht. Das zu tun und in der Kunst auszudrücken, was wir möchten, würde von der Norm abweichen und uns in arge Schwierigkeiten bringen. Hör also auf, das alles ins Lächerliche zu ziehen."
Sie warf ihm einen verachtenden Blick zu und Radek atmete tief seufzend ein und aus. Er war es, der die beiden jungen Frauen immer wieder mit seinen Witzen und herablassenden Bemerkungen zum Lachen brachte, aber er sah ein, dass sein Humor in diesem Fall unangebracht war. Seit dem Beginn ihres Studiums waren die Drei unzertrennlich gewesen. Die meisten Studiengänge besuchten sie gemeinsam, ihre Interessen deckten sich größtenteils und mit der Zeit verstanden sie sich auch ohne Worte, auch, wenn Radek es ab und an übertrieb, was seine Possen betraf. Dabei ging es ihm nicht darum, seine

Freundinnen zu beeindrucken, es war einfach seine Art, die ihn dazu veranlasste.

„Aber, was wollen wir im Ausland machen?" fragte er nun zögernd. „Wir haben kaum Geld und das bisschen Deutsch, das wir im Grundkurs hatten, wird wohl kaum dafür reichen, uns den Lebensunterhalt zu verdienen."

„Wir könnten Asyl für die USA oder Kanada beantragen," eröffnete Zdenka.

„Außer dir hat niemand von uns Englisch gelernt", sagte Alena. „Außerdem wirst du mit deinem Schulenglisch wohl die gleichen Probleme haben."

„Es wäre herrlich, in einem freien Land zu leben." Zdenka starrte träumend in die weite Leere des Hörsaals.

In den nächsten Tagen sprachen sie immer wieder über dieses Thema. Es ließ sie nicht los, so sehr hatte es sich in ihren Gedanken eingebrannt. Gemeinsam arbeiteten sie an einem Bild, das allem in seiner Aussage gerecht werden sollte. Dafür trennten sie die Leinwand vertikal ab, an einem hölzernen Pfahl der inmitten eines Stacheldrahtzaunes stand, waren zwei Pfeile angebracht – Ost ↔ West. Den linken Teil des Ostens gestalteten sie grau und trist, fügten dabei ungelenke Worte wie *Unterdrückung*, *Gedankenkontrolle* und *Verbitterung* ein. Den rechten Teil des Westens zierten hingegen farbenprächtige Blumen und ein endloser Blauer Himmel im Hintergrund. Hier verwendeten sie die Worte *Freiheit*, *Lebensqualität* und *Glück*. Zu guter Letzt ließen sie abstrakten Ansichten des Moskauer Kremls, der

Karlsbrücke im Osten und des Stephansdoms und der New Yorker Freiheitsstatue im Westen am Horizont erscheinen. Um nachher nicht mit dem Werk in Verbindung gebracht zu werden, signierten sie es mit den Synonymen Lyh – Bert – Té, eine Abweichung des französischen Wortes *Liberté*.

Ein paar Tage später trafen sie sich am Ufer der Moldau nahe der Karlsbrücke auf der Prager Kleinseite. Alena und Zdenka saßen schon auf einer Bank und unterhielten sich, als Radek zu ihnen stieß.

„Na, die Damen, alles klar bei euch?" Er deutete eine Verbeugung an und zog seine Mütze dabei schwungvoll vom Kopf. Die beiden Mädchen kicherten vergnügt und rückten etwas zusammen, sodass Radek sich setzen konnte.

Während Alena und Zdenka sich weiterhin unterhielten, starrte Radek nur auf das dahingleitende Wasser, die kleinen Schiffe, die darauf fuhren oder er beobachtete die vorbeischlendernden Passanten. Seine Gedanken schienen jedenfalls bei einem anderen Thema zu sein, was auch Alena, die neben ihm saß, kurze Zeit später bemerkte.

„Was ist los mit dir?" fragte sie ihn wobei sie ihm ihren Ellbogen leicht in dir Rippen stieß.

Radek schien aus seinen Gedanken gerissen.

„Ich denke schon seit einiger Zeit nach und auch jetzt komme ich nicht drum herum", meinte er zögerlich, fuhr aber dann ernst und flüssig fort, wobei er sich zuerst vorsichtig umsah und die Stimme beim Sprechen ein wenig senkte. „Müssen wir denn wirklich aus dem Land emigrieren, um frei zu sein

und um das zu tun, was wir wollen? Ich habe mir das alles lange durch den Kopf gehen lassen. Dabei kam ich zu dem Schluss, dass es uns doch gar nicht mehr so schlecht geht, wie früher. Nachdem Dubček das System erneuert hatte, hat sich das Leben hier doch stark verbessert. Der Einmarsch der Russen war nur vorübergehend, ich bin mir sicher, dass auch Moskau bald einlenken wird, weil die auch bald merken werden, dass es so nicht weitergehen kann. Und wir werden wieder mehr Freiheiten bekommen."
Er sah in zwei ungläubige Gesichter. Zdenka strich sich eine Locke aus der Stirn und atmete tief aus.
„Glaubst du das wirklich?" fragte sie mitleidig. „Ich jedenfalls kann daran nicht mehr glauben. Zu sehr wurden unsere Ideen mit Füßen getreten. Ich habe alles so satt!"
„Nein, das war ein einmaliger Wink mit dem Zaunpfahl an das blinde Moskau", meinte Alena, sie sprach etwas ruhiger und gedankenverlorener als ihre Freundin. „Die Tschechen haben gewunken und die Russen haben den Zaunpfahl als Waffe der Erhebung gesehen, nicht als Erneuerung ihrer Politik, sondern als Bedrohung. Das war ein Versuch und wir scheiterten."

*

Im weiten Raum des Zimmers mit den gesammelten Kunstwerken der Studenten war die Luft stickig und es roch leicht modrig. Lange war nicht mehr gelüftet worden, auf den hinteren Werken lag eine dünne Staubschicht und in den Ecken der hohen Decke

hatten Spinnen ihre Netze gebaut. Alena stand hinter einer großen Statue und schaute aus dem Fenster, Radek lehnte am Türrahmen und Zdenka saß im Schneidersitz auf dem Boden. Nach der Vorlesung bei Professor Holeček waren die drei dorthin gegangen, um etwas Ruhe zu bekommen. Jeder schien seinen eigenen Gedanken nachzuhängen. Radek gähnte ausgiebig. Das Thema der Vorlesung war wie immer interessant, aber dennoch war sie fade vorgetragen worden. Irgendwie verstand es der Professor nicht, die Grundlagen der Kunstgeschichte in die Worte zu fassen, die ihnen gebührt hätten. Seine Vorträge waren lethargisch, als würde er einen immerwährenden Monolog führen.
„Wenn es nur nicht so heiß wäre", meinte Radek und gähnte abermals. „Ich habe zu überhaupt nichts Lust."
„Geht mir genauso", antwortete Zdenka.
„Ich könnte einen kompletten Eisbären verdrücken, so heiß ist mir...", witzelte Radek, Zdenka kicherte vor sich hin.
Alena schien sie nicht gehört zu haben, ihr Blick war weiterhin starr aus dem Fenster gerichtet, obwohl man dort draußen nur eine schmale Seitengasse ohne Passanten und nackte Hausmauern sehen konnte. Doch dann drehte sie sich mit einem Mal zu ihren Freunden um.
„Habt ihr euch eigentlich schon mal überlegt, wie wir das Land verlassen sollten?" fragte sie. „Ich meine, ein Auto haben wir nicht. Wir könnten den Zug nehmen."
„Oder, ihr sucht euch jemanden, der ein Auto hat."

Der Schreck fuhr allen dreien durch die Glieder. Niemand von ihnen hatte gehört, wie Professor Holeček das Zimmer betreten hatte. Radek, der noch immer am Türrahmen gelehnt hatte, war so abrupt zur Seite gesprungen, dass er gegen ein paar an die Wand gelehnte Leinwände gestoßen war, die daraufhin polternd, eine nach der anderen, umfielen. Fassungslos starrten sie den Professor an, der nun in der Tür stand und die Hände in den Hosentaschen vergraben hatte. Im rechten Mundwinkel baumelte seine ewige Pfeife.

„Noch sind die Grenzen offen", meinte Professor Holeček. „Lasst uns die Chance nutzen, ehe sie uns wieder genommen wird."

Radek, Zdenka und Alena sahen den Professor misstrauisch, mit großen Augen an. Hatten sie recht gehört? Sollte gerade der heimattreue Holeček, der die Partei so schätzte und den sie gerade deswegen fürchteten, ihnen in diesem Moment ernsthaft diesen Vorschlag unterbreitet haben? Oder, sollte es eventuell eine Falle sein? Ein Plan, mit dem er sie durch ihre Teilnahme würde verraten, bei den Parteifreunden denunzieren können? Alle drei verstanden nicht so recht, ob sie sich dem Gesagten unterwerfen sollten.

„Vertraut mir", sagte Holeček. „Es ist das Beste, was wir machen können. Geht und packt das Nötigste zusammen, wir treffen uns übermorgen um halb sechs wieder in meinem Büro. Und kein Wort zu irgendjemandem. Wer es sich anders überlegen sollte, nehme Rücksicht auf seine Freunde." Er sah den

dreien fest in die Augen. „Oder auf mich, wenn sich keiner traut."
Der Professor drehte sich um und verließ den Saal, ließ seine drei Studenten alleine in ihrer Verwirrung zurück.
„Sollten wir ihm das glauben?" fragte Zdenka.
„Ich kann es nicht glauben," antwortete Radek. „Allerdings würde ich es gerne..."
„Was sollen wir tun?" fragte Alena. „Das Risiko eingehen, oder dem gesunden Menschenverstand folgen? Gerade Holeček! Ich verstehe das nicht!?"
„Mit Sicherheit ist das eine Finte", ergriff Zdenka wieder das Wort. „Warum sollte er, der uns immer wieder auf das Wertvolle im Kommunismus aufmerksam gemacht hat, der der Partei treu ist, sich blind für sie einsetzt, warum sollte er auf einen Schlag das Land verlassen wollen?"
„Das ist eine berechtigte Frage", nickte Alena.
„Also was?" fragte Radek. „Uns bleibt nicht viel Zeit für lange Entscheidungen. Ich gehe das Risiko ein! Zuerst haben wir selbst darüber gesprochen, dass wir es wagen wollen und jetzt, da wir die Chance bekommen, es wirklich durchziehen zu können, machen wir wieder einen Rückzieher? Was haben wir zu verlieren? Wir dürfen sowieso nicht das machen, was wir gerne möchten. Ich riskiere lieber Knast, als länger meine Kunst dem Staat unterzuordnen."
Noch zögerten die beiden Mädchen, doch dann nickten sie sich stumm zu und bekräftigten Radeks Entscheidung.

„Gut", meinte er. „Dann beeilen wir uns. Und denkt daran, zu niemandem ein Wort! Sollte es wirklich eine Finte sein, dann ist es ein Problem von uns dreien, in das wir keinen unserer Freunde oder die Familien hineinziehen sollten."
Doch keiner der drei Freunde bewegte sich von seinem Platz. Sie sahen einander an, ehrlicher Zweifel lag auf ihren Gesichtern. Niemand rührte sich von seinem Platz.

*

Selten war Alena derart verwirrt gewesen. Noch bis vor ein paar Stunden hatte sie geglaubt, gemeinsam mit Zdenka und Radek ins Ausland gehen zu können. Sie hätten es geschafft, da war sie sich sicher. Doch nun war das Angebot Professor Holečeks im Raum, von dem niemand der drei so recht wusste, was er davon halten sollte. Niemals hätte sie gedacht, dass sich jemand derart verstellen konnte, der Partei und dem System lautstark huldigen, dabei aber den steten Wunsch verspürte, endlich ein anderes Leben führen zu können. Oder, war doch alles eine Finte, wie Zdenka vermutete.
Mit diesen Gedanken ging Alena allein nach hause. Fast geräuschlos betrat sie die Wohnung, sie wollte niemandem begegnen, mit ihren Überlegungen alleine bleiben. Derweil sollte noch niemand aus der Familie davon erfahren. Holeček hatte sie ja auch darauf hingewiesen, dass sie sich niemandem anvertrauen sollten, um die Sache nicht zu gefährden.

Sie wollte keinen beunruhigen. Sollte sie wirklich das Land verlassen, so würde sie es den Eltern und Jan noch frühzeitig mitteilen. Und wenn nicht, würde sie einstweilen nicht die Hühner scheu machen.
Doch ihre Gedanken drehten sich im Kreis. Alena kam auf keinen Nenner, von dem sie behaupten konnte, er wäre für sie zufriedenstellend. Mit ihren beiden Freunden hatte sie noch lange diskutiert, bevor sie den Heimweg angetreten hatte. Seltsamerweise war es diesmal Radek, der den Vorschlag des Professors sofort für Gut geheißen hatte. Zdenka, die zuvor die ganze Idee in den Raum geworfen hatte, hielt sich vornehm zurück. Auch sie wusste nicht recht, wie sie dies alles deuten sollte.
Nein, Alena musste sich jemandem anvertrauen, der außerhalb dieses Themas stand und somit unbefangen in seiner Entscheidungskraft war. Die Eltern wollte sie noch immer nicht einweihen, weshalb sie sich an ihren Bruder wenden wollte.
„Und das wäre die ganze Situation", meinte Alena abschließend, nachdem sie Jan alles erklärt hatte.
„Bist du dir denn sicher, dass du wirklich ins Ausland möchtest?" fragte dieser zu ihrem Erstaunen. Jan bemerkte Alenas fragenden Gesichtsausdruck, weshalb er seine Frage weiter ausformulierte. „Du wirst in der ersten Zeit mit Sicherheit beschissener dran sein, als du es hier je warst. Du kannst nicht davon ausgehen, dass ihr sofort Arbeit finden werdet, geschweige denn eine Unterkunft. Vermutlich werdet ihr in ein Auffanglager gebracht, wo ihr monatelang auf euren Asylantrag warten müsst. Und wenn ihr

nicht zurückgeschickt werdet, sondern bleiben dürft, bleibt immer noch die Ungewissheit, wie es danach weitergeht. Es geht nicht nur darum, die Sache einfach durchzuziehen, sondern auch, die Strapazen auf euch zu nehmen, die danach folgen. Hast du das bedacht?"

„Nicht so wirklich", meinte Alena und blickte beschämt auf Jans Bett, auf dem sie saß. Nach einer Weile richtete sie ihren Blick wieder auf den Bruder. „Aber, auch das werden wir durchstehen!" sagte sie entschlossen. „Wir sind jung, wir wollen ein anderes Leben führen. Diese schwere Zeit können wir überstehen, da bin ich mir sicher."

„Gut. Ich möchte nur, dass du dir vorher alles genau überlegt hast. Wenn du einen Rückzieher machst und wieder zurückkommst, wird dein Leben nicht mehr so angenehm sein, wie bisher. Genau das möchte ich vermeiden. Es ist schwer für mich und mit Sicherheit noch schwerer für Mama und Papa, dass du dieses Vorhaben wagen möchtest. Daher will ich dir helfen, so gut ich kann."

In den nächsten Minuten verbrachte Alena viel Zeit damit, sich über die Dinge Gedanken zu machen, die sie in einem fremden Land erwarten würden. Wie Jan ihr geraten hatte, sollten sie nicht einfach ins Blaue hinein losfahren. Sie mussten sich mit dem Vertraut machen, was sie erwarten würde, erwägen, was sein könnte und mit dem Schlimmsten rechnen. Dadurch würde das böse Erwachen am Ende nicht allzu bitter werden, wenn sie wirklich in eine der dunklen

Szenarien geraten würden, die sich Alena langsam auszumalen begann.

Jan kehrte mit einem Teller belegter Brote ins Zimmer zurück. Die Eltern waren an diesem Abend im Theater und würde noch ein wenig brauchen, bis sie wieder hier waren. Demnach hatte die beiden Geschwister Zeit, in Ruhe abzuwägen, was für Alena das Beste wäre, ohne die Eltern voreilig in die Geschichte einweihen zu müssen.

„Nein, wir müssen es wagen!" meinte Alena schließlich nach einer längeren Periode des Schweigens in der nur Jans leise Kaugeräusche zu hören waren. „Es ist eine einmalige Chance und ich fühle, dass es die richtige Entscheidung ist. Ich fühle, es ist die richtige Wahl," sie seufzte, sah ihren Bruder aber mit entschlossenem Blick an. Jan war klar, dass es Alena schwer fallen würde, aber in seinem Herzen wusste er, was es für sie bedeutete, diesen Schritt gehen zu wollen.

„Wie du meinst", sagte er und lächelte ihr aufmunternd zu, was sie schließlich erwiderte. Jan stellte den Teller beiseite, setzte sich neben seine Schwester und umarmte sie wortlos. Er wusste, dass er sie hiermit verloren hatte, dass sie sich mit Sicherheit für lange Zeit nicht mehr sehen würden, wenn nicht gar für immer. Und das war sehr schwer für ihn. Doch wünschte er sich für seine Schwester nur das Beste, was ihn zu der Einsicht brachte, dass er sie unweigerlich ziehen lassen musste.

„Weißt du, du wärst nicht die erste Flüchtige in unserer Familie", meinte Jan schließlich schmunzelnd. Alena sah ihn fragend an. „Unser Großvater mütterlicherseits hat auch eine Odyssee hinter sich gebracht. Ich weiß nicht mehr genau, in welchem Jahr das war, aber er war im 1. Weltkrieg in Kriegsgefangenschaft geraten. Wie er mir einst erzählte, war es das Schlimmste, was er je erlebt hatte. Nicht das Sterben seiner Kameraden auf dem Schlachtfeld, das bange Warten, bis der Gegner sie wieder angriff oder die eisigen Nächte im Schützengraben. Hierbei hatte er wenigstens noch Hoffnung, mit heiler Haut davon zu kommen. Als er dann in einem Lager interniert war und täglich gedemütigt wurde, begann er diese Hoffnung immer weiter zu verlieren. Er dachte an Großmutter, an seine Kinder und begann sich nach Wochen sicher zu sein, dass er sie nie wieder sehen würde. Er war der festen Überzeugung, dass sie ihn wegen Kriegsverbrechen hinrichten würden. So ergriff er eines Tages die Chance, als die Wachen unaufmerksam waren und kletterte mit einem anderen Gefangenen über den Zaun. Am Stacheldraht verwundete er sich am ganzen Körper, aber, das war bei Weitem nicht das Schlimmste. Die beiden hatten die Wachen unterschätzt. Plötzlich wurden sie auf sie aufmerksam und begannen sofort, das Feuer zu eröffnen. Großvaters Kamerad wurde von einer Kugel getroffen, als er gerade hinter ihm vom Zaun springen wollte. Er war sofort tot. Aber Großvater selbst hatte Glück, er wurde nicht getroffen und konnte sich in den nahe gelegenen Wald flüchten. Aber, er wusste nicht, wo er war, nur, dass es irgendwo in den Weiten des damals großflächigen Kaiserreichs Österreich-Ungarns war, wo er zuletzt an der Ostfront gekämpft hatte. Erst nach einigen Tagen konnte er sich an Städten orientieren, von denen er gehört hatte und die er auf seiner inneren Europakarte zuordnen konnte. Es war ein langer Weg, bis er zuhause ankam, aber er hatte die Hoffnung nie aufgegeben, dass er seine Familie wieder sehen würde. Und auch, wenn er ziemlich mager und abgekämpft war, als er heimkehrte, so war er doch glücklich, sein Ziel erreicht zu haben."

„Davon hat er mir nie etwas erzählt", meinte Alena beeindruckt.

„Ja, ich weiß", schmunzelte Jan. „Er war schon immer ein stiller Mann und ich habe die Geschichte auch nur gehört, weil er an diesem Tage zu viel getrunken hatte, sodass er sich nicht mehr genierte, sie zu erzählen."

Eine Weile saßen sie da und dachten über die Erinnerungen des Großvaters nach. Dann lehnte sich Alena zu ihrem Bruder und legte ihren Kopf an seine Schulter.

„Ich werde euch schreiben, das verspreche ich", meinte sie leise. „Kein Detail der Reise soll euch entgehen, ihr sollt wissen, wie es uns ergeht, ob es nun gut oder schlecht ist."

„Tu mir den Gefallen und schreibe die allzu schlechten Dinge nur mir. Unsere Eltern würden sich nur viel zu sehr aufregen."

Alena musste unweigerlich lächeln.

„Versprochen."

*

Kurz vor der vereinbarten Zeit hatten sich alle im Büro Professor Holečeks eingefunden. Dieser saß an seinem Schreibtisch, neben sich eine Aktentasche, den Blick betrübt starrte er aus dem kleinen Fenster, doch er sah nur ins Leere und förderte somit noch mehr Misstrauen bei den Studenten zu Tage. Doch dann wandte er sich ihnen zu und lächelte verkrampft.
„Habt ihr euch alles gut überlegt?" fragte er und schien dabei genauso nervös wie die drei Studenten ihm gegenüber. „Ich hätte Verständnis dafür, wenn ihr nicht mitkommen wollt. Schließlich bin ich nicht gerade derjenige, dem man in einer solchen Sache vertrauen sollte, das weiß ich selber. Aber, ich kann euch versprechen, dass ich hinter der Fassade genauso angewidert war", der Professor stocke kurz. „Und es noch immer bin, genau wie ihr. Täuschen und tarnen sind eine der Grundlagen des Kommunismus. Ich habe mich daran gehalten, aber in meinen Gedanken war ich schon immer dazu bereit, diese ganze Phrase irgendwann hinter mir zu lassen."
„Wir haben lange darüber diskutiert, ob wir Ihnen trauen sollen, oder nicht...", ergriff Alena nach langem Schweigen das Wort. „Genau diese Vorbehalte hatten wir und es fiel uns nicht leicht, sie zu schlucken, denn weg sind sie noch immer nicht."
„Das war ein ziemlicher Brocken", meinte Radek scherzend, aber den anderen war nicht zum Lachen zu Mute.

„Auch für mich war es nicht einfach", ergriff Holeček wieder das Wort. „Auch ich hatte Zweifel, als ich mich an euch wandte. Nicht, dass ich jemanden für eine gemeinsame Flucht gesucht hätte. Eher, dass ihr mich als einen unliebsamen Gegner auffliegen lassen würdet, um selbst freie Bahn zu haben." Er atmete schwer aus. „Ich weiß, es ist nicht leicht, aber wir müssen uns gegenseitig vertrauen. Wenn jemand nicht mit möchte, dann soll er es jetzt sagen. Später auf der Fahrt würde er sich und den anderen nur Probleme bereiten."
Der Professor sah in die Gesichter der drei Jugendlichen. Als keine Reaktion ihrerseits kam, stand er auf.
„Lasst uns gehen", meinte er fast flüsternd.
„Was ist mit den Visa?" fragte Zdenka vorsichtig. In ihrer Stimme lag noch immer großes Misstrauen. „Wir brauchen ein Visum, um über die Grenze zu kommen."
„Und, um ein Visum zu bekommen, müssen wir Devisen haben, oder Verwandte im Ausland, die uns aufnehmen", wandte nun auch Alena ein. „Das haben wir nicht. Und, es würde Tage dauern..."
„Das habe ich einkalkuliert", antwortete Holeček. „Wir werden einen Übergang nehmen, der sehr stark frequentiert ist. Ich habe gehört, dass sie dort kaum mehr dazu kommen, alle zu kontrollieren. Andernfalls werden wir sie schmieren. Ich habe Geld für diesen Fall beiseite gelegt. Kommt!"
Schnellen Schrittes stiegen sie die Treppen der Universität hinab und folgten dem Professor. Eine

bedrückende Leere herrschte um diese Zeit, ihre Schritte hallten in den wie ausgestorbenen Gängen wieder. Er führte sie zu einem Hinterausgang, sie überquerten eine Straße und bogen in eine schmale Seitengasse ein, in der ein blassgelber Škoda Combi am Gehweg geparkt war.
Vorsichtig sah Alena sich um. Weit und breit kein anderes Fahrzeug oder sonst irgendwelche verdächtigen Dinge, die auf einen sofortigen Übergriff der Staatsmacht hingewiesen hätten. Sie konnte sehen, dass auch ihre Freunde die Gegend inspizierten. Sie verstauten das Gepäck im Kofferraum des Wagens, in dem schon ein Koffer des Professors lag. Radek und Alena krochen in den Fond, Zdenka nahm neben Holeček am Beifahrersitz platz. Der Motor heulte auf und der Professor lenkte sein Fahrzeug in den abendlichen Verkehr Prags. Alena tröstete sich damit, dass sie es noch immer so hinstellen könnten, als würden sie lediglich einen gemeinsamen Ausflug aufs Land machen.
Etwas später wurde Alena durch das sanfte Ruckeln des Wagens geweckt. Ihr Kopf lag an die Schulter Radeks gelehnt, der ebenfalls schlief. Die Nacht war eingekehrt und ringsherum herrschte tiefe Dunkelheit, das stete Surren des kleinen Motors drang leise in den Innenraum.
Beruhigt atmete sie tief durch. Vertrauen hatte sich eingestellt, nichts schien mehr so, wie es vorher war, als der Professor sie unterrichtet, sie gedrillt und ihnen die Lehre Marx´ vorgegaukelt hatte. Hatte er das selbst wirklich geglaubt? Wie waren sie in diese

Situation geraten, die unglaublich und wunderbar zugleich war?
Müdigkeit überfiel Alena wieder. Die Aufregung des vergangenen Tages war vorbei, nun konnte sie sich entspannen. Nein, Holeček würde sie zur Grenze bringen, da war sie sich jetzt sicher. Im Halbschlaf malte sie sich aus, wohin sie fahren und wie sie leben würden. Sie stellte sich die unendliche Freiheit in der großen Künstlermetropole Paris vor, dieser Stadt, in der Maler, Schriftsteller und Musiker wohnten, sich tagsüber ihrem Werk widmeten und nachts in den Cafés zusammensaßen, tranken und nicht enden wollende Gespräche führten. Aber sie wusste auch, dass dies noch ein sehr langer Weg war, bis sie sich auch im westlichen Europa frei bewegen konnten. Doch all das dazwischen wollte sie jetzt nicht wissen und so träumte sie sich in diese Welt hinein bis sie schließlich wieder einschlief.

*

Holeček weckte Alena und Radek unsanft aus dem Schlaf. Sie hatten die Grenze erreicht, nur noch wenige Wagen trennten sie von den Soldaten, die die Ausweise kontrollierten und die schwere Holzschranke bewachten. Gebannt, als würde diese Szenerie vor ihnen eines der sieben Weltwunder darstellen, richteten sie ihren Blick durch die Windschutzscheibe des Wagens.
Mächtige Scheinwerfer beleuchteten die Grenzstation. Dahinter lag Österreich, der Westen,

ihre neue Freiheit. Sie mussten nur noch diese wenigen Meter auf heimatlichem Boden ausharren, dann wären sie in einer anderen Kultur.

„Man, schauen die grimmig...", bemerkte Zdenka vom Beifahrersitz aus. Ihr Blick war auf die Soldaten gerichtet, die den durchfahrenden Verkehr kontrollierten.

„Das macht wenig Hoffnung", pflichtete Alena ihrer Freundin bei. Sie hatte sich nach vorne gebeugt und ihre Arme auf die Sitzlehne gelegt, um das Schauspiel besser sehen zu können. Auch Radek schielte neugierig nach vorne.

„Mach euch keine Sorgen", versuchte Holeček sie zu beruhigen, aber in seiner Stimme lag selbst zu viel Erregung, als dass dieser Versuch etwas gebracht hätte.

Waren die Erzählungen über die offenen Grenzen am Ende nichts weiter als Gerüchte? Etwas, das die Regierung gestreut hatte, damit sie die Spreu vom Weizen ihrer Bürger trennen konnten? Alena wurde flau im Magen.

Einige Schaulustige hatten sich trotz der späten Stunde jenseits der Grenzlinie auf österreichischem Territorium eingefunden und betrachteten die lange Schlange der aus dem Nachbarland kommenden Fahrzeuge und Menschen. Einige waren schwer bepackt zu Fuß unterwegs, etwas weiter hinten konnte Alena einen voll besetzten Traktor mit Anhänger ausmachen, viele bis auf das Dach beladene Personenwagen. Und doch machten die Leute um sie herum einen ausgelassenen Eindruck, als wären sie schon auf der anderen Seite. Freudig jubelten die Insassen eines uralten, verbeulten Lieferwagens den Österreichern zu, schwenkten ihre Pässe aus den offenen Türen des Hecks, sodass Alena wieder Mut bekam, es konnte sich einfach nicht um ein simples Gerücht handeln.

„Was ist, wenn sie uns wieder zurückschicken?" fragte Zdenka.

„Dann fahren wir den gleichen Weg in umgekehrter Richtung", antwortete Radek und lachte über seinen eigenen Witz. Alena sah ihn nur böse von der Seite an.

„Das werden sie nicht", meinte der Professor. „Ich hoffe es zumindest."

Nun war ihr Wagen an der Reihe. Holeček reichte die vier Pässe durch das Seitenfenster, der Soldat nahm sie entgegen, blätterte kurz darin und warf einen Blick auf die Passagiere, dann gab er sie dem Professor zurück und winkte den Škoda durch. Sie hatten es geschafft. Voller Freude fielen sich Alena und Radek in die Arme, klopften den beiden vor ihnen sitzen komplizenhaft auf die Schultern. Langsam entfernten sie sich in der endlos scheinenden Kolonne von ausreisenden Fahrzeugen der Tschechoslowakei. Ihr Blick war zurück gewandt, aber ihre Gedanken kannten nur eine freudige Zukunft.

*

Professor Holeček steuerte den kleinen, blassgelben Škoda langsam durch die hohen Berge der österreichischen Alpen. Inzwischen war ein neuer Tag angebrochen und sie hatten zum ersten Mal einen violetten Sonnenaufgang über deren Gipfeln bestaunen können, ein unbeschreibliches Naturschauspiel. Um sie herum lag eine andere Welt, die nichts mehr mit ihrer Heimat gemeinsam hatte. Verträumte Dörfer, eingebettet zwischen steilen Felshängen, satte, grüne Weiden mit Fleckvieh und Schafen, reißende Gebirgsflüsse schlängelten sich ins Tal.

Auf den abschüssigen Straßen kam der Motor immer wieder ins Stottern, ihm fehlte, mit vier Personen und deren Gepäck beladen, die Kraft für solche Strapazen. Als der Kühler erneut zu rauchen begann, fuhr Holeček von der Straße ab und stellte den Wagen an einer weitflächigen Wiese ab. Die Sonne stand schon höher, wärmte die schattenlose Höhenlandschaft.

Die vier Reisenden stiegen aus, streckten ihre Glieder und atmeten die frische Bergluft ein. Alena und Zdenka legten sich in das weit aufragende Gras inmitten einem duftenden Blumenmeer, das von Bienen und bunten Schmetterlingen überflogen wurde. Ihr Blick glitt über den hellblauen Himmel an dem nur einige, zarte Wölkchen schnell vorüberzogen.

„Was fangen wir jetzt an?" Radek wandte sich an den Professor.

Dieser lehnte am Kotflügel des Wagens, hatten seine runde Drahtgestellbrille abgenommen und putzte sie mit dem Ärmel seines Hemdes. Sein graumeliertes, kurzgeschnittenes Haar stand ihm durch den anhaltenden Wind ein wenig in die Luft. Er blickte seine drei ehemaligen Studenten an.

„Wir suchen uns einen Ort, an dem wir bleiben wollen." antwortete er, in seiner Stimme lag Unbekümmertheit.

„Heißt das, Sie haben sich zuvor noch keine Gedanken gemacht, wohin sie gehen wollen?" fragte Zdenka ein wenig ungläubig.

„So ist es", lächelte Holeček. „Ich wusste ja auch nicht, ob wir ohne Visum über die Grenze kommen würden."

Radek war vor Verblüffung sprachlos. Er suchte nach Worten, konnte aber immer nur seine Lippen bewegen, ohne einen Laut zu sagen.

Alena strich sich mit der Hand durch ihr langes, rotblondes Haar. Da sie es noch immer nicht recht begreifen konnte, was sie getan hatte und daher einfach nur den Augenblick genoss, war ihr diese Antwort nicht beängstigend erschienen. In Gedanken war sie wieder in Paris, schlenderte über breite Boulevards und sog die kulturelle Luft der französischen Hauptstadt ein. Aber, im Grunde war es ihr vollkommen egal, wo sie landen würden. Der Umstand, dass sie ihre Freunde um sich hatte, machte ihr jeden Ort sympathisch. Und auch hier, im Reich der gigantischen Höhen konnte sie sich eine Zukunft vorstellen.

Schon immer war Alena ein verträumtes Kind gewesen, hatte in ihrer regen Fantasiewelt gelebt und diese Charaktereigenschaft war ihr bis zum heutigen Tag erhalten geblieben. In ihrer Vorstellung brauchte sie nicht viel zum Leben, einzig ein bisschen Ruhe zum Malen, einen Platz, an den sie sich zurückziehen konnte und ihre Freunde. Und all das würden sie finden, da war sich Alena sicher, sie fühlte es in ihrem Herzen.

Zdenka drehte sich zu ihr um und begann, sie mit einem Grashalm im Gesicht zu kitzeln. Alena wurde unweigerlich aus ihren Gedanken gerissen und schaute zu ihrer Freundin hinüber, die sie verschmitzt anlächelte.

Der Professor hatte sich gerade eine Pfeife angezündet, als Radek sich neben ihn an den Wagen lehnte.

„Wir werden um Asyl bitten", sagte Holeček nachdem er sicher war, dass der Tabak richtig brannte. „Was anderes wird uns wohl nicht übrig bleiben."

„Meinen Sie, dass sie uns aufnehmen werden?"

„Davon gehe ich aus. Wir müssen uns nur darüber einig sein, was wir den Behörden dort erzählen. Einfach, dass uns das Leben dort nicht mehr gefallen hat, wird nicht reichen. Wir müssen auf unsere politische Lage aufmerksam machen. Darauf, dass wir uns als Künstler nicht entfalten konnten, uns eingeengt fühlten und wegen unserer Werke vom Staat verfolgt wurden. Wenn wir alle am gleichen Strang ziehen, werden wir es schaffen."

„Mein Vater hat gemeint, dass es wahrscheinlich sehr lange dauern wird, bis wir eine

Aufenthaltsgenehmigung bekommen und noch länger, für die Staatsbürgerschaft."

„Da kann ich ihm nicht widersprechen. Uns stehen keine rosigen Zeiten bevor, aber, wenn wir das überstanden haben, wird uns die freie Welt zu Füßen liegen und es liegt an uns, was wir daraus machen werden."

„Wieso sind sie hier?" fragte Zdenka und sprach damit die Frage aus, die allen drei Studenten schon seit ihrer Abfahrt auf den Zungen gelegen hatte, sie hatten sich nur bisher nicht getraut, sie laut auszusprechen.

„Ist das so wichtig?" antwortete Holeček mit einer Gegenfrage auf die seine gespannten Begleiter lange schwiegen. Als er sich erneut seine Pfeife gestopft und angezündet hatte, sah er in ihre Gesichter, paffte den bläulichen Rauch in die warme Bergluft.

„Diese ganzen falschen Allüren über die glorreichen Leistungen des Kommunismus und unserer ach so tollen Partei, ich konnte es nicht mehr ertragen. Jeden Tag etwas zu lehren, von dem ich selbst nicht einmal vom Ansatz her überzeugt bin, auf Dauer gesehen kann so etwas einen Menschen vernichten. Vielleicht wäre der ganze Akt nicht so entsetzlich, wenn man eine gekonnte Reduzierung dieses Regimes eingeführt hätte, wie Dubček es tat. Nur, ihr seht ja selbst, welche Konsequenzen seine Politik nach sich gezogen hat. Und dafür bin ich eingetreten, für diese Politik habe ich mich als einer der ersten stark gemacht. Und nun wäre ich wohl auch als einer der Ersten dafür durch Rechenschaft gezogen worden.

Ein paar Tage, bevor wir abreisten, hatten sie mir das Parteibuch entzogen. Mit dem Unterrichten wäre es vorbei gewesen."

Ohne darüber zu sprechen waren sich Alena, Zdenka und Radek einig, dass sie Holeček in den vergangenen beiden Semestern falsch eingeschätzt hatten. Niemals wären sie auf die Idee gekommen, dass seine großspurigen und harten Phrasen nur dazu gedient hatten, sich selbst zu schützen, ihm persönlich aber in nichts nahestanden. Allzu überzeugend waren sie gewesen, hatten unter den Studenten ein herbes Gefühl von Angst verbreitet, das Empfinden, ihm nicht trauen zu dürfen, in seiner Gegenwart nicht ehrlich mit ihrer Meinung umzugehen, ihm nie die Bilder zu zeigen, die sie im Geheimen, im Schutz der häuslichen Umgebung geschaffen hatten.

„Als ich kurz nach dem Krieg mein Studium beendete, war ich voller Tatendrang, wie ihr heute", fuhr der Professor fort. „Auch ich wollte mit meiner Kunst die Welt verändern, wollte nie zuvor dagewesene Werke schaffen und mich aus der Menge der anderen Künstler herausheben. Doch schon bald merkte ich, dass das in dieser politischen Lage nicht mehr möglich war. Ich fügte mich also und machte das Beste daraus, indem ich meine Bilder im Kopf entstehen ließ, denn unvollendete oder auch unausgesprochene und nicht niedergeschriebene Ideen kann niemand verurteilen." Sein Blick wanderte in die Weiten des Himmels. „Es war gar nicht so einfach für mich, damals studieren zu können. Der Krieg kam mir dazwischen. Als ich das

Gymnasium beendet hatte, zogen sie mich sofort ein. Ich musste an die Front und kam kurz darauf verwundet wieder zurück. Eine Granate hatte mir das linke Bein stark verletzt, weshalb ich heute noch hinke. Danach fiel ich zuerst in ein tiefes Loch, ich wollte nicht mehr studieren, wusste aber auch sonst nichts mit meinen Tagen anzufangen. Schließlich ging ich doch nach Prag, was mir vor dem Krieg wie eine Weltreise vorkam. Ich lebte damals in einer Kleinstadt hinter Brünn, kurz vor der Slowakei. Aber, durch meinen Einsatz in Russland kam es mir nur noch wie ein Steinwurf weit vor. Fast schon lächerlich. Doch ich hatte die Weite der großen Stadt unterschätzt. Prag nahm mich gefangen, es zog mich in ihren Bann und veränderte mich aufs Neue. Unerbittlich sog ich das städtische Leben in mir auf, besuchte Theateraufführungen, ging in Jazz-Kneipen und wartete eine Ewigkeit darauf, dass ich für das Studium zugelassen wurde. Als es endlich soweit war, platzte ich vor Stolz fast aus allen Nähten." Er betrachtete seine Studenten. „So wird es euch wohl auch ergangen sein", lächelte er.

„Äh... klar..." antwortete Radek und grinste schief.

„Nach dem Studium entschied ich mich dafür, das zu lehren, was mir selbst Spaß machte. Mit meinen Bilder wäre ich wohl nicht weit gekommen, alle meinten, ich sei mehr fürs Theoretische. Ich trat in die neu gegründete kommunistische Partei ein und sah darin noch eine strahlende Zukunft für unser Land. Und ein paar Monate sah es auch so aus, als hätte ich das Richtige getan." Der Professor klopfte seine

Pfeife am Reifen des Wagens aus. „Na, wie dem auch sei... Lasst uns weiterfahren!"
Ihre Reise führte weiter durch die Schönheit der Alpen. Alena konnte sich an den massigen, ursprünglichen Landschaften nicht sattsehen, sie prägte sich vielerlei ein, wollte alles in sich aufnehmen, um es später auf ihre Leinwand zu projektieren. Sie wusste, dass es unzählige Gemälde von diesen Bergen gab, doch für sie war es das Unbekannte, etwas, was sie noch nicht gemalt hatte und sie gedachte ihre Bilder mit einer abstrakten, surrealen Note zu versehen.

*

Mit gemächlicher Geschwindigkeit fuhr der Škoda die Straße entlang. An den Randsteinen parkten mehrere Fahrzeuge, am Tor eines Grundstücks hatten sich ein paar gelangweilt wirkende Menschen versammelt. Das Gebäude dahinter wirkte trist und ein wenig furchterregend.
Das also war der Ort, an dem die Flüchtlinge ankamen. Der Ort, an dem sie vielleicht die nächsten Wochen oder Monate leben sollten. Alena seufzte und an den Mienen ihrer Freunde konnte sie sehen, dass auch sie eher enttäuscht waren. Sie hatte sich nicht viel Gedanken darüber gemacht, wie das Lager aussehen würde. Aber, einen solch trostlosen Ort hatte sie nicht erwartet.
Unweit des Eingangs fand Holeček eine freie Lücke und parkte den Škoda.

„Aussteigen, wir sind da", meinte er verlegen. „Lasst die Sachen im Auto, wir werden noch genug Zeit haben, sie zu holen."

Die kleine Gruppe streckte sich und sah sich um. Eine hohe Mauer umgab das Gebäude, was den Ort nicht einladender machte. Im Rinnstein wucherte Unkraut und die einzigen Menschen auf der Straße lungerten am Tor herum. Ein schwerer Mercedes fuhr an ihnen vorbei, danach war es wieder still.

Am Eingang sprachen sie einen Mann an. Wieder war es Holeček, der das Wort ergriff und fragte, wo sie sich hier melden mussten, um Asyl beantragen zu können. Wortkarg verwies er sie mit einem abfälligen Kopfnicken zur offen stehenden Eingangstür.

Sie betraten das Gebäude. Sofort wurden sie von einem Schwall abgestandener Luft erfasst, in dem sich Essensgerüche, menschliche Ausdünstungen und modriger Kellergestank wiederfanden. Auf dem Gang standen ein paar Männer. Sie wirkten gelangweilt, starrten vor sich hin oder unterhielten sich gedämpft. Die meisten rauchten, dicker Qualm vernebelte ihre Anwesenheit.

Aus den oberen Stockwerken drang Kindergeschrei nach unten. Teilweise waren es weinende Babys, teils sehr lebhaft spielende Kleinkinder. Dazwischen war immer wieder der Schrei einer wütenden Mutter in einer fremden Sprache zu vernehmen. Alena überlegte, ob es Rumänisch oder Bulgarisch sei.

Schließlich erklärte ihnen ein alter, zerfurchter Mann, wohin sie gehen mussten. Als sie die Tür erreichten, begann der Professor zaghaft zu klopfen. Eine Weile rührte sich nichts.

„Herein!" polterte eine tiefe, weibliche Stimme aus dem Inneren.

Sie mussten ihre Pässe abgeben und einen langwierigen Fragebogen ausfüllen. Warum sie geflüchtet waren, aus welchen Gründen, was sie hier zu tun gedenken, wie sie sich das Leben zukünftig vorstellten. Und so weiter, und so fort. Alles ganz förmlich, ganz, wie zuhause.

Danach wurden ihnen Betten in verschiedenen Räumen zugeteilt und man hieß sie, dort abzuwarten.

Aber, warten worauf? Fragte sich Alena. Die ganze neue Umgebung machte ihr etwas Angst, sie merkte, dass sie doch nicht so stark war, wie sie vor ihrer Abreise von sich gedacht hatte. Es war die Ungewissheit, die ihr besonders zu schaffen machte.

Nachdem sie ihre Sachen in den zugewiesenen Schränken verstaut hatte, suchte sie ihre Freunde.

Auch Zdenka wirkte ratlos, wie sie auf ihrem eisernen Bettgestell saß und Alena nachdenklich musterte, als sie das sonst leere Zimmer betrat.

„Irgendwie gruslig hier", meinte sie und fröstelte trotz der Hitze im Raum. „Ich hoffe, wir kommen hier schnell wieder raus."

Und, sie hatten Glück. Schon wenige Tage später wurde ihnen mitgeteilt, dass sie aus Platzgründen in eine ehemalige Pension in den Bergen verlegt würden.

Winter 1969

Gemeinsam mit Ina ging Jan auf das Dorf zu. Er hatte sich von Helmut eine Mütze geliehen, die er tief in sein Gesicht gezogen hatte, dazu war der Kragen seines Mantels aufgestellt. Nachdem er die vergangenen Tage im Bett verbracht hatte, musste er unbedingt wieder an die frische Luft. Sein Fieber war zurückgegangen und als Ina Helmut besuchen kam, unterbreitete er ihr spontan den Vorschlag, sie könnten einen Spaziergang unternehmen.

Die Luft war trocken und es hatte bestimmt zweistellige Temperaturen unter Null. Nach der langen Zeit im Warmen, fiel Jan das atmen schwer, es war, als würde sich die kalte Luft in seiner Lunge zusammenziehen, bevor sie wieder in kleinen Wölkchen aus seinem Mund drang.

Das Dorf selbst bestand nur aus wenigen Häusern und kleineren Höfen, die entlang einer schmalen Straße aufgereiht waren. Die Straße bildete eine Art auseinandergezogenes S, vorbei an einer uralten Eiche unter der eine Bank stand, daneben die winzige Kirche, die Jan schon vom Haus aus gesehen hatte. Der Schnee lag hoch in den Gärten und überragte an einigen Stellen sogar die schiefen Holzzäune vor den Häusern. Dazwischen hatten sich die Leute ihre Wege gebahnt. Nur die Straße war einspurig geräumt worden.

Die Häuser waren fast allesamt einstöckig und schienen sich in die Landschaft zu ducken, als hätten ihre Erbauer Angst gehabt, schon von Weitem

entdeckt werden zu können. Nur wenige Höfe hatten zweistöckige Wohnhäuser. Wie auch an Helmuts Haus bröckelte hier der Putz an vielen Stellen, manche Dachstühle lagen krumm wie eine sich anschmiegende Katze, vom jahrelangen Gewicht des Schnees. Alles war alt und trist, nichts schien in den letzten Jahren erneuert worden zu sein und doch ging von der beschaulichen Ansammlung der Bauten eine rustikale Gemütlichkeit aus.
„Hier wohne ich", sagte Ina und deutete auf ein graublau gestrichenes Gebäude.
„Allein?"
„Nein", lachte Ina. „Zusammen mit meinen Eltern und Vaters Gesellen Vrata. Mein Vater ist Schreiner, dort hinten ist seine Werkstatt."
Hinter dem Haus war eine Scheune angebaut, davor war eine überschaubare Fläche vom Schnee befreit worden, ein schmaler Weg führte in den Wald hinein, ein riesiger Stapel mit geschnittenen Baumstämmen war von einer grauen Plane bedeckt.
In einem ganz normalen Fenster des Nachbarhauses waren Lebensmittel aneinandergereiht, daneben eine große Waschmittelpackung. Neben der Türe hing ein Werbeschild für Pilsener Urquell aus Blech. Auch die Geschäfte und Werkstätten tarnten sich als einfache Wohnhäuser. Ein wenig außerhalb lag ein mit einer steinernen Mauer umgebener Friedhof. Als Jan diesen lange betrachtet hatte, nahm Ina ihn am Arm und sie gingen darauf zu.
„Hier liegt Helmuts Frau begraben", erzählte Ina, als sie vor einem Grabstein aus grob beschlagenem

Granit standen, auf dem nur der Name und das Todesdatum zu lesen waren. „Seine beiden Söhne sind im Krieg gefallen, wo sie begraben liegen, weiß leider niemand."

„Gut, dass dein Onkel euch hat, er wäre sonst sehr einsam."

„Hm...", druckste Ina. „Helmut ist im Grunde genommen gar nicht mein Onkel. Mein Großvater und er waren schon befreundet, als Helmut mit seiner Frau nach dem Krieg hierher gezogen ist und diese Freundschaft wurde von meinen Eltern weitergeführt. Als ich noch ein Kleinkind war, wurde er mir als mein Onkel dargestellt, wie man das bei Kindern gerne macht. Seitdem er ganz alleine lebt, ist er wirklich wie ein Teil unserer Familie geworden, ich besuche ihn regelmäßig, mein Vater und Ivan helfen ihm, wenn ihm sein Rücken wieder einmal zu große Schmerzen bereitet. Alle hier im Dorf halten zusammen, so gut es geht."

Jan erinnerte sich, das Ivan und Helmut ihm das gleiche erzählt hatten, als die Soldaten in Helmuts Haus eindrangen, um nach ihm zu suchen. Es war etwas, was er aus der Stadt seit der Zeit nach dem Krieg in dieser intensiven Form nicht kannte, wo alle mehr oder weniger inkognito und für sich selbst lebten. Nur von Freunden und Verwandten war ein ähnlicher Zusammenhalt zu erwarten, aber es kam vor, dass man schon seine nächsten Nachbarn gar nicht kannte, nichts über sie wusste außer vielleicht noch den Namen und sie auf der Straße, außerhalb der gewohnten Umgebung, nicht einmal erkennen würde. Es war ein Umstand, der Jan sehr sympathisch war, eine Gemeinschaft, auf die man bauen konnte, die füreinander da waren, wenn einer von ihnen die Hilfe der anderen nötig hatte.

Jetzt verstand er auch besser, wieso Helmut ihn so selbstlos bei sich aufgenommen hatte, nachdem er ihn halb erfroren und verwundet im Wald gefunden hatte. Es gehörte zu seinem Leben. Wahrscheinlich hatte er nicht einmal darüber nachgedacht, ihn im Wald liegenzulassen oder gar den Behörden auszuliefern. Wie das alte Sprichwort *wie du mir, so ich dir*, denn Helmut hätte von jedem anderen ebenfalls erwartet, dass er ihm in einer ähnlichen Situation behilflich sein würde.

„Vor dem Krieg lebte Helmuts Familie in Pilsen," erzählte Ina weiter. „Erst, als die Deutschen aus dem Land getrieben worden und seine Söhne nicht aus dem Krieg heimgekehrt waren, zog er mit seiner Frau hierher. Warum sie das taten, weiß keiner von uns, er ist dieser Frage immer ausgewichen. Vor dem Krieg betrieb er in Pilsen eine Autowerkstatt und hatte sogar ein paar Angestellte. Die Familie führte ein aufgeschlossenes Leben, hatte viele Freunde und war bei vielen kulturellen Veranstaltungen dabei. Seine Frau spielte leidenschaftlich gerne in einem Laientheater und beide liebten vor allem die klassische Musik. Aber die Abschiebung des Großvaters und der Tod seiner Söhne hatte ihn gebrochen und seitdem auch noch seine Frau gestorben ist, ist er sogar wunderlich. Diese direkte Art, seine Meinung zu sagen, die manchmal schon verletzend wirkt, kenne ich erst seit dieser Zeit von ihm. Auch verlässt er nur noch selten sein Haus, im Dorf war er zuvor bei jedem festlichen Anlass und geselligen Beisammensein gesehen. Wenn wir ihn nicht ab und an besuchen würde, wäre er dort draußen wie ein Einsiedler."

Noch immer standen sie vor dem Grab. Die Wolken hatten sich gelichtet, sodass die Sonne ein paar ihrer Strahlen durchscheinen lassen konnte und den angeleuchteten Schnee ringsherum glitzern ließ. Eine alte Frau hatte den Friedhof betreten, sie ging sehr gebückt und war komplett in schwarz gekleidet, nur das Kopftuch zierte ein unauffälliges Blumenmuster. Ina grüßte sie mit einem Kopfnicken.

Jans Verletzung begann ihn wieder zu schmerzen, er drückte mit der Hand darauf, in der Hoffnung, er könne es dadurch lindern, aber es wurde nur schlimmer. Ächzend verzog er das Gesicht zu einer schmerzverzerrten Grimasse. Ina sah ihn von der Seite her an.

„Wir müssen den Verband mal wieder wechseln", sagte sie.

Langsam gingen sie zurück ins Dorf, Ina hatte sich wieder an Jans gesundem Arm eingehakt. Sie schritten die schmale, vom Schnee befreite Gasse der Durchgangsstraße entlang und bogen schließlich in den Weg ein, der zum Hof im Tal führte. Helmut war nicht zuhause, aber die Tür war wie immer nicht verschlossen. Sie traten in die Stube.

Jan zog sein Hemd aus und legte den Verband frei. Die Wunde hatte zu nässen begonnen, der Mull war durch den eitrigen Ausfluss gelblich verfärbt. Doch Ina beachtete es gar nicht, sie entfernte den Verband und reinigte, ohne sich zu ekeln, die verletzte Stelle an seiner Schulter, strich Jod darauf. Jan sog Luft durch seine fest zusammengebissenen Zähne ein, ein brennender Schmerz durchfuhr seinen ganzen Oberkörper.

„Es heilt langsam", sagte Ina. „Nicht mehr lange, dann wird es aufhören zu eitern."

„Hoffen wir es. Manchmal ist der Schmerz unerträglich. Vor allem nachts."

Ina wickelte ein frisches, weißes Leinentuch über die Wunde und verknotete es anschließend. Sie schien in Gedanken versunken zu sein, als sie mit dem Zeigefinger über Jans Arm strich, verwundert warf er ihr einen fragenden Blick zu, worauf Ina ihn verlegen anlächelte. Er wusste nicht, wie er ihr Verhalten interpretieren sollte.

„Du hast sehr weiche Haut," sagte sie schließlich und senkte sogleich ihren Blick. Ihr kam es vor, als verstrichen Stunden, bevor sie ihn wieder ansah. Alle möglichen Gedanken gingen ihr dabei im Kopf herum, denn der Mann, den der Zufall in ihr Dorf verschlagen hatte, der zum unfreiwilligen Bleiben gezwungen war und der ihr nun gegenüber saß, hatte begonnen, ihr zu gefallen. Dabei war sie sich aber in keiner Weise darüber im Klaren, ob Jan sie auch als Frau wahrnahm, oder, ob er nur mit ihr sprach, weil er außer Helmut hier niemanden kannte. Aus dem, was er ihr bisher erzählt hatte, konnte sie nicht entnehmen, dass es in seinem Leben eine Frau gab.

Ina hätte es gerne gehabt, wenn er für sie ähnliche Gefühle zu hegen beginnen würde. Was wäre so schlecht daran? Hier im Dorf gab es kaum Männer in ihrem Alter, es war eine ganze Generation junger Frauen. Nur der Revierförster von außerhalb und Vrata, aber der zählte für sie nicht. Sie könnten sich zusammentun und gemeinsam einen neuen Anfang wagen. Würde Jan sie mit über die Grenze nehmen, wenn sie ihn für sich einnehmen konnte?
Schon seit längerer Zeit hatte Ina darüber gegrübelt, wie ihre Zukunft aussehen könnte. In dieser Gegend würde sie jedenfalls keine große Hoffnung auf ein anderes Leben haben, als sie es bisher geführt hatte. Wenn sie einen einheimischen Mann heiratete, würde sie ihr Dasein als Hausfrau und Mutter fristen, wie alle anderen Frauen. Sie hatte die Schule nach den verpflichtenden Jahren verlassen, ihre Eltern hatten es sich nicht leisten können, sie auf ein Gymnasium zu schicken, sie musste im Haushalt mithelfen, sich zusammen mit ihrer Mutter um die wenigen Tiere der Familie kümmern und das Feld im hinteren Teil des Gartens bestellen, das sie zusätzlich zu den kargen Einkünften ihres Vaters ernährte. Was hielt sie also in diesem Dorf? Warum hätte sie nicht spontan die Gelegenheit ergreifen sollen, um von hier verschwinden zu können? Noch dazu, da die Gelegenheit in Form eines gutaussehenden, sympathischen und gebildeten Mannes an ihre Tür klopfte. Und so hoffte sie inständig, dass Jan wenigstens schon ein paar liebende Gefühle für sie hegte. Im besten Fall würde er sich ebenfalls in sie

verliebt haben, aber daran wagte Ina im Moment nur in ihren Träumen zu denken.

Das zögerliche Lächeln, das Jan ihr schenkte, ließ sie neuen Mut fassen, dass ihre Entscheidung gut gewesen war, dass ihr Bauchgefühl sie das Richtige hatte machen lassen. Ihr Grat zwischen Vernunft und Schüchternheit war sehr schmal und so freute sie sich umso mehr über die leichte Wärme, die sich in ihrem Körper ausbreitete, das wohlige Glücksgefühl, das ihr niemand mehr nehmen konnte.

*

Beide wurden unsanft aus ihren Tagträumen gerissen, als die Haustür aufging und Helmut eintrat. Durch festes Stampfen klopfte er sich den Schnee aus dem groben Profil seiner Stiefel. Freudig wedelnd kam Tosca angelaufen und stupste Ina mit der Schnauze an, schmiegte sich mit ihrer Flanke an Jans Beine und bellte ausgelassen. Helmut stellte eine Tasche mit Einkäufen auf den Küchentisch.

„Na, hattet ihr einen schönen Tag?" fragte er freundlich. „Jan, könntest du mir helfen, ich habe noch einen Sack Kartoffeln auf dem Schlitten, aber mein Rücken..."

Ohne zu zögern stand Jan auf, um den Sack ins Haus zu holen. Ina war aufgestanden und hatte begonnen, die Lebensmittel im Küchenschrank zu verstauen.

„Ich werde dann gehen", sagte Ina, nachdem sie alles weggeräumt hatte. „Es ist Zeit, das Essen zu kochen. Ich bringe euch morgen etwas davon."

Sie zog die Jacke an, legte ihren roten Schal um den Hals und befreite ihre langen Haare aus dessen Umklammerung. Da Helmut die Einkaufstasche gerade an ihren gewohnten Platz legte und nicht hersah, ergriff Ina die Gelegenheit, um Jan einen flüchtigen Kuss auf die Wange zu geben, wobei sie sich auf Zehenspitzen stellen musste. Schnell drehte sie sich um und rannte wie ein aufgescheuchtes Kleinkind zum Haus hinaus, die Hündin folgte ihr.
Jan trat zum Fenster und sah den beiden nach. Schnellen Schrittes hatte sich das Mädchen dem Weg ins Dorf zugewandt. Tosca folgte ihr dicht bei Fuß und kehrte erst um, als sie schon fast die Hauptstraße erreicht hatte. Er ging in seine Schlafkammer und setzte sich auf das Bett.
Was war hier geschehen? Ina hatte sich in ihn verliebt. Damit hatte er nicht gerechnet! Dennoch war es ein schönes Gefühl, nach langem mal wieder geliebt zu werden. Nur, wollte er das auch? War es der richtige Augenblick, um sich zu verlieben? Ina war ein wunderschönes Mädchen, sie verströmte trotz ihrer Einfachheit einen hinreißenden Reiz, der sie sympathisch machte und immerzu war sie gut gelaunt. Es wäre eine Lüge gewesen, wenn Jan gesagt hätte, dass sie ihm nicht gefalle. Ihr Gesicht war sanft, ihre großen, leuchtenden Augen zeigten immer scheue Neugierde, was durch die halbrunde Form ihrer schmalen Augenbrauen noch stärker betont wurde. Ina verstellte sich nicht, wie viele Frauen, die Jan aus Prag kannte. Sie gab sich so, wie sie war, mit ganz natürlichem Charme, was er sehr an ihr schätzte.

Nichts an Ina wirkte gekünstelt, nichts überheblich oder übertrieben, sie spielte keine Rolle, die sie vorzugeben vermochte.

Und doch war Jan mulmig zu Mute. Das alles passte nicht in seinen Plan, es brachte ihn durcheinander. War er überhaupt bereit, sich auf jemanden Neuen einzulassen? Noch immer quälte ihn die Trennung von Léňa, er war noch nicht darüber hinweg und hatte die Hoffnung nicht aufgegeben, sie wieder finden zu können. Aber, war dies überhaupt möglich, oder gab er sich nur einem Wunschtraum hin, der sich doch niemals würde erfüllen lassen? Und was würde geschehen, wenn er sie wirklich gefunden hatte?

Tosca schlüpfte durch den schmalen Spalt der angelehnten Tür ins Zimmer und setzte sich vor ihn, sodass er sie streicheln konnte.

„Was soll ich nur machen?" sprach er leise zu der Hündin.

*

Kurz vor der Hauptstraße, die ins Dorf führte, drehte sich Tosca um und lief zurück zu Helmuts Haus. Ina drehte sich nochmals um, sah ihr nach und versuchte erkennen zu können, ob Jan ihr hinter dem verschlossenen Fenster nachblickte. Aber das grelle Licht der untergehenden Abendsonne spiegelte sich zu stark in den Scheiben, sodass sie nichts erkennen konnte. Über dem Wald hing ein nebliger Schleier, der das orangerote Licht noch besser reflektieren ließ und die Bäume im Vordergrund zu düsteren Schemen

degradierte. Ina rieb ihre geröteten, kalten Hände aneinander, sie ärgerte sich, dass sie ihre Handschuhe zuhause vergessen hatte.
Und trotzdem war sie beschwingt, sie lächelte, ohne es selbst zu merken und wäre ihr in diesem Moment jemand begegnet, er würde unweigerlich ihre innere Freude bemerken.
Ein paar Amseln tummelten sich am Boden vor dem Haus, wo ihre Mutter immer die Brotkrumen für die Vögel hinstreute. Ina blieb vor dem wackeligen Gartentor stehen, um ihnen noch einen Augenblick zuzusehen, bevor sie ins Haus ging. Sie pickten die Krümel, flogen auf und zwitscherten sich energisch an und doch klang ihr Streiten nicht bösartig, vielmehr neckisch und unbeschwert. Diese Vögel waren frei, sie konnten fliegen, wohin sie wollten, es gab keine Grenzen für sie und würde es nie geben. Seltsam, dachte Ina, wie eigenartig der Mensch doch ist, dass er seinesgleichen kontrollieren und erniedrigen muss, dass es ihm Spaß macht, andere leiden zu sehen, er weidet sich daran, Gefangene zu quälen, Völker gehen gegeneinander vor im blinden Hass. Wäre es nicht viel einfacher, wenn alles friedlich gelöst würde, wenn es keine Grenzlinien und keinen Menschenhass mehr gäbe? Alle könnten genauso harmonisch miteinander leben, wie die Amseln, die hier zufrieden die Brotkrumen fraßen.
Gleichzeitig wusste Ina aber auch, dass eine solche Welt reiner Wunschgedanke war. Und auch, dass es im Tierreich ebenfalls blutige Machtkämpfe um Reviere oder um Futter gab. Nur, der Mensch wollte

immer mehr, er gab sich nicht damit zufrieden, was er hatte, er führte Kriege für mehr Land, in den seltensten Fällen gegen den Hunger. Oder, er schob den Glauben vor, um andere Staaten vernichten zu können, sei es nun religiöser oder politischer Glaube, das war einerlei, von beiden konnte durch fanatische Einstellung und daraus folgender Menschenhatz todbringende Gefahr ausgehen.
Als Ina in die Stube trat, war ihre Mutter gerade dabei, eine Zwiebel für das Abendessen zu zerkleinern. Leise drangen gleichmäßige Schleifgeräusche von nebenan, wo ihr Vater arbeitete. Auf einem bestickten Kissen der Eckbank döste eine rotgetigerte Katze vor sich hin, beseelt von der angenehmen Wärme, die der Kamin daneben verbreitete. Es roch nach frischem Brot, vermischt mit der Schärfe der Zwiebel und aus dem Radio drangen leise die Klänge eines Schlagers.
„Wie geht es Helmut?" fragte die Mutter.
„Ganz gut soweit." Ina hatte sich die Hände gewaschen und damit begonnen, den Knödelteig für das Abendessen zu kneten. „Auch Jans Verletzung heilt gut und das Fieber ist weg. Wir haben einen Spaziergang durch das Dorf gemacht."
Die Mutter sah Ina gedankenverloren an. Wie jede Mutter spürte sie, dass mit ihrer Tochter etwas vorging, sie hatte eine leise Ahnung, dass sie sich in den fremden Mann verliebt haben könnte. Natürlich wusste sie nicht, was sie davon halten sollte, denn sie kannte ihn bisher nur aus Inas Erzählungen, sie selbst war noch nicht bei Helmut gewesen, um ihn sich

persönlich anzusehen. Nur, dass es sich um einen politisch Verfolgten handelte, davon war die Mutter nicht begeistert. Sie konnte nur mutmaßen, ob die Geschichte, die der Mann erzählte, richtig oder frei erfunden war, ob er nicht in Wirklichkeit etwas viel Schlimmeres getan hatte, was die Verhaftung rechtfertigen würde. Ein grausames Verbrechen, vielleicht sogar einen Mord. Sie konnte nicht glauben, dass jemand für so eine nichtige Sache mit der Polizei zu tun bekommen würde.

In den politisch stark vernachlässigten, ländlichen Regionen der Tschechoslowakei war dieser Glaube oftmals immer noch präsent. Nicht in jedes abgelegene Dorf waren die machthungrigen Kommunisten gelangt, hier waren noch regionale Politiker von der Partei eingesetzt, die ihre Bürger gewähren ließen, solange sie sich nicht gegen sie wandten. Und Bürger, die einigermaßen zufrieden waren, lehnten sich selten gegen das Regime auf. Das dabei vieles vertuscht wurde, Getreide und Gemüse von Kolchosen abgezweigt und unter sich verteilt wurden, war ein anderes Thema.

Vor dem Haus war der schäbige, braune Lastwagen des nahen Sägewerks vorgefahren, der in unregelmäßigen Abständen kam, um neues Holz für die Schreinerei zu liefern. Der Vater unterhielt sich kurz mit den beiden Fahrern, dann kam Vrata, der Geselle, und gemeinsam luden sie das Holz ab.

Inas Vater war fast fünfzehn Jahre älter als die Mutter. Eine Konstellation, die sich annähernd auch bei Ina und Jan ergeben würde, wie die Mutter feststellte.

Aber es war genau diese Tatsache, die sie für die gute Ehe verantwortlich machte. Wenn sie ihre Nachbarinnen und Bekannten betrachtete, deren Ehemänner im gleichen Alter waren und die sie betrogen, missachteten oder gar schlugen, so konnte dies die einzige logische Erklärung für sie sein.
Während Ina darauf wartete, dass das Wasser im Topf zu kochen begann, setzte sie sich auf die Eckbank und kraulte die Katze, die sofort ein sanftes Schnurren von sich gab. Ihre Mutter setzte sich mit an den Tisch und lächelte Ina an. Für sie gab es nichts anderes zu tun, als abzuwarten, wie sich die Geschichte entwickeln würde.

*

„Fischen ist etwas, das man in aller Ruhe machen muss", meinte Helmut. „Normalerweise gehe ich immer allein fischen, ich mag es nicht, wenn mich dabei jemand stört." Er sah Jan nachdenklich an, dann schmunzelte er. „Es ist nicht so, dass die Fische uns hören würden, wenn wir uns am Ufer unterhalten. Das ist ein alter, aber weit verbreiteter Irrglaube unter den Anglern. Wir hören sie ja auch nicht."
Die beiden Männer saßen am Ufer eines zur Hälfte zugefrorenen Wildbaches auf verrottenden, umgestülpten Holzkisten, die Helmut schon früher hierher gebracht hatte. Beide trugen dicke Wintermäntel, doch zusätzlich zur eisigen Kälte hatten sie sich noch Wolldecken umgehängt.

Gemächlich floss der schmale Strom des Wassers an ihnen vorbei, wurde ab und an von einem herausragenden Stein geteilt, oder durch sanfte Strudel nach unten gesogen. Sein leises Plätschern war einnehmend. Das Wasser hatte die gleiche Kraft wie Feuer, man konnte minutenlang hinein starren, ohne, dass einem davon langweilig wurde. Ein seltsames Phänomen, dachte Jan.
Am Ufer hingen feingliedrige Eiszapfen herunter. Dort, wo das Wasser langsamer vorbeifloss, hatten sich kunstvolle Kristalle gebildet, kleine Schneebänke hingen über dem Wasser. Die frostige Luft war klar und frisch, der Atem vor ihnen fast so dicht wie eine Nebelwand.
Tosca war eine ganze Weile durch die Gegend gestreift, hatte hier und dort ihre Nase ins verwelkte Laub gestoßen und spielerisch etwas angebellt, was die beiden nicht sehen konnten. Jetzt war sie wieder zu ihnen gekommen, ihre Schnauze noch schneebedeckt, die Pfoten voller Erde. Sie setzte sich zwischen sie und legte Helmut demütig den Kopf auf den Oberschenkel.
„So viele Fische und noch kein einziger hat angebissen", erwähnte Helmut bedrückt. Er hustete krächzend, spuckte einen braunen Klumpen ins Wasser und zündete sich eine neue Zigarette an. „Was ist heute nur los?"
„Vielleicht hätten Sie mich doch nicht mitnehmen dürfen," antwortete Jan und rieb sich die Hände. Seine Finger waren trotz Helmuts alter Wollhandschuhe fast taub vor Kälte.

„Nein, daran kann es eigentlich nicht liegen..."
murmelte der Alte und hustete erneut.
Ein paar Meter weiter flussaufwärts war die Uferböschung nicht so hoch wie an dem Platz, an dem sie saßen. Hierhin war die Hündin nun gegangen um zu saufen. Als sie vorsichtig in den Fluss hineingehen wollte, pfiff Helmut und rief sie zurück.
„Alte Wasserratte!" schalt er sie lachend und fügte belehrend hinzu während er ihr mit der flachen Hand die Brust klopfte: „Aber, dass Wasser ist viel zu kalt, du dummes Luder!"
Helmut zog die Angel aus dem Wasser und überprüfte den Köder, bevor er sie missmutig wieder auswarf. Der Schwimmer wurde sofort von der Strömung mitgerissen und blieb erst stehen, als die Schnur zu ende war. Er fixierte die Rute wieder an einer selbstgebauten Vorrichtung.
„Glaubst du wirklich, dass dich hinter der Grenze Reichtum und Glück erwarten?" fragte er Jan, nachdem sie eine ganze Zeit lang geschwiegen hatten.
„Wer weiß", antwortete Jan nachdenklich. „Ich kann nur zuversichtlich sein, das ist alles. Niemand kann mir wirklich sagen, was mich erwarten wird."
„Hm... Das ist richtig. Aber, ich denke, dass einen die Vergangenheit immer wieder einholt. Damit meine ich nicht, dass du in Deutschland Angst vor der Staatssicherheit haben musst. Aber, du bist ein Ausländer dort. Man wird dich mit anderen, skeptischeren Blicken mustern, als die Leute es hier tun." Er unterbrach sich selbst und schien in Gedanken versunken. „Vielleicht liegt es an meinem

Alter, dass ich so pessimistisch denke. Ich würde jedenfalls nicht den Mut haben, diesen Schritt zu wagen."
„Sie würden sich lieber einsperren lassen?"
„Nein, das auch nicht. Da hast du wohl recht..."
„Dann bliebe nur eine dritte Möglichkeit, sich erschießen zu lassen, bevor sie einen festnehmen."
„Oder das ganze vorher selbst in die Hand nehmen", lachte Helmut und zog schniefend die Nase hoch.
„Nein, mein Junge, so pessimistisch bin ich dann auch noch nicht veranlagt. Ehrlich gesagt, ich hätte keine Ahnung, wie ich mich verhalten sollte."
„Ich hatte keine Zeit, mir Gedanken darüber zu machen", meinte Jan. „Ein Visum hätte ich nie und nimmer bekommen und in Tschechien zu bleiben hätte bedeutet, dass ich mich entweder einsperren lasse, oder mich für immer von meinem Beruf verabschieden hätte müssen. Niemand hätte einem Lehrer vertraut, der sich zuvor gegen den Staat aufgelehnt hatte. Außerdem wäre ich mir nicht sicher, ob ich meine Freunde unter Folter nicht doch noch verraten hätte."
Helmut klopfte ihm mit der Hand auf die Schulter. „Du warst feige, als du weggelaufen bist und hast gleichzeitig Mut bewiesen, diesen schweren Schritt zu wagen, für den ich dich sehr bewundere. Vor allem hast du niemand der gleichen Gefahr ausgesetzt, den du liebtest und der dir vertraut. Eine weise Entscheidung."
Jan lachte verlegen. War er wirklich weise? Nein, daran glaubte er nicht. Es war mehr der pure

Selbsterhaltungstrieb gewesen, der ihn zur Flucht veranlasst hatte. Der Verrat an seinen Freunden war nebensächlicher Natur, wenn auch dennoch ehrbar, so nur ein Produkt seiner Feigheit. Jan glaubte nicht daran, dass die Polizei jemanden, um an die Namen anderer zu kommen, die keine großartigen Dinge verbrochen hatten, stark und lange foltern würde. Dennoch waren ihm schemenhaft Gerüchte zu Ohren gekommen, die anderes besagten. Er wollte die Wahrheit nicht herausfinden.

„Vielleicht ändert sich eines schönen Tages alles und wir werden über uns selbst und die Dinge, vor denen wir Angst hatten und vor denen wir weggelaufen sind, nur lachen können", meinte Helmut grüblerisch. „Früher oder später hat sich noch alles verändert."
„Ja, wir leben in einer Welt, die viele Grotesken hervorgebracht hat, aber genauso schnell hat sie sie auch wieder abgeschafft."
„Was hast du vor, wenn du dort drüben angelangt bist?"
„Zuerst hatte ich keine Ahnung. Aber, in den letzten Tagen hatte ich viel Zeit, darüber nachzudenken. Einen Lehrer für Tschechisch werden sie in Deutschland wohl kaum brauchen", merkte er schmunzelnd an. „Aber, vielleicht kann ich den Deutschen ja die Geschichte näher bringen und nebenbei als Übersetzer tätig sein. Dafür muss ich natürlich erst einmal gut Deutsch lernen, das ist die erste Priorität. Bisher beherrsche ich nur ein paar Grundkenntnisse."

„Mein Deutsch ist wahrscheinlich auch nicht viel besser," pflichtete Helmut bei.
„Und dann habe ich noch die verrückte Idee, die ganze Geschichte, die ich hinter mir habe, in einen Roman zu verwandeln...", Jan lachte dabei und spielte seine eigenen Idee damit unweigerlich herab.
„Warum nicht?" gab Helmut begeistert zu. „Ich bin mir sicher, dass würde eine spannende Geschichte. Aber, lass mich bitte nicht allzu schlecht wegkommen, wenn du auf die Zeit hier bei mir im Dorf zu sprechen kommst." Er lachte Jan verschmitzt an und klopfte ihm auf die Schulter. „Egal wie, du wirst deinen Weg machen, da bin ich mir sicher. Du bist jung und hast Verstand. Wahrscheinlich wirst du die Welt nicht verändern, aber du kannst viel dafür tun, ihr in kleinen Schritten Gutes zu tun."
Anmutig spiegelten sich Sonnenstrahlen im hellen Weiß des Schnees und reflektierten sie. Aus der Ferne war der einsame Ruf eines Vogels zu hören. Danach war es wieder still, nur das Plätschern des Wassers war zu hören.
Doch mit einem Mal horchte Jan auf. Ihm war, als hätte er durch die Bäume verzerrt und undeutlich Stimmen gehört.
„Was...", wollte Helmut gerade fragen, doch Jan unterbrach ihn mit einer schnellen Handbewegung.
Die beiden Männer lauschten angespannt, doch lange Zeit war nichts mehr zu hören. Zwar befanden sie sich hier in einem Gebiet, das weiter von der Grenze entfernt lag als Helmuts Haus, aber, sicher konnten

sie nie sein, wo die Grenzsoldaten gerade patrouillierten.

Vorsichtig und möglichst geräuschlos stand Jan auf und ging geduckt auf eine Gruppe von wenigen Nadelbäumen zu, deren Äste fast bis zum Boden reichten. So weit es machbar war, versuchte er sich dort in Deckung zu begeben. Rasch zog er ein paar abgestorbene Zweige heran, die er um sich herum drapierte. Dann hielt er den Atem an und versuchte zu lokalisieren, aus welcher Richtung die Stimmen kamen.

Sie erschienen nach wenigen Sekunden wieder schräg hinter ihm, gleichzeitig hörte Jan das Stapfen der Schritte im gefrorenen Schnee. Sein Herz begann schneller zu schlagen und er wagte nur ganz langsam in seine Handschuhe zu atmen, sodass auch der aufsteigende Dampf nicht sichtbar sein würde.

„Ahoj!" rief Helmut und Jan spürte, wie ein Stich durch seine Brust ging. Ihm war, als würde sein Herz stillstehen. Im nächsten Augenblick hörte er Tosca bellen. Warum machte Helmut die Leute auf sich aufmerksam? Was ging hier vor? Er fühlte sich verraten und wie von Sinnen. Es lief ihm ein kalter Schauer durch den Körper, als wäre ihm eine herunterfallende Schneeladung in den Nacken gefallen.

Darauf, dass es sich nicht um Soldaten handeln konnte, kam Jan erst, als die beiden Männer in sein Sichtfeld traten. Zivilisten! Jan atmete erleichtert aus, schob die Äste beiseite und kroch umständlich aus seinem Versteck hervor. Fragende Blicke starrten ihn unverständlich an.

„Was machst du da im Dickicht?" fragte einer von ihnen.

Beide Männer waren in auffällig blaue Jacken gehüllt, einer von ihnen trug eine rote Mütze, der andere einen flachen, grauen Hut voller Flecken. Sie hatten dunklere Haut, buschige Augenbrauen und trugen beide einen schmalen Oberlippenbart.

Mit schnellen Worten erklärte Helmut die Sachlage, woraufhin die beiden zu grinsen begannen.

„Jannoš und Loboš", stellte Helmut Jan die beiden Roma-Männer vor.

Loboš holte einen abgegriffenen Lederbeutel hervor und begann, Zigaretten zu drehen, die er an seinen Gefährten und Helmut weiterreichte. Jan lehnte dankend ab.

„Wie du willst", meinte er und hatte noch immer ein spöttisches Lächeln auf den Lippen.

„Beißen sie?" fragte Jannoš Helmut.

„Nein, überhaupt nicht."

„Lass mich mal sehen."

Er holte die Leine ein und besah sich den Köder. Dann zog er irgendwas aus seiner Jackentasche und befestigte es am Haken der Angel.

„Probier's mal damit", sagte er und gab ihm die Rute zurück.

Helmut nickte zum Dank, zog aus seiner Innentasche eine Blechflasche heraus und reichte sie Jannoš, der den Verschluss aufdrehte, einen kräftigen Schluck des selbst gebrannten Schnapses nahm und ihn an Loboš weiterreichte. Auch er schluckte gierig, ächzte erfreut und gab die Flasche wieder zurück.

„Jetzt werden sie beißen", sagte Jannoš als sich die beiden durch den hohen Schnee entfernten.

Jan blickte ihnen lange nach bevor er sich wieder neben Helmut auf die umgedrehte Kiste setzte.

„Die beiden sind von der Zigeunersippe", erklärte der alte Mann. „Wahrscheinlich kontrollieren sie ihre Fallen, die sie überall im Wald ausgelegt haben."

„Sie haben mir einen ganz schönen Schrecken eingejagt", meinte Jan, dem die Angst noch immer in den Glieder saß, sein Gesicht war bleich. Helmut reichte ihm die Blechflasche.

„Hier, du siehst ja aus, wie das Leiden Christi persönlich."

Jan lächelte, er schloss die Augen und nahm einen tiefen Schluck. Er spürte, wie die Wärme in seinen Körper zurückkehrte, als der starke Schnaps in seinem Inneren zu brennen begann.

Sommer 1969

Ein herrlicher Sommertag kündigte sich an. Als Alena morgens erwachte, schien die Sonne schon durch die dünnen, geblümten Vorhänge und erhellte das Zimmer. Zdenka schlief noch und Alena wollte sie nicht wecken. Gut gelaunt stand sie auf und wusch sich in der Gemeinschaftsdusche auf dem Gang den Schweiß der Nacht vom Körper. Anschließend zog sie sich an und ging hinab in den Speisesaal. Nur die rumänische Familie saß beim Frühstück. Sie grüßte sie freundlich, bekam aber nur misstrauische Blicke als Antwort.
Alena bestrich gerade ein Brot mit Marmelade, als Radek den Raum betrat. Er setzte sich neben sie und goss sich eine Tasse wässrigen Kaffees in seine Tasse.
„Ein perfekter Tag, um etwas zu unternehmen!" sagte er gut gelaunt.
„Und an was hast du gedacht?" fragte Alena.
„Wir könnten zum See fahren. Wir könnten uns an den Strand legen und baden gehen. Das wäre doch toll, nur wir drei."
„Und der Professors?"
„Meinst du, der würde mitwollen?"
„Wir sollten ihn zumindest fragen und nicht einfach davon ausgehen", zwinkerte Alena ihm zu und grinste. „Oder möchtest du Zdenka zuhause lassen?"
„Das wäre auch eine Möglichkeit. Hauptsache ein Dreier!"
„Blödmann!" scherzte sie und versetzte ihm einen Stoß in die Rippen.

Als Zdenka und Holeček zum Frühstück kamen, unterbreiteten die anderen beiden ihnen ihren Vorschlag. Zdenka war sofort begeistert und auch der Professor wollte mitkommen, schien aber von der Vorstellung an einen nutzlosen Tag am Wasser nicht so sehr überzeugt.

„Ich werde mir etwas zum Lesen mitnehmen", meinte er schließlich versöhnlich mit sich selbst.

Niemand von ihnen hatte Badesachen aus Prag mitgenommen, somit packten sie nur Handtücher und eine alte Decke in den Škoda, nahmen sich ein paar Äpfel und belegte Brote mit und fuhren zum nahegelegenen See.

Der wolkenlose Himmel spiegelte sich in den scheinbar unendlichen Weiten des vor ihnen liegenden Wassers. Fast schon silbern glänzte es durch den Einfall der noch schräg stehenden Vormittagssonne. Weit und breit waren an dem Platz, den sie sich ausgesucht hatten, keine Häuser zu sehen. Ein paar Bäume standen unweit des Sees auf einer weitläufigen Wiese.

Sie breiteten die Decke aus und hingen den Beutel mit ihrem Picknick an einen der niederen Äste in den Schatten. Radek zog sein Hemd aus und rollte die Beine seiner Hose bis zu den Knien nach oben.

„Was ist los, Mädels?" fragte er verschmitzt.

„Wir können uns doch hier nicht in der Unterwäsche präsentieren", meinte Alena.

„Das würde dir so passen!" bestätigte Zdenka.

Vor sich hin schmunzelnd zog der Professor sich zurück und setzte sich mit einem Buch unter einen der Bäume. Er wollte den jungen Leuten ihren Freiraum lassen.

„Das ist doch nichts anderes als ein Bikini, nur ein anderer Stoff," sagte Radek entgeistert und er schien es wirklich so zu meinen.

Zögernd sahen sich die Mädchen an und schließlich zuckte Alena lässig mit den Schultern, band ihre Haar zu einem Zopf und zog ihre Bluse aus. Zdenka blieb nichts anderes übrig, als es ihr gleich zu tun.

Radek war inzwischen zum See gegangen und stand bis zu den Waden im Wasser. Er drehte sich um, sah seinen Freundinnen kurz beim Ausziehen zu und rief dann:

„Kommt endlich, das ist herrlich erfrischend!"

Lachend liefen Alena und Zdenka zu ihm, doch, als das Wasser an ihren nackten Beinen empor spritze, fingen sie fast gleichzeitig an zu kreischen, Zdenka drehte sich rasch um und sprang mit einem Satz ans Ufer zurück.

„Das ist ja eiskalt!" schrie sie in Radeks Richtung.

„Ich sagte doch, es sei erfrischend", grinste er boshaft zurück. Mit beiden Händen schaufelte er Wasser und spritze es auf Alena, die sofort aufschrie, als wäre sie vom Blitz getroffen. Doch im Gleichen Moment schubste sie Radek und er fiel mit einem dumpfen Klatschen rücklings ins Wasser. Er prustete und strich sich mit der Hand die nassen Haare aus der Stirn.

„Na warte!" rief er lachend und packte Alena an den Beinen, sodass sie ebenfalls untertauchen musste.

Zdenka war inzwischen bis zu den Schenkeln im See, traute sich aber noch nicht recht weiter. Kichernd sahen die beiden Freunde sich kurz an und stürmten zugleich auf Zdenka los, um sie unterzutauchen. Ein kurzer Schrei, gefolgt von einem glucksenden Gurgeln, dann war auch die letzte der Freunde pitschnass.

Holeček hatte alles von seinem Platz unter dem Baum beobachtet. Er betrachtete die drei noch eine Weile, wie sie zur Mitte des Sees hin schwammen und vertiefte sich dann in seine Lektüre.

Als er das nächste Mal aufsah, lagen die beiden Mädchen auf der Decke. Alena lag langgestreckt, während Zdenka den Kopf auf den linken Arm gestützt hatte und zu ihr herüber sah, während sie redeten. Der Professor stopfte sich eine Pfeife und kam dann gemächlich zu ihnen herüber.

„Wo habt ihr denn Radek gelassen?"

„Der wollte noch weiter schwimmen", antwortete Zdenka und hob blinzelnd die Hand vor die Augen, die Sonne stand genau hinter Holeček am Horizont.

Etwa eine Stunde später schlenderte Radek, noch immer mit der hochgekrempelten Hose bekleidet, den steinigen Strand entlang auf sie zu. Als er die kleine Gruppe erreicht hatte, ließ er sich abrupt auf die Decke fallen und streckte beide Arme von sich.

„Man, hat das gut getan. Ich bin vollkommen erledigt."

„Na, dann ist wenigstens einer von uns zufrieden", neckte Alena ihn und hielt ihm mit Daumen und Zeigefinger die Nase zu. „Dass du mir aber noch zum Luft holen kommst!"

Radek fuhr blitzschnell in die Höhe und schnappte nach ihren Fingern.
„Hunger habe ich bekommen."
„Das merke ich!" meinte Alena indem sie zügig ihre Hand wegzog.
Die vier aßen die mitgebrachten Brote und die Äpfel, dazu ließen sie eine Flasche halbtrockenen Rotweins kreisen, den sie auf der Fahrt hierher erstanden hatten.
Inzwischen war es fast ein Uhr, es kamen immer mehr Menschen an den See. Kinder tobten sich am Strand aus und liefen vergnügt im seichten Wasser umher, die Eltern hatten ihre Liegestühle unweit des Ufers aufgestellt, oder ebenfalls Decken ausgebreitet. Die älteren Leute hingegen suchten sich ruhigere und schattige Plätze und eine Gruppe von Jugendlichen lag dösend in ihrer Nähe, ein Hund apportierte den Stock, den sein Frauchen ihm geworfen hatte.
„Wie wäre es mit einer Bootsfahrt?" fragte Radek nach dem Essen.
„Gibt es denn hier Boote?" fragte Zdenka.
„Da fahren doch welche!" grinste Radek.
„Ich meine, ob man hier welche mieten kann." präzisierte sie und rollte dabei mit den Augen.
„Ich bin vorher an einem Stand vorbeigekommen. Man kann Ruder- und Tretboote mieten. Ist gar nicht weit weg."
„Au ja, lasst uns Tretboot fahren!" Alena strahlte wie ein kleines Kind. „Das wollte ich schon immer mal."
„Na, dann wollen wir mal. Kommen Sie mit?"

Der Professor hielt das Buch auf seinen Knien, den Daumen dazwischen, sodass er die Seiten nicht verlieren würde.

„Warum eigentlich nicht", antwortete Holeček, steckte sein Lesezeichen behutsam ins Papier und stand auf.

Sie packten ihre Sachen zusammen und machten sich auf den Weg. Als sie etwa zweihundert Meter weiter ein dichtes Gebüsch umrundet hatten, zeigte sich vor ihnen ein Steg. Links waren ein paar Ruderboote angemacht, auf der rechten Seite die Tretboote. Vor einer Holzhütte lag ein junger Mann im Liegestuhl unter einem weiß-gelben Sonnenschirm. Als die Studenten und der Professor sich näherten, rief eine junge Frau aus dem nahen Kiosk.

„Gerd, Kundschaft!"

Mühsam rappelte sich der Mann auf, gähnte und streckte sich.

„Bin ja schon da," sagte er scheinbar missmutig, doch in seinem Gesicht stand ein breites Grinsen.

In Anbetracht dessen, dass die Tretboote nur zwei Sitze hatten, mieteten sie sich eines der hölzernen Ruderboote. Es war taubengrau gestrichen und hatte in leuchtendem Rot die Nummer 8 am Bug stehen. Ihre Sachen verstauten sie in der Mitte und während die Mädchen noch am Steg standen und den Männern in dem schwankenden Kahn zusahen, fragte Zdenka, ob jemand von ihnen zuvor schon ein solches Boot gesteuert hatte.

„Klar," antwortete Holeček lässig. „In meiner Jugend sind wir oft gerudert."

„Dann fangen Sie an!" meinte Radek und half Alena und Zdenka ins Boot. Quietschend, weil sie fast den Halt verlor, landete Alena in Radeks Armen. „Nicht so stürmisch, junge Dame." lachte er. „Wir sind hier nicht allein."
Ohne große Worte fuhren sie auf den See hinaus. Der Professor ruderte gemächlich mit gleichmäßigen Schlägen, doch es war ihm anzumerken, dass er schon bald ins Schwitzen geriet. Zdenka hatte sich zurück gelehnt und ließ eine Hand über das Wasser streichen, während Alena die wenigen Schleierwolken am Himmel betrachtete.

*

Aber, nicht allen Tagen lag diese schwerelose Leichtigkeit zugrunde, es gab Momente, in denen Alena von der Sehnsucht nach ihrer Familie und den Freunden in der alten Heimat geplagt wurde. Vor allem waren es die Augenblicke, als sie auf eine Verbindung vom Amt wartete, um telefonieren zu können, so wie jetzt. Alena saß im leeren Speisesaal, starrte aus dem Fenster und tippte mit den Fingern auf den Tisch. Dann klingelte das Telefon und die Köchin kam gleich darauf, um Alena zu holen.
Sie setzte sich auf den unbequemen Stuhl in dem schmalen Verbindungsgang zwischen Küche und Flur in dem es immer nach abgestandenem Essensdunst roch, nahm hastig den Hörer und nannte ihren Namen.

„Alena!" Ihre Mutter konnte die Freude und Erleichterung darüber, endlich mit ihrer Tochter telefonieren zu können, nicht zurückhalten. „Wie geht es dir?"
„Ganz gut, Mama," antwortete Alena zufrieden. „Gestern waren wir am nahen See und hatten viel Spaß. Stell dir vor, sogar mit einem Ruderboot sind wir gefahren."
„Das hört sich lustig an."
„War es auch", Alena musste sich zu einer fröhlichen Tonlage zwingen, denn eigentlich war sie kurz davor loszuweinen. „Und wie ist es bei euch?"
„Ach, das ganz normale Alltagschaos. Ich muss die Hausarbeiten machen, dein Vater ist im Büro und lässt sich wahrscheinlich vor acht nicht hier blicken. Du weißt ja, wenn er einmal mit einem Projekt angefangen hat, ist er Feuer und Flamme."
„Wie immer also. Was macht Jan?"
„Er war am Sonntag bei uns zum Essen und lässt dich natürlich schön grüßen. Gut, dass du danach fragst, sonst hätte ich es in der Aufregung fast vergessen." Es folgte eine kurze Pause bevor die Mutter weiter sprach. „Kannst du dich noch an das kleine Kätzchen von Bohumila erinnern? Sie haben es gestern vor unserem Haus überfahren. Die Leute werden immer rücksichtsloser."
Alena erinnerte sich gut an die gescheckte Katze der Nachbarin. Kurz vor ihrer Abfahrt hatte sie oft mit ihr gespielt, hatte sie mit einem Stück Schnur gefoppt, dass sie dem Tier immer wieder aus den Pfoten gezogen hat. Und, wenn sie dann müde wurde, hob

Alena sie einmal auf ihren Schoß und streichelte das weiche, schnurrende Bündel bis sie einschlief. Sie wollte gar nicht daran denken, wie das Tier blutüberströmt im Rinnstein gelegen hatte. Dabei konnte sie sich nicht einmal an den Namen erinnern.
„Ach Mama", seufzte sie leise.
„Ja, ich hätte dir das nicht erzählen sollen, entschuldige bitte, mein Herz. Aber, es ist alles so viel in letzter Zeit und doch passieren nur unbedeutende Dinge, seit du weg bist. Ich vermisse dich so sehr!"
„Ich euch auch", jetzt konnte Alena ihre Tränen nicht mehr zurückhalten. Aber, sie versuchte lautlos zu schniefen, sodass die Mutter ihre Schwäche nicht mitbekam. Wobei sie sicher war, dass die Mutter es dennoch wusste.
„Wie weit seid ihr mit eurem Asylantrag?"
„Es ist noch nichts entschieden... Das kann noch länger dauern."
„Vielleicht war es doch ganz gut, dass du gegangen bist, die Stimmung im Land wird immer bedrückter. Es ist schon fast wieder, wie es noch vor ein paar Jahren war. Das Fest ist vorbei."
Die beiden sprachen noch über ein paar Belanglosigkeiten. Es kam ihnen nicht mehr darauf an, dass es keine neuen Dinge zu berichten gab, beiden waren nur froh, die Stimme der anderen zu hören.
Als sie schließlich den Hörer aufgelegt hatte, wischte sich Alena die Tränen aus den Augen. Sie musste irgendetwas machen, sich mit etwas beschäftigen, sonst würde sie durchdrehen. So ging es ihr immer

nach den Telefonaten mit der Familie. Hätte sie sich wieder an den Tisch im Speisesaal gesetzt, dann hätten ihre Gedanken sie eingeholt. Nun wollte sie noch eine Weile alleine sein, deshalb holte sie ihren Zeichenblock aus dem Zimmer und ging den Forstweg hinter der Pension entlang in den Wald hinein.

Es war diese Stille, die Alena noch mehr bedrückte. Doch gleichzeitig merkte sie, dass das vollkommene Fehlen von anderen Menschen sie beruhigte. Sie wollte nicht, dass jemand sie weinen sah, bemerkte, wie schwach sie war. Nein, Alena wollte stark erscheinen, es war ihre eigene Entscheidung gewesen, die Tschechoslowakei zu verlassen, also durfte sie es sich nicht anmerken lassen, wie sehr sie ihre Eltern und die Heimat vermisste. Was würde es auch bringen? Alena wollte nach vorne schauen, sie musste die Vergangenheit hinter sich lassen, egal, wie schmerzhaft das war.

Das freudige Gezwitscher der Vögel lenkte sie ein wenig von ihrer Trauer ab. Alena war schon immer empfänglich für die ermunternden Kleinigkeiten der Natur um sie herum gewesen. Als Kind hatte sie die wenigen Tiere der Stadt genauestens beobachtet, sie hatte versucht, die Spatzen und Tauben auf den Dächern und in den Büschen zu zeichnen und hatte Blätter getrocknet, um sie sich im Winter anzusehen. Die verschiedensten Nuancen des Grüns um sie herum bereiteten ihr Freude.

Alena folgte dem ansteigenden Waldweg und erreichte schließlich eine Lichtung. Gemächlich grasten dort drei Pferde inmitten von hohem Gras. Sie trat an das hölzerne Gatter, legte den Zeichenblock auf einen Grenzstein und lehnte sich an das Holz, um die stolzen Tiere besser betrachten zu können.

Die Pferde schienen sie nicht zu beachten. Bedächtig grasten sie weiter, nur manchmal machte eines davon einen Schritt nach vorne oder schüttelte die Mähne, um Fliegen abzuwehren. Ab und an war ein leises Schnauben zu vernehmen.

Alena richtete sich etwas auf und begann mit der Zunge zu schnalzen, damit sie die Aufmerksamkeit der Tiere erregte. Als das geschnauben, das ihr am nächsten war, neugierig aufschaute, lockte sie es mit sanften Zischlauten zu sich. Es war eine Stute. Langsam schritt sie fast lautlos durch die Wiese, nur das leise Rascheln der hohen Grashalme war zu hören. Alena streckte die Hand aus und berührte die Nase des Pferdes, das sie nun scheu musterte. Langsam streckte es den Kopf weiter zu ihr und schnaubte ihr unvermittelt ins Gesicht, sodass sie den warmen Atem spüren konnte.

„Hey", meinte sie mit gespielter Entrüstung und lachte. Die Stute schüttelte sich und trat einen Schritt weiter auf Alena zu, nun stand sie direkt am Gatter.

„So ist es recht, meine Hübsche", sagte Alena mit ruhiger Stimme. Sie tätschelte dem Tier den mächtigen Hals und spürte die Wärme von ihm ausgehen. Zufrieden legte sie ihren Kopf an die Nase und streichelte das kurze Fell, roch den süßlichen Duft, der von ihm ausging. Der Stute behagte die

Situation, denn sie bewegte sich lange Zeit nicht und genoss es, von Alena verwöhnt zu werden.

„Ich werde dich zeichnen", sagte sie schließlich. „Würde dir das gefallen?" Wieder schüttelte die Stute den Kopf. „Nicht?" lachte Alena. „Na, ich werde es trotzdem machen. Ob du willst, oder nicht."

Sie nahm ihren Zeichenblock und setzte sich auf den Grenzstein. Für einen kurzen Moment musterte das Pferd sie noch, dann schritt es, so gemächlich, wie es gekommen war, wieder auf die Mitte der Weide zu. Alena griff sich einen feinen Bleistift und fing an, die Konturen der Stute zu skizzieren. Immer wieder radierte sie und begann eine Linie von neuem, sie verwischte die Umrisse, gebrauchte schließlich härtere Stifte und das Pferd auf dem Papier begann zum Leben zu erwachen. Nun war Alena in ihrem Element, sie beachtete nichts mehr um sich herum und konzentrierte sich voll und ganz auf ihr Modell und die Zeichnung.

Sie war gerade dabei, das hohe Gras unter dem Tier auszuarbeiten, als ein lautes Scharren hinter ihr sie aufschreckte. Ruckartig drehte sie sich um und sah hinter ihr drei junge Männer auf dem staubigen Weg stehen.

„Hey," rief einer von ihnen lässig und lächelte Alena zu.

Misstrauisch blickte sie in ihre Richtung und lächelte zaghaft zurück.

Gemächlich schritten die drei auf sie zu und sahen auf Alena herab, sodass sie die Hand vor die Augen legen musste, um sie durch die tief stehende Sonne zu

sehen. Sie hatten abgetragene Kleidung an, einer von ihnen trug einen grünen Hut mit einer Fasanenfeder, ein anderer einen ledernen Rucksack.
„Hey," antwortete sie nun auch, aber der Ausruf kam eher zögerlich.
„Was machst du da?" fragte ein anderer und musterte ihren Zeichenblock.
„Das siehst du doch", antwortete ein anderer an ihrer statt. „Sie hat die Pferde gemalt."
„Gezeichnet", entgegnete Alena und korrigierte ihn, wobei ihr Lächeln nun freundlicher wurde. Ihr starker Akzent verfälschte die Worte. „Ich benutze keine Farben, also zeichne ich."
Doch, die Miene des Angesprochenen verdunkelte sich mit einem Mal und sein Gesicht wurde zu einer verzogenen Fratze.
„Sieh an, ein Tschechenmädel", sprach er voller Verachtung aus.
„Schlimm genug, dass ihr aus dem Osten haufenweise in unser Land kommt, aber jetzt lungern sie schon in unserem Wald herum", meinte der mit dem Rucksack und spuckte hasserfüllt vor ihr aus. „Verzieh dich! Das ist Privatbesitz."
„Ja, am besten dorthin zurück, wo du hergekommen bist", sagte der dritte Junge, der bisher geschwiegen hatte. „Wir wollen euch hier nicht!"
Er machte einen schnellen Schritt auf Alena zu, sodass sie erschrocken ihren Zeichenblock fallen ließ. Rasch stand sie auf und sah die drei angstvoll und verwirrt an. Mit der rechten Hand, in der sie noch

immer den Bleistift hielt, strich sie sich die Haare aus dem Gesicht.

„Nein, wartet", sagte der erste und hielt ihn an der Schulter zurück. „Die ist doch ganz hübsch. Vielleicht sollten wir ihr mal zeigen, was wir drauf haben, wie gut die Österreicher sind." Er grinste lüstern und sah seine Kameraden dabei an.

„Spinnst du?" fragte der mit dem Rucksack entrüstet. „Ich mach´s doch mit keiner Zigeunerschlampe!"

„Ich bin keine Zigeunerin...", antwortete Alena kleinlaut und ärgerte sich im gleichen Moment über ihr vorlautes Mundwerk. Es wäre besser gewesen, wenn sie geschwiegen hätte.

„Umso besser!" sagte der erste wieder. „Komm her." Er zog Alena an sich und versuchte sie zu küssen.

„Nicht!" rief sie aus.

„Stell dich nicht so an, es wird dir gefallen." Der mit dem Hut war von hinten an sie herangetreten und hob ihren Rock, packte mit beiden Händen fest ihre Hinterbacken.

Alena drehte sich um und versuchte, ihn weg zustoßen, aber der erste packte mit seiner rauen Hand grob ihr Gesicht. Er drückte seinen Mund gegen ihre Lippen und grub die andere Hand unsanft in ihren Scham. Angewidert und unter Schmerzen schlug Alena um sich, sie wand sich im festen Griff ihrer Angreifer. Panisch schlug sie aus und traf den hinter ihr stehenden Jungen mit dem linken Ellbogen im Magen, sein ausatmender Schmerzenslaut war zu vernehmen.

„Was soll das, du dreckige Schlampe?" fuhr der andere Junge sie an und schlug ihr wütend die flache Hand ins Gesicht. Alena schrie auf, aber fast gleichzeitig trat sie ihm mit dem Knie in die Leisten. Der Schmerz, den er verspürte, musste enorm sein, denn er ließ von ihr ab und krümmte sich, seine Hände legte er schützend auf die getroffene Stelle.
Ohne lange nachzudenken ergriff Alena die Flucht. Panisch und ohne sich nochmal umzudrehen rannte sie den Waldweg entlang. Sie wollte nur noch zurück zur Pension, dorthin, wo sie unter ihren Freunden war und in Sicherheit. Nach einer Weile blickte sie über die Schulter zurück, ob die Jungen ihr folgen würden. Aber, sie hatte Glück. Der mit dem Rucksack und der mit dem Hut sahen ihr nur verwundert hinterher, der andere krümmte sich noch immer.
„Elendes Miststück!" rief er ihr wütend hinterher.

Winter 1969

Es hatte an der Haustür geklopft und gleichzeitig waren Ivan und ein kleiner, drahtiger Mann mit dichtem Haarschopf eingetreten, der ganz in Schwarz gekleidet war. Er sah aus wie ein Musiker, der seine besten Tage hinter sich hatte, die runde Brille saß schief auf seiner Nase und seine Augen waren leicht gerötet. Sein Blick schien ins Leere zu gehen, wie bei einem Alkoholiker, der zu wenig getrunken hatte.
Wie sich herausstellte, war Herr Fuks ehemals Pfarrer der hiesigen Gemeinde, der zwar leidlich Orgel spielen konnte, sonst aber mit Kunst nicht viel am Hut hatte. Mit Gott hatte er inzwischen auch nicht mehr viel Kontakt, er war melancholisch und resigniert darüber, dass er für seine Gemeinde nicht mehr viel tun konnte. Manchmal las er noch heimlich Messen und die Katholiken ließen sich nach wie vor von ihm taufen und trauen, aber alles musste inoffiziell und streng vertraulich sein. Das schmerzte den Pfarrer sehr. Oft sah man ihn tagelang nicht, dann saß er in seinem Haus, las oder lauschte den Programmen im Radio.
Helmut hatte den Stuhl aus Jans Zimmer geholt und seinen Ohrensessel näher zum Küchentisch geschoben. Nun brachte er Speck, Brot, Käse und Butter, während er Jan in den Keller schickte, damit dieser Bier heraufbrachte.
„Wir können immer noch nicht beruhigt sein", sagte Ivan, als alle am Tisch saßen. „Die Soldaten schleichen noch immer in der Gegend herum. Die

Suche nach Jan ist längst nicht vorbei." Er schnitt sich eine dicke Scheibe Speck ab und legte sie aufs Brot.
„War nicht zu erwarten, dass sie so schnell aufgeben", sagte Helmut und drehte das halb volle Bierglas nachdenklich zwischen den Händen. Er wandte sich an Jan. „Du wirst noch eine Weile bleiben müssen."
„Solange ich niemandem zur Last falle..."
„Aber nicht doch!" Helmut gab ihm einen freundschaftlichen Klaps auf die gesunde Schulter. „Wie kommst du denn darauf? Es ist endlich mal nicht mehr so still im Haus und auch das Dorf freut sich, dass du hier bist. Nicht wahr, Freunde?"
Ivan und Herr Fuks nickten.
„Vielleicht suchen sie aber auch nur nach dem Wilderer," warf Fuks ein. „Ihr wisst schon, der Schweinehund, der inzwischen geschätzte zehn Rehe geschossen hat."
„Wir wissen, wen du meinst", antwortete Ivan. „Ich habe gehört, es waren weitaus mehr Tiere."
„Ihr wollt doch nicht ernsthaft behaupten, dass die Grenzpatrouillen sich um einen Wilderer kümmern", warf Helmut ein. „Das ist Sache des Försters und der Polizei."
„Sind das denn keine Polizisten?" fragte Ivan.
„Nein, das sind Soldaten, die werden erst gerufen, wenn im Wald keine Tiere mehr sind," gab Helmut sarkastisch zu verstehen.
„Ich habe Jaroslav schon lange nicht mehr gesehen", sagte der ehemalige Pfarrer und meinte damit den Revierförster. „Er wird viel Arbeit haben."

„Man könnte eigentlich meinen, den Wilderer im Winter leichter ertappen zu können," überlegte Ivan, worauf keiner mehr etwas sagte.

Helmut hatte sich eine Zigarette gedreht und mit einem Streichholz mühsam entfacht. Jetzt lehnte er sich in seinem Sessel zur Seite und strich Tosca über den Kopf, die neben ihm lag und döste. Widerstrebend öffnete sie halb die Augen und gab einen tiefen Seufzer von sich.

Ivan stand auf und holte die Flasche mit dem selbst gebrannten Sliwowitz, dessen Zwetschgen er in seinem Garten anbaute, und vier Schnapsgläser an den Tisch und schenkte ein. Er selbst trank seinen noch im Stehen, bevor er sich rasch nachschenkte und wieder platz nahm. Für seinen Sliwowitz war er im ganzen Dorf bekannt und berüchtigt, da er schon so manchem den Boden unter den Füßen weggezogen und sein Gedächtnis gelöscht hatte. Ivan brannte den Schnaps mit Leidenschaft, verschenkte ihn gerne an seine Freunde, aber noch lieber trank er ihn selbst.

„Wahrscheinlich waren es sowieso die Zigeuner", sagte Ivan verächtlich.

Etwa zwei Kilometer außerhalb des an sich schon verstreut liegenden Dorfes lebte in einem fast verfallenen Haus die Romasippe, der auch Jannoš und Loboš angehörten. Nach dem Krieg waren die Roma zur Sesshaftigkeit gezwungen und dort angesiedelt worden, wo sie die amtliche Aufforderung gerade erreichte. In den seltensten Fällen waren die voreingenommenen und verschreckten Bürger jedoch damit einverstanden, dass sich dieser verhasste

Volksstamm nun dauerhaft in ihrer Nähe aufhalten würde und es kam daraufhin wieder vielerorts zu Vertreibungen, weshalb der Staat sie in die mager besiedelten Randgebiete nahe den Grenzen des Landes verfrachtete. Hier gab es seit der Zeit der Vertreibung der Deutschen zahlreiche verlassene Gebäude, in die man sie einquartierte.

Und so bekam auch das Dorf unerwünschten Zuwachs, vor dem die Bewohner sich anfangs fürchteten und den sie noch immer mit betretener Skepsis betrachteten. Zwar gewöhnten sie sich mit der Zeit an die neuen Nachbarn, aber jedes Mal, wenn etwas abhanden kam, wurden die Roma dafür verantwortlich gemacht, auch, wenn ihnen niemals etwas bewiesen werden konnte. Sie lebten ihr eigenes Leben, hielten sich von den Dorfbewohnern weitgehend fern und betraten zwar das Dorf, aber nur, um hindurchzugehen. Oder, um etwas zu kaufen. Die meiste Zeit über blieben sie rund um ihr kümmerliches Heim, die vielen Kinder streiften durch die Wälder und erlegten Kleintiere, die Männer saßen vor dem Haus, rauchten, tranken und redeten, während die Frauen sich um Wäsche und das Essen kümmerten. Alles in allem wirkten sie aber nicht so melancholisch, wie die Bewohner des Dorfes, obwohl sie wahrlich mehr Grund dazu gehabt hätten, denn unter den Roma herrschte Arbeitslosigkeit, eine weitaus höhere Kindersterblichkeit und noch viel leidvollere Armut, zu der sich noch die innere Unruhe ausbreitete, an der sie durch die aufgezwungene Sesshaftigkeit litten.

„Woher willst du das wissen?" fragte Helmut barsch.
„Die stehlen doch alles, was nicht festgebunden ist," antwortete Ivan. „Warum sollten sie also nicht auch wildern."
„Dafür gibt es keine Beweise. Die Zigeuner sind arme Menschen, wie wir auch. Sie fangen kleinere Tiere mit ihren Fallen, aber sie schießen nicht. Es kann jeder gewesen sein. Wer sagt denn, dass du es nicht selbst warst?"
„Richtig!" entgegnete Herr Fuks. „Hast du nicht früher mal eine Anzeige wegen Wilderei gehabt?"
„Das ist doch schon lange her", rechtfertigte sich Ivan. „Und, was sollte ich mit so vielen Rehen? Ich habe nicht so viele hungrige Mäuler zu stopfen."
„Damals warst du nicht verheiratet, im Gegenteil, du warst noch nicht volljährig und hast das Fleisch verkauft. Und gebeichtet hast du deine Sünden bis heute nicht!"
„Aber, das ist doch schon so lange her...", Ivan wusste nicht mehr, wie er sich verteidigen sollte.
„Hören Sie auf damit, Ivan", mischte sich Jan ein. „Was Ihre Freunde sagen möchten ist, dass niemand beweisen kann, dass es die Zigeuner waren, genauso wenig, wie Sie Ihre Unschuld beweisen können."
Helmut und Herr Fuks fingen beinahe zeitgleich zu lachen an.
„Der Junge hat es kapiert", sagte Helmut zu Ivan. „Im Gegensatz zu dir. Du bist und bleibst ein einfältiger Idiot. Prost!"
Ivan merkte, dass man ihn auf den Arm genommen hatte und nun lachten alle vier, sie erhoben ihre

Gläser und tranken von Ivans Sliwowitz. Das Thema wurde nun nicht mehr angeschnitten und so vergnügten sie sich mit alten Geschichten, dem allgegenwärtigen Geschwätz des Dorfes. Jan hatte es noch nie leiden können, wenn Leute über gemeinsame Bekannte oder gar fremde Menschen tratschten, es hatte ihn nicht interessiert und er war auch keiner, der gerne hinter dem Rücken der anderen sprach. Gerüchte waren nichts, was für ihn von größerem Belang gewesen wäre. Er kümmerte sich lieber um seine eigenen Angelegenheiten. Doch nach dieser langen Zeit des Nichtstuns genoss er die Anekdoten, die ihm die Männer über die Dorfbewohner darboten und, wie es in einer Runde von Männern üblich ist, kam das Gespräch unweigerlich auch auf die Frauen.
„Der Schmied hat seine Julinka vor die Tür gesetzt", meinte Herr Fuks. „Angeblich, weil sie nicht gut kochen kann."
„Die ist ihm doch sicherlich fremd gegangen", meinte Ivan.
„So kurz nach der Hochzeit?" fragte Helmut.
„Das ist der Julinka doch egal, du kennst sie doch auch! Sie konnte doch noch nie einem Mann widerstehen. Sie hätte Pavel heiraten sollen, der ist genauso wie sie. Man munkelt ja auch, dass das Kind von ihm sein soll."
„Der Kleine tut mir Leid", meinte der Pfarrer. „Nicht nur, dass er ein uneheliches Kind ist, dann schmeißt der Stiefvater die Mutter auch noch raus. Was soll aus ihm mal werden?"

„Der Kleine ist beim Schmied geblieben", sagte Ivan. „Er hat sich um ihn angenommen, als wäre er der Vater. Na, wer weiß."
„Und Julinka hat das einfach zugelassen?" fragte Helmut.
„Nein, die muss getobt haben, wie eine Furie, muss ihm das halbe Haus zerdeppert haben, bevor sie gegangen ist."
„Ja, impulsiv war sie schon als kleines Mädchen", bekräftigte Helmut.
„Ganz anders als Ina", sagte Herr Fuks. „Die Kleine ist ein wahrer Segen für ihre Eltern. Sie hilft im Haushalt ohne Murren, treibt sich nicht herum und ist sehr anständig."
„Und, sie hat ein Auge auf unseren Jan geworfen", meinte Helmut lächelnd.
Jan war derart verdutzt, dass ihm das gerade getrunkene Wasser fast wieder aus der Nase herausgelaufen wäre. Hatten alle um ihn herum Inas Schwärmerei für ihn bemerkt, nur er nicht? Auch Ivan schien nicht überrascht zu sein, lediglich Herr Fuks freute diese Neuigkeit.
„Das ist doch wunderbar, dann bleiben Sie hier bei uns."
Hierbleiben. Nein, das konnte Jan auf keinen Fall! Wenn sie ihn doch noch erwischten, würden sie ihn einsperren, das war zu gefährlich. Außerdem, was sollte er hier in dem Dorf inmitten des Waldes, in dem es für ihn keine Ziele gab, keine Arbeit geben würde und in dem nie etwas Bedeutendes geschah? Sicher, die Leute waren sehr nett und behandelten ihn

zuvorkommend und er war ihnen dafür dankbar, aber er musste so schnell wie möglich über die Grenze. Auch Ina zuliebe, denn je eher er von hier verschwinden würde, desto eher würde sie ihn vergessen können.

*

Helmut zog den selbstgebauten Schlitten mit der wurmstichigen, aufgesetzten Truhe ohne Deckel hinter sich her, der ihm winters zum transportieren diente. Er ging ins Dorf. Tosca war voller Übermut, die Hündin sprang an ihm vorbei, bellte und lief den Schneebällen durch den hohen Schnee hinterher, die Helmut ihr warf.
Es war wärmer als die Tage zuvor. Die Sonne zeigte sich am hellblauen Himmel, nur ganz wenige durchsichtige Wolken zogen dahin. Dort, wo sie ihre Strahlen länger ausbreiten konnte, tropfte das aufgewärmte Eis. Kleine Rinnsale bildeten sich, der zusammengeschobene Schnee auf den Wegen wurde matschig und am Dach eines Hauses, das von der Sonne schon nicht mehr beschienen wurde, bildeten sich lange, kristallklare Eiszapfen.
Am Stamm eines Baumes, dessen Äste von der schweren Schneelast arg gebeugt wurden, saß ein schwarzbraunes Eichhörnchen und beobachtete die beiden Wanderer von oben herab. Noch bevor Toska es wittern konnte, hatte Helmut es entdeckt, seine Augen waren noch immer sehr präzise. Neugierig betrachtete die Hündin das fremde Tier, drehte dabei

den Kopf von der einen auf die andere Seite und bellte schließlich verspielt, was das Eichhörnchen verschreckte. Es flüchtete weiter nach oben zur Krone des Baumes.

Helmut sah diesem Schauspiel belustigt zu, er liebte die Tiere um sich herum. Gerne hätte er das Eichhörnchen gelockt, aber er wusste, dass dies in Gegenwart der Hündin zwecklos gewesen wäre. Sein Rücken schmerzte wieder, obwohl die wärmenden Sonnenstrahlen ihm wohltaten. Ächzend setzte er sich auf den Rand des Schlittens, zog seine Mütze vom Kopf und wischte damit die Schweißperlen von der Stirn.

Er dachte daran, zu was er früher alles fähig gewesen war, welch schwere Lasten er mühelos schleppen konnte und trotz seines eher schmächtigen Körperbaus selten die Hilfe anderer benötigte. In seiner Werkstatt hatte er hart gearbeitet und es hatte ihm zusehends Freude bereitet. Er war kein Mann für Bürokram, seine Welt waren die Arbeiten gewesen, die sich mit seinen eigenen Händen verrichten ließen. Zum Glück war Marienka, seine Frau, ein begabter Mensch, was die Zahlen und das Schreiben der fälligen Rechnungen betraf. Sie hatten sich gegenseitig ergänzt, wodurch das Geschäft sehr gut gelaufen war.

Seine beiden Söhne waren genauso verschiedenartig veranlagt. Der jüngere Milan hätte studieren sollen, während Helmut junior das Talent des Vaters geerbt hatte, er war kurz vor dem Krieg mit seiner Lehre als Schlosser fertig und sollte in den Betrieb mit

einsteigen. Zu seiner Zeit sollte er ihn übernehmen. Milan strebte danach, Lehrer zu werden, er hatte die Menschenliebe der Mutter bekommen und vor allem lagen ihm Kinder sehr am Herzen. Er träumte von einer Lehrstelle an einer Grundschule, wenn möglich in einer ländlichen Region des Landes, da er Städte nicht mochte, sie erdrückten ihn, er war glücklich, wenn er die endlose Weite der Natur um sich hatte.
Und auch menschlich war er ein Träumer. Helmut junior hingegen bodenständig und fest im Leben verankert. Seit Kurzem hatte er sich verlobt, seine Träume kreisten nicht, wie die des Bruders, um Lyrik und fantastische Wünsche, er wollte eine Wohnung finden, um eine Familie zu gründen.
Der Krieg machte beide Zukunftsgedanken zunichte – die reellen und die von der Poesie inspirierten.
Die gefürchteten Briefumschläge mit den vorab gefertigten Beileidsbekundungen trafen kurz hintereinander ein. Helmut junior war in Italien gefallen, Milan in der Nähe der Hauptstadt Prag.
Für Marienka und Helmut brach die Welt zusammen. Doch vor allem für den sonst so starken und lebhaften Helmut waren die beiden Nachrichten wie zwei harte Schläge ins Gesicht. Er fühlte sich, als wäre er selbst gestorben.
Nichts konnte ihn mehr glücklich machen, bis sich scheinbar die eingehende Liebe zur Natur und den Tieren des jüngeren Sohnes Milan auf Helmut übertrug. Wenn er nach der Arbeit durch die weitläufigen Parkanlagen von Pilsen schlenderte, oder die streunenden Katzen füttern konnte, verspürte

er mit einem Mal wieder so etwas wie Freude in ihm aufsteigen. Helmut war zufrieden, wenn sich die satten Streuner schnurrend an seinen Beinen rieben und sich schon bald im Hof der Werkstatt einnisteten, sodass sie ihm nahe waren. Aber, die Arbeit selbst konnte ihn nicht mehr befriedigen.

So kam es, dass er eines Abends Marienka ansprach, die ihm, gerade in einen Roman vertieft, gegenüber saß. Er wolle weg von hier, erklärte er kleinlaut, wolle alles hinter sich lassen, die Stadt, die zahllosen Menschen, die ihn zur Wut reizten, die Werkstatt verkaufen.

„Wo möchtest du hin?" fragte sie ihn verdutzt, aber dennoch nach außen hin ruhig.

„Ich weiß es nicht."

„Aber, du wirst dir doch Gedanken gemacht haben."

„Nur darüber, wie es nicht mehr sein soll."

Nach einem langen Gespräch zwischen den beiden Eheleuten stand fest, dass Helmut sich nach ländlicher Ruhe sehnte, dass er irgendwo eine kleine Hütte kaufen wollte, von den Ersparnissen leben, die sie bisher verdient hatten. Marienka gefiel diese Idee anfangs gar nicht. Sie war ein geselliger Mensch, liebte ihre Theatergruppe und hatte viele Freunde und Bekannte in der Stadt, die sie nicht so einfach aufgeben wollte.

Aber, sie hatte ebenfalls mitbekommen, dass die Liebe zwischen ihnen nach dem Tod der beiden Söhne nicht mehr wie vorher war. Sie war erkaltet. Helmut schien sich nicht mehr viel aus ihr zu machen. Doch Marienka liebte ihn nachwievor, als wären sie noch immer frisch verheiratet. So fügte sich Marienka schweren Herzens Helmuts Wunsch. Die Werkstatt verkauften sie an einen der Angestellten und erwarben das kleine Häuschen inmitten des schönen Böhmerwaldes.

Diesen Teil des Landes hatten sie deshalb gewählt, weil Helmuts Mutter dort aufgewachsen war, bevor sie heiratete und nach Pilsen zog. Noch bis zu seiner Ausweisung vor einigen Wochen hatte der Großvater in Domažlice gelebt, in jener grenznahen Kleinstadt, in der geschätzte zweihundert Menschen bei den Abschiebungen im Sommer 1945 den Tod fanden. Helmut war ein Kind des neuen Jahrhunderts und in seiner Jugend bis zum ersten Weltkrieg oft hier gewesen, hatte die Ferien bei seinen Großeltern verbracht und der Böhmerwald war ihm ans Herz gewachsen.

Anfangs waren die Dorfbewohner zwar freundlich zu ihnen, doch sie schienen skeptisch und unnahbar den Fremden gegenüber. Immer wieder schlich jemand wie rein zufällig an der Hütte vorbei, sammelte dort Kastanien unter dem nahen Baum, oder suchte im Unterholz nach Pilzen. Doch beide wussten, dass sie beobachtet wurden, man traute den Städtern nicht, man wusste nicht, was sie vorhatten. Noch dazu hatte es sich herumgesprochen, dass das Ehepaar viel Geld besitzen musste. Wie sich zeigte, hatte Helmut den Verkauf der Werkstatt gerade noch rechtzeitig veranlasst, denn schon wenige Monate später wurden alle Selbstständigen durch die kommunistische

Regierung enteignet und die Betriebe, Fabriken und Höfe dem Staat zugesprochen.

Mit der Zeit gewöhnten sie sich allerdings an ihre neuen Nachbarn und das gemeinsame Zusammenleben wurde immer besser, bis sich niemand mehr ein Leben ohne Marienka und Helmut vorstellen konnte. Marienka konzentrierte sich sehr auf handarbeitliche Werke, sie strickte und nähte zusammen mit einigen Frauen, so oft sie konnte, und Helmut ging bei schwereren Arbeiten zur Hand, half, wo es nötig war.

Die beiden hatten sich so sehr etabliert, dass ihnen die Ehre erwiesen wurde, bei Inas Geburt die Patenschaft des Kindes zu übernehmen. Zwar wurde sie schon nicht mehr getauft, aber ihre Eltern wollten dennoch, dass das Mädchen für die Zukunft jemanden hatte, der ihr Schutz und Geborgenheit auch außerhalb der Familie geben konnte. Und, da Helmut maßgeblich bei der Renovierung des Familienhauses mitgearbeitet hatte, wurden die beiden doch noch so etwas wie Großeltern für die kleine Ina.

Marienka verwöhnte Ina, wo es nur ging, aber sie brachte ihr auch das Handarbeiten bei, erzählte ihr von der großen Stadt und den wichtigen Menschen des Landes, über klassische Musik, das Theater, die Literatur, wobei das Mädchen gebannt zuhörte. Oft dauerten ihre Besuche bis spät abends, Ina kam gleich nach der Schule zu den beiden, aß dort zu Mittag und erledigte ihre Hausaufgaben. Sie fütterte mit Helmut die Tiere oder ging mit ihm zusammen in den Wald, um Reisig und Pilze zu sammeln, an anderen Tagen wich sie nicht von Marienkas Seite.

Fast schien es, als würde das Ehepaar durch das Mädchen wieder aufblühen, doch der Schein trog teilweise, denn während Helmut ganz im Einklang mit der Natur wieder zu Kräften kam, sehnte sich Marienka immer mehr nach Pilsen zurück, sie fuhr in den letzten Jahren mehrmals im Monat in ihre ehemalige Heimat um Freunde zu besuchen, ab und an nahm sie Ina mit, für die die große Stadt wie eine magische Wunderwelt war. Aber, auch diese Ausflüge konnten Marienka nicht von ihrer chronischen Unzufriedenheit befreien, sie wurde immer verbitterter und aller Wahrscheinlichkeit nach starb sie aus Gram daran, denn eines Morgens war sie nicht mehr aufgewacht.

Erst nach ihrem Tod wurde Helmut bewusst, was ihm seine Frau bedeutet hatte. Er erinnerte sich an die Zeit ihrer jungen Verliebtheit zurück und schmerzvoll daran, dass er sie durch den eigenen Egoismus verloren hatte. Von nun an ging er selten ins Dorf, nur, wenn er Besorgungen zu erledigen hatte. Aber noch immer war er in der Dorfgemeinschaft hoch geschätzt, so kamen die Leute zu ihm zu Besuch, was ihm nicht immer Recht war. Es kam vor, dass er einige Männer wieder hinauswarf, bis er sich den Ruf eines wunderlichen Eigenbrötlers erworben hatte, und so kamen immer weniger Leute in seine Hütte. Nur seine besten Freunde Ivan und der ehemalige Pfarrer Herr Fuks besuchten ihn regelmäßig und einige Zeit

nach Marienkas Tod auch wieder Ina, die ebenfalls sehr am Verlust ihrer Patentante gelitten hatte.
Helmut nahm seinen Schlitten wieder auf, pfiff nach Tosca und wanderte schwer schnaufend weiter ins Dorf hinein. Im Laden kaufte er ein paar Lebensmittel und Tabak, danach ging er in die Schreinerei hinüber. Als er den Schlitten abstellte, kamen ihm ein paar Kinder im Alter zwischen sechs und zehn Jahren entgegen, Mädchen und Jungen aus den Familien des Dorfes. Ihnen war der alte, gebückte Mann schon unheimlich, sie grüßten ihn zwar stets freundlich, doch hinter seinem Rücken erzählten sie sich die abwegigsten Geschichten, er würde in seinem Stall kleine Kinder gefangen halten, er solle nachts durch das Dorf geistern und sie aus ihren Betten entführen. Als Ina ihm einmal von den Fantasien der Kinder erzählt hatte, musste Helmut lachen. Auch er kannte solche Schauermärchen aus seiner eigenen Kindheit.
„Na Vrata, was gibt es Neues?" fragte er den Gesellen des Schreiners, als er die Werkstatt betrat.
„Nichts...", entgegnete dieser einsilbig, Vrata war von jeher ein wortkarger Junge gewesen.
„Sind alle im Haus?"
„Der Meister ist nicht da, die beiden Frauen sind drinnen."
Helmut betrat die Stube, wo ihm sogleich der Duft von frischem Eintopf entgegen kam. Ina und ihre Mutter waren dabei zu kochen, es ging auf Mittag zu.
„Könnte sich dein Mann mal das Dach des Stalles ansehen?" fragte Helmut nach der Begrüßung. „Du weißt, ich kann mich nicht mehr so bewegen. Das

Gewicht des Schnees hat ihm anscheinend nicht gutgetan."
„Aber natürlich", sagte Inas Mutter. „Ich schicke ihn vorbei, sobald er wieder zurück ist."
„Es eilt nicht, die nächsten Tage wird es keinen Neuschnee geben."
„Was getan ist, ist getan", meinte Ina. „Du weißt, wie vergesslich er ist."
Die Mutter warf ihrer Tochter einen tadelnden Blick zu.
„Möchtet ihr heute Abend zum Essen kommen?" fragte Ina, bevor ihre Mutter sie für die freche Bemerkung schimpfen konnte.
„Ja, das ist eine gute Idee", begeisterte sich die Mutter. „Ich habe auch Jaroslav eingeladen."
„Mal sehen... Ich muss mit Jan darüber sprechen."
„Mach das. Ich möchte ihn endlich kennenlernen!"
Helmut verabschiedete sich und ging nach draußen, Ina folgte ihm. Sie ging in die Hocke, um Tosca streicheln zu können.
„Bitte kommt", meinte Ina mit leicht flehentlichem Unterton. „Mir zuliebe!"
Helmut sah zu ihr herab. Die Hündin leckte ihr eine Hand, mit der anderen kraulte Ina ihr die Brust. Sie zitterte ein wenig, da sie keine Jacke übergezogen hatte.
„Ich werde sehen, was ich tun kann. Aber jetzt geh wieder rein, hier wirst du dich nur erkälten."
Er lächelte ihr zu. Ina wusste, dass Helmut sie verstanden hatte und, dass er alles versuchen würde, um Jan für den Besuch zu begeistern.

*

„Wir gehen heute Abend essen", sagte Helmut zu Jan als er zuhause angekommen war. „Inas Eltern haben uns eingeladen."
Jan saß am Küchentisch und las in einem von Helmuts Büchern, einem Roman eines deutschen Schriftstellers, den er bisher nicht kannte. Er blickte zu Helmut auf.
„Ich soll mitkommen?"
„Ja, die Einladung gilt für uns beide."
Jan legte das Buch beiseite und stand auf, um Helmut mit den Einkäufen zu helfen. Dabei machte er eine falsche Bewegung, seine Schulter begann wieder stechend zu schmerzen.
„Bleib sitzen, das schaffe ich alleine. Nicht, dass du heute Abend vor Schmerz nicht mitkommen kannst," grinste er spöttisch.
Die beiden Männer gingen den schmalen Pfad ins Dorf hinauf. Es dämmerte bereits, die Sonne ging über dem dichten Baumbestand des Waldes unter und war schon fast nicht mehr zu sehen, ein kalter Wind zog über die freie Fläche, die Temperaturen waren wieder gesunken. Die matschige Schneefläche hatte sich stellenweise in rutschige Eisplatten verwandelt, sodass das Vorankommen sehr mühsam war. Helmut kam mit seinem Stock nur sehr langsam vorwärts, immer wieder suchte er nach einer passierbaren Stelle.
Am nahegelegenen Hang fuhren ein paar Kinder mit ihren selbstgebauten Schlitten nach unten, sie wurden

nicht müde, ihr Gefährt immer wieder nach oben zu ziehen und von Neuem hinunter zu sausen. In der Mitte hatten sie mit ein paar Holzblöcken, auf die sie Schnee geschaufelt und diesen anschließend festgestampft hatten, eine Sprungschanze errichtet. Die älteren Kinder erlaubten den Jüngeren aber nicht, diese zu benutzen, sie standen nur daneben und betrachteten neidvoll den Spaß der Großen.

Auf der Straße begegneten sie einem älteren Ehepaar, das Hand in Hand an ihnen vorbei ging und das beide freundlich grüßte. Nachdem sie außer Hörweite waren, erzählte Helmut Jan, dass die Frau Blind sei. Jan drehte sich verwirrt um. Dem sicheren Gang nach zu urteilen, konnte sie nie und nimmer nichts gesehen haben, aber sie waren schon von der aufkommenden Dunkelheit verschluckt worden.

Als sie die Stube betraten, saßen der Vater, Vrata und der Revierförster Jaroslav schon am Tisch, Ina und die Mutter standen am Herd. Die Hitze des Raumes schlug ihnen entgegen.

Jaroslav musterte Jan eindringlich, sein Blick war stechend, man konnte sehen, dass ihm der Fremde nicht sympathisch war. Seine Augen glichen engen Schießscharten einer altertümlichen Burg, als ob er nur darauf warten würde, Jan mit seinen Blicken zu erschießen. Er trug eine grüne Uniform, sein Hut in gleicher Farbe lag auf der Lehne der Eckbank.

Da Jan Jaroslav nie zuvor begegnet war, benahm er sich ihm gegenüber freundlich und zuvorkommend. Er wusste nicht, warum der Revierförster ihn derart feindselig beobachtete, da er ihm seines Wissens nichts getan hatte, was ihn gegen sich aufbringen hätte können.

Ina stellte einen weiten, bauchigen Topf auf einen der von ihr geflochtenen Untersetzer in der Mitte des gedeckten Tisches. Es war der Kartoffeleintopf, den sie bereits mittags gekocht hatten, als Helmut zum ersten Mal da war und die Mutter brachte eine Schöpfkelle und frisch aufgeschnittenes Brot.

„Lasst es euch schmecken, Männer", sagte sie lachend und setzte sich zu ihnen. „Es ist genügend für alle da."

Einer nach dem anderen schöpfte sich den wohl riechenden Eintopf in seinen Teller und nahm sich Brot dazu. Ihre Löffel klapperten gegen das Porzellan, man hörte das bedächtige Pusten der noch heißen Mahlzeit, aber gesprochen wurde lange nichts.

„Was macht der Wald?" fragte Inas Vater schließlich Jaroslav. „Habt ihr den Wilderer schon festnehmen können?"

„Nein," antwortete er mit vollem Mund, schluckte aber sogleich runter. „Ich vermute, dass er nicht aus einem der Dörfer stammt, wahrscheinlich ein Städter."

Jaroslav wohnte im Forsthaus am Waldrand des Nachbardorfes, der die beiden Dörfer voneinander trennte. Es führte allerdings nur ein schmaler Fußweg hindurch. Wollte man das andere Dorf mit dem Wagen erreichen, so musste man einen weiten Umweg in Kauf nehmen.

Ina, die neben Jaroslav saß, war ihm einen seitlichen Blick zu, woraufhin der Förster zu lächeln begann.

„Ganz in der Nähe haben wir eine Futterkrippe für die Rehe aufgestellt," sagte er zu ihr. „Möchtest du mal mitkommen? Wenn wir Glück haben, können wir sie beobachten."
„Vielleicht später einmal", antwortete Ina. „Ich muss morgen mit Vater zu Helmut. Er wird ihm das Dach des Schuppens reparieren und ich muss mich um Jans Verletzung kümmern."
Wieder warf Jaroslav Jan einen eisigen Blick zu, wandte dann jedoch das Wort an ihn.
„Ich habe gehört, dass Sie über die Grenze wollten. Wurden Sie dabei verletzt?"
„Ja, ich wurde angeschossen."
„Warum wollten Sie das Land verlassen? Haben Sie etwas verbrochen?" Aus seiner Stimme klang Verachtung.
„Eine Nichtigkeit", antwortete Ina für Jan. „Du weißt doch, wie die Zustände in diesem Land sind."
Obwohl Ina es bis vor Kurzem selbst nicht genau gewusst hat, sprach sie nun, als würde sie die Taten der Regierung genau kennen. Als seien die verstrickten Machenschaften auch hier im Dorf allgegenwärtig. Gleichzeitig wollte sie nicht, dass Jaroslav Jan so kaltherzig behandelte. Sie wusste aber den Grund, denn Jaroslav machte ihr schon lange den Hof, er schmeichelte ihr andauernd und kam oft hierher ins Haus, um sie zu besuchen. Nun musste er mitbekommen haben, dass der Fremde Ina zu gefallen schien. Es wurde ja im Dorf herum erzählt wie eine sensationelle Nachricht aus der Zeitung. Ina mochte Jaroslav zwar, aber sie hatte keine weiteren Gefühle

für ihn. Er war jemand, den sie schon lange kannte, ein guter Freund, mehr nicht. Und bisher hatte der Förster immer gehofft, mit eiserner Beharrlichkeit zu seinem Ziel zu kommen - irgendwann Inas Gefühle für ihn wecken zu können.
„Welche Zustände meinst du?" frage Jaroslav. „Wenn ein Bürger sich nichts zu Schulden kommen lässt, hat er auch vor den Genossen der Polizei seine Ruhe. Wie in jedem anderen Land auch. Hier wird niemand willkürlich gesucht oder muss vor jemandem fliehen, wenn er nichts verbrochen hat, wir leben in einem zivilisierten Land."
„Wie man's nimmt," wandte Helmut ein, ohne genauere Angaben zu machen. Das machte Jaroslav neugierig.
„Was meinst du damit?"
„Vieles von dem, was geschehen ist und immer noch weiter geschehen wird, bleibt im Verborgenen. Die Polizei macht den Unschuldigen so lange durch Drohungen und tatsächlicher Gewalt Druck, dass sie lieber schweigen, als sich jemandem anzuvertrauen, und sei es der eigenen Mutter. Nur sehr selten bricht jemand damit, was sich dann hinter vorgehaltenen Händen verbreitet, aber von vielen Mitmenschen als Humbug abgetan wird. Aber, ruf dir doch die Schauprozesse nach der Machtübernahme der Kommunisten in Jihlava im Jahr 1951 ins Gedächtnis zurück. Damals wurden elf Personen zum Tode verurteilt und weitere hundertelf zu langen Haftstrafen. Alles nur, weil die Kommunisten den starken Einfluss der Kirche im Land schwächen,

eigentlich sogar unterbinden wollten. Möchtest du uns weismachen, dass dies nicht vom Staatssicherheitsdienst ausgegangen ist?"
„Das ist nicht bewiesen!" antwortete Jaroslav aufgebracht. „Außerdem töteten die Bauern zuvor 3 Männer auf einer kommunistischen Versammlung in Babice. Daher war es nur mehr als gerecht, die Rädelsführer, Unruhestifter und Mörder zu verurteilen."
„Es waren aber keinesfalls gerechte Verurteilungen, dafür wurden die Strafen zu schnell und ohne die Einflussnahme von Indizien gefällt."
„Jedenfalls ist in unserem Land die Gerechtigkeit mehr als ausgeglichen," kam Jaroslav wieder auf das eigentliche Thema zurück. „Jemand, der sich absolut nichts zu Schulden hat kommen lassen, wird nicht so einfach verhört. Und niemand wird wegen einer Nichtigkeit verhaftet."
Wieder sah Jaroslav Jan mit feindseligem Blick an. Anscheinend hatte Helmut den Förster unterschätzt, er hatte nie von ihm gedacht, dass er ein überzeugter Kommunist wäre, sonst hätte er Jan nicht hierher gebracht, wo er doch genau wusste, dass Jaroslav anwesend sein würde. Doch jetzt war es zu spät, um sich Vorwürfe zu machen, Helmut konnte nur hoffen, dass Jaroslav nicht zur Polizei gehen würde, um Jan anzuzeigen. Glücklicherweise schaltete sich in diesem Augenblick Ina ein.
„Können wir nicht von etwas Anderem sprechen, als von Politik?"
„Dafür wäre ich auch", gab der Vater zu verstehen.

Die Tischgesellschaft sprach über andere Themen und schon bald war das zuvor Gesagte fast schon in Vergessenheit geraten. Nach dem Essen wurden noch selbstgebackene Apfelküchlein aufgetragen, was die Stimmung weiter erhellte. Vrata holte aus dem Keller Bier und so ließen es sich alle gutgehen.
Doch mit zunehmendem Alkoholeinfluss wurde Jaroslav wieder gesprächiger. Immer wieder stach er in die wunde Stelle des Themas über Jans Flucht, wenn auch nicht direkt, sondern durch verborgene Anspielungen und gezielte Sticheleien. Nach jeder seiner Aussagen sah er zuerst zu Jan und dann in die Runde, ob auch jeder verstanden hatte, worauf er hinaus wollte. Dabei lag ein hämisches Grinsen auf seinem tiefroten Kopf. Es war ihm unschwer anzusehen, dass er seine Machtposition genoss, denn wenn Jan etwas zu ihm gesagt hätte, hätte ein Wort bei der Polizei genügt, ihn ein für alle Mal von der Bildfläche verschwinden zu lassen. Er wollte sich vor Ina brüsten, wollte ihr klarmachen, welche jämmerliche Gestalt ihr Angebeteter war, der sich nicht einmal frei bewegen, sich nicht aufspielen oder verteidigen konnte. Jan war ein Nichts in Jaroslavs Augen, vor dem er sich nicht fürchtete, seine Konkurrenz schreckte ihn nicht im Geringsten ab. Ina sollte begreifen, wer von ihnen beiden der bessere Mann für sie war und dies wollte er mit seinen Sticheleien ein für alle Mal klarstellen.
Im Grunde war Jaroslav kein Mann, der schnell wütend wurde, oder gar andere beleidigte. Dafür hatte er zu viel gesehen, wenn die Waldarbeiter und

Holzfäller sich wieder einmal wegen Nichtigkeiten in die Haare gekommen waren, Blut und angekratzte Eigenwerte waren die Folge, was jederzeit wieder hervorkommen konnte. Doch mit Ina war es etwas anderes. Er hatte so lange um sie geworben, ohne, dass sie sich bisher dafür zu interessieren schien. Offensichtlich hatte sie genau auf einen solchen aufgeblasenen Geck aus der Stadt gewartet, aber das wollte Jaroslav nicht hinnehmen, er wollte diesen Kampf nicht verlassen, ohne sein Möglichstes getan zu haben.

„Könntest du bitte damit aufhören!" sagte Helmut mit Nachdruck. „Du verdirbst mit deinen Gehässigkeiten allen den Abend."

„Lassen Sie ihn", wandte sich Jan an Helmut. „Ich wollte sowieso gehen..."

„Nein, du bleibst bei uns, Jaroslav wollte gerade das Thema wechseln."

„Vielleicht ist es wirklich besser, wenn Sie gehen", schaltete sich jetzt Inas Vater ein. „Ich möchte nicht, dass in meinem Haus Streit aufkommt."

Alles sahen ihn verwundert an.

„Am besten, du gehst gleich über die Grenze, nicht, dass dich die Polizei noch hier bei den ehrbaren Leute erwischt und wir alle deswegen verhaftet werden." Jaroslav machte eine ausladende Geste und lehnte sich zurück. „Wenn du erst für immer verschwunden bist, ist es das Beste für alle."

„Jaro..." stammelte Ina ungläubig. „Hör auf, so über Jan zu reden. Du bist immerhin in unserem Haus."

„In meinem Haus", korrigierte sie der Vater. „Wenn Jan den Hausfrieden stört, muss er gehen."
„Aber, das geht doch von Jaro aus!"
„Der Grund des Streits ist Jan und seine undurchsichtige Vergangenheit."
„Komm Jan, wir gehen," meinte Helmut und stand auf.
„Ja, hau ab!" rief der Förster Jan zu. „Je eher, desto besser."
„Er ist mein Gast und kann so lange bleiben, wie er möchte," sagte Helmut ruhig und trat in die Kälte der Nacht. Jan folgte ihm.
Ina war aufgestanden und wollte den beiden offensichtlich hinterher gehen, aber der Vater brüllte, sie solle hierbleiben. Die Mutter war genauso ratlos, die Frauen wussten nicht, was geschehen war, warum sich der Vater derart von Jaroslavs üblem Gerede hatte einnehmen lassen. Vrata saß wie üblich stumm in seiner Ecke, trank Bier und hörte einfach nur zu, ohne eine eigene Meinung zu haben.
„Sie wird schon wieder vernünftig", hörten Helmut und Jan den Vater sagen, kurz bevor die schwere Holztüre in die Angeln fiel.
Schweigend gingen die beiden Männer durch das nächtliche Dorf. Am Himmel zogen Wolken dahin und verdeckten die meiste Zeit die Sterne und den dürftigen Halbmond. Es gab keine Straßenbeleuchtung, sodass sie sich anhand der spärlich erleuchteten Fenster orientieren mussten. Am Ortsrand schimmerte das Licht von Helmuts Haus aus der seichten Talsenke hervor, doch sie hatten einige

Mühe, den schmalen Pfad zu finden, der sie dorthin führen würde.
Als sie die halbe Strecke gegangen waren, hörten sie plötzlich Schritte hinter sich, die leicht im Schnee federten, wie ein leiser Takt. Gleichzeitig begann Tosca im Haus zu bellen. Die beiden erkannten Ina erst, als sie fast vor ihnen stand.
„Wartet," rief sie und blieb außer Atem stehen. „Ich möchte mich für meinen Vater und Jaro entschuldigen," meinte sie schließlich verlegen.
„Warum denn?" fragte Helmut. „Du kannst nichts für ihr Verhalten. Komm mit, wir sollten nicht hier draußen bleiben."
Zuhause begrüßte die Hündin sie freudig, sprang an Helmut hoch, sodass er für einen Augenblick fast den Halt verlor und sie neckisch tadelte. Dann legte sie sich unterwürfig auf den Rücken, als Ina sie zu streicheln begann.

*

Was würden die Eltern von der ganzen Situation halten, in die Jan hier geraten war? Er hätte sich gerne mit ihnen beratschlagen wollen, aber das war leider nicht möglich.
Inzwischen hatte Jan einen langen Brief an die Eltern geschrieben, in dem er ihnen alles haarklein erklärt, seine Sicht der Dinge dargelegt hatte. Denn die der Polizei kannten sie mit Sicherheit schon. Gewiss hatten die Beamten den Eltern einen Besuch abgestattet, um in Erfahrung zu bringen, wo sich der

Sohn aufhalten könnte. Den Umschlag beließ er ohne Absender und Ina hatte ihn in Domažlice zur Post gebracht. Die Schergen sollten keinen Verdacht auf einen der Dorfbewohner bekommen.

Erst, wenn er in Deutschland wäre, würde er ihnen in seinem Namen schreiben können. Aber vorerst war es noch zu gefährlich. Er wusste, dass die Polizei noch immer nach ihm suchen würde.

Nichts sollte von ihm hier in dieser Einöde verbleiben, nichts mehr an ihn erinnern, wenn er erst einmal fort war. Nur die Leute würden ihn noch in ihren Gedanken haben, aber die konnten ihnen nicht gefährlich werden. Wenn allerdings jemand seine Spur bis hierher verfolgen konnte, dann waren auch Helmut, Ina und all die anderen Menschen in Gefahr, die ihm so hilfsbereit begegnet waren.

In seinem Schreiben hatte er die Eltern gebeten, die Umstände der überstürzten Flucht seinen besten Freunden Hanka und Ludvik mitzuteilen. Bei ihnen konnte er sich sicher sein, dass sie ihn niemals verraten würde. So, wie auch Jan Ludviks Teilnahme an den Protesten während des Verhörs nicht erwähnt hatte. Im Anschluss sollten sie den Brief umgehend vernichten.

Wie sie wohl reagiert hatten? Nun wussten die Eltern, dass ihrem Sohn nichts ernsthaftes zugestoßen war. Aber, sie hatten auch die Gewissheit, dass sie ihn nicht mehr sehen würden. Mit Jan war auch das letzte ihrer Kinder unwiederbringlich abhanden gekommen. Karel durch seinen frühen Tod, Alena und er im fernen Ausland verschwunden.

Wie gerne hätte sich Jan mit seinem Vater unterhalten, wie es nun weitergehen sollte, was ihn in der Zukunft erwartete. Der Vater war immer ein guter Zuhörer und weiser Ratgeber gewesen, auch, wenn man in letzter Zeit etwas lauter mit ihm reden musste, da er schwerhörig wurde. Ein schlanker, graumelierter Herr, der stets schwarze Anzüge und weiße Hemden trug, egal, wohin er ging. Und auch die Mutter war immer elegant gekleidet, was ihre leicht fülligen Proportionen im Alter kaschierte. Sie hätte ihm wahrscheinlich geraten, Ina mit in eine gemeinsame Zukunft zu nehmen, da sie allen Liebesangelegenheiten und der Romantik stets wohlgesonnen war.
Dieser Teufelskreis! Flucht – Ina – unbekannte Zukunft. Wenn Jan gewusst hätte, was ihn erwartet, vielleicht hätte er darüber nachgedacht, Ina mitzunehmen. Sie war ihm sehr ans Herz gewachsen, sympathisch, unkompliziert und offenbar immer gut gelaunt. Nur, was konnte er ihr bieten? Was würde ihn erwarten? Nein, das konnte er diesem fröhlichen Mädchen nicht zumuten. Sie würde ein besseres Leben bekommen, wenn sie in Böhmen blieb, vielleicht sogar gemeinsam mit diesem Förster, auch, wenn Jan dieser Gedanke nicht sonderlich beglückte.
Die Gedanken an das Buch hatten sich in der Zwischenzeit immer weiter gefestigt. In seinem Kopf hatte er die Fäden gesponnen, die sich langsam zu der Geschichte zusammenfügten, die er erlebt hatte. Noch wollte er sich keine weiteren Notizen als ein paar Stichpunkte machen. Er musste sich noch über Vieles

im Klaren werden, bis er zu schreiben beginnen konnte. Aber, dafür würde er nach seiner Ankunft mehr als genügend Zeit bekommen. Im Moment half es ihm, wieder Mut zu fassen, seinem Leben einen neuen Sinn zu verpassen und er merkte, wie er mit jedem Gedanken daran mehr aufblühte, wie das Leben in seinen Geist zurückkehrte.

***

Lieber Jan,

endlich finde ich wieder Zeit, dir einen Brief zu schreiben. Ich hoffe, es geht dir gut und du bist über mein plötzliches Verschwinden nicht allzu böse. Nun, so wie ich dich kenne, kannst du mich aber verstehen – ich wünsche es zumindest.

Nach dem sehr hastigen Aufbruch schrieb ich dir eine Karte an unserem ersten Tag in Österreich, damit du der erste bist, der sieht, wie schön hier alles ist. Ich liebe die herrliche Landschaft, das Malen unter den schattigen Bäumen und die allabendlichen Spaziergänge am See. Irgendjemand begleitet mich immer, doch meistens ist es Radek, der mir nicht mehr von der Seite weicht. Auch, wenn du es nicht glauben magst, lieber Bruder, aber ich denke, ich habe mich ein wenig in ihn verliebt. Erinnerst du dich an Radek? Er hat dichte, schwarze Locken und eine kleine Narbe an der linken Wange. Vielleicht hast du ihn schon einmal gesehen. Jedenfalls hätte ich mir nie träumen lassen, dass ich für ihn einmal mehr als freundschaftliche Gefühle hegen könnte. Tja, die Welt ändert sich und mit ihr wir Menschen.

Wir leben alle zusammen in einer ehemaligen Pension, die für Flüchtlinge gemietet wurde. Das mag sich jetzt für dich entsetzlich anhören, aber es ist ganz gemütlich dort. Wir haben alles, was wir brauchen. Zdenka hat schon eine vorübergehende Arbeit gefunden und Radek hilft manchmal bei den Nachbarn aus, wofür er ein wenig Geld und Lebensmittel bekommt. Aber vor allem konzentrieren wir uns auf das Malen. Du kannst dir gar nicht vorstellen, welch schöne Bilder der Professor malt, solche Motive hätten wir ihm alle vor ein paar Wochen niemals zugetraut.

Jetzt hoffen wir natürlich, dass wir schnellstens Asyl bekommen, sodass wir uns richtige Arbeit suchen und unser neues Leben beginnen können.

Ich denke oft an euch und überlege, was ihr wohl macht. Wahrscheinlich bist du schon wieder vollkommen mit deinen Schüler beschäftigt und bringst ihnen all die Nutzlosigkeiten bei, die sie nicht hören wollen. Verzeih mir, ich bin wohl wieder etwas zu überschwänglich. Grüße Hanka und Ludvik herzlich von mir.

Ich hoffe, den Eltern geht es gut und sie haben meinen letzten Brief bekommen. Hoffentlich schreibt ihr mir bald. Fühl dich umarmt, lieber Bruder.

Alena

Teil III
Der 2. Aufbruch

Frühjahr 1969

Eigentlich hatte sich Léňa ihr Leben nach der Auswanderung vollkommen anders vorgestellt. Nicht dieses tagtägliche Trauerspiel von einem Nichts, einer faden Endlosschleife des Daseins. Sie hatte gehofft, dass es ihr besser gehen würde, dass sie sich in einem anderen Land verwirklichen und sich etwas ganz Neues aufbauen könnte. Niemals hätte sie auch nur daran zu denken gewagt, dass es derart in einem stumpfen Alltagstrott enden würde.

Als die Grenzen geöffnet wurden, hatte Léňa nicht lange nachgedacht, ob sie in der Tschechoslowakei bleiben, oder fortgehen sollte. Sie hatte sich gerade von Jan getrennt, ein Schritt, den sie schon ein paar Stunden später selbst nicht verstand. Aber an diesem Abend war ihr alles zu viel gewesen. So war ihr die Entscheidung noch leichter gefallen.

Den Abend der Trennung hatten sie auf einer Geburtstagsfeier bei Freunden verbracht. Léňa war schon seit dem Nachmittag nicht gut, sie hatte Kopfschmerzen und litt an Mattigkeit, weshalb sie gar nicht zu der Feierlichkeit gehen wollte, doch Jan konnte sie schließlich doch noch überreden. Während ihre Freunde sich vergnügten, saß Léňa nur gelangweilt da, sie aß nichts und das Glas vor ihr wurde nicht leerer. Offensichtlich hörte sie den fröhlichen Gesprächen zu, doch ihre Gedanken waren

in weiter Ferne. Wenn einer der Gäste sie etwas fragte, antwortete sie nur einsilbig, auf einen Witz gab sie nur ein müdes Lächeln, wenn jemand sie dabei ansah.
Léňa fühlte sich fehl am Platz, sie wollte nach Hause, aber Jan war so vergnügt, er lachte und scherzte mit den anderen, er schien gar nicht zu bemerken, dass es ihr nicht gut ging. Als sie ihn kurz nach Mitternacht darauf ansprach, dass sie gehen wolle, reagierte er mürrisch, schmollte und trotzte wie ein Kleinkind.
Auf dem Nachhauseweg sprach er die ganze Zeit von dem gelungenen Abend, erzählte Anekdoten und lärmte in den Straßen. Er hatte zu viel getrunken. Léňa wies ihn darauf hin, dass es mitten in der Nacht sei, dass die meisten Anwohner dieser Straße sicherlich schon schlafen würden.
„Ach, ist doch egal!" rief Jan. „Die schlafen bestimmt gleich wieder ein, wenn sie überhaupt aufwachen."
„Jan, bitte! Schrei nicht so! Ich habe Kopfscherzen und es interessiert mich nicht, was die anderen gesagt haben. Lass uns einfach wie zivilisierte Leute nach Hause gehen."
Jan war daraufhin verärgert, den Blick auf den Asphalt des Gehwegs gerichtet, ging er eine Weile schweigend neben ihr her. Noch immer glich er einem schmollenden Kind, das nicht bekommen hatte, was es gerne haben wollte.
„Lenika," sprach er sie schließlich zärtlich an. „Was ist los mit dir?"
„Was los ist? Ich wollte nicht mitkommen und es hat mir nicht gefallen. Ich habe das auf der Feier nicht

erwähnt, weil ich dir und den anderen den Abend nicht verderben wollte. Aber jetzt möchte ich bitte meine Ruhe."

Jan legte Léňa die Hand auf den Rücken. Er fühlte dabei ihre weichen, schwarzbraunen Haare, die sie zu einem Pferdeschwanz gebunden hatte. Léňa war nicht sehr groß, fast einen Kopf kleiner als Jan, und sehr zierlich. Ihre glatten Haare reichten ihr fast bis zum Ende des Rückens.

Sie wand sich leicht und befreite sich so von seiner Umarmung. Die Hände in den Taschen ihrer engen Hose vergraben, ging sie nun ein paar Schritte vor ihm. Keiner sagte mehr ein Wort, bis sie in der Wohnung ankamen.

Léňa ging gleich ins Bad, schminkte sich ab und legte sich ins Bett, während Jan noch angezogen in einem Buch über den Balaton blätterte, das er vor Kurzem von seinem Vater geschenkt bekommen hatte. Sie kümmerte sich nicht weiter darum, schloss die Augen und versuchte einzuschlafen.

Nach ein paar Minuten klappte Jan den schweren Bildband geräuschvoll zu, woraufhin Léňa wieder aus dem Halbschlaf aufschreckte. Sie seufzte aufgebracht und drehte sich auf die andere Seite um, das Gesicht zur Wand gerichtet. Jan ging ins Bad, sie hörte das Wasser rauschen, das Geräusch der Zahnbürste, dann legte er sich neben sie und begann, ihren Rücken zu küssen.

„Nicht, ich möchte schlafen," sagte Léňa mit müder Stimme.

Aber, Jan fuhr fort, sie zu küssen, er ließ seine Hände über ihre kleinen Brüste gleiten und strich ihr über den Bauch.
„Jan, mir ist nicht gut, ich möchte heute nicht..."
Schimpfend sprang Léňa aus dem Bett. Sie sammelte ihr Kleider vom Stuhl, auf den sie sie vorher gelegt hatte und ging wutschnaubend ins Bad.
Es war nicht das erste Mal, dass sie sich vor Jan ekelte. Nicht nur, dass sie eigentlich schlafen wollte, sie konnte ihn nicht mehr ertragen. Das Schlimmste daran war, dass sie sich selbst nicht erklären konnte, warum. Schon seit mehreren Wochen hatte sie beim Sex das Gefühl, dass sie mit einem vollkommen anderen Mann schlafen würde. Sie wollte ihm nichts mehr erzählen. Er war anwesend, doch Jan störte Léňa.
Wie es soweit kommen konnte, wusste sie nicht. Im Grunde liebte sie ihn, dass wusste sie, aber allein seine Gegenwart ließ sie immer öfter in Rage verfallen.
Und dieses Mal war es ihr zu viel geworden. Léňa musste raus. Weg von Jan. So schnell wie nur irgendwie möglich. Im Bad suchte sie sich das Nötigste zusammen. Als sie begann, weitere Kleidungsstücke für die nächsten Tage aus dem Schrank zu holen, sah Jan sie nur verdutzt an, es schien, als könne er nicht mehr sprechen, als hätte ihm jemand einen Schlag vor den Kopf versetzt.
Was Jan ihr hinterher gerufen hatte, als sie damals die Wohnung verließ, wusste sei heute nicht mehr. Sie hatte nicht mehr hingehört, seine Worte einfach

ignoriert. Léňa hatte die Tür hinter sich zugeworfen und war mit klappernden Absätzen die steinerne Treppe hinunter gerannt, zurück zu ihrer Mutter.

*

Als die Grenzen geöffnet wurden, dachte sie, es wäre ihr Ausbruch aus dem Leben, das sie gemeinsam mit Jan geführt hatte. Léňa war nach der Trennung genauso unzufrieden, wie zuvor, als sie noch mit ihm zusammen war. Also ergriff sie dies als Chance, sich endgültig von ihm loszusagen, egal, ob sie es später bereuen würde, oder nicht.
Würde sie in Prag bleiben, so überlegte Léňa, würde sie über kurz oder lang wieder mit Jan zusammenkommen. Sie liebt ihn und zugleich brachten sie die Gedanken an ihn auf. Aus dieser Gemütsverfassung wurde sie nicht schlau, sie wusste nicht, was in ihr vorging, wie es kommen konnte, dass sie so fühlte. Wenn sie nun ins Ausland aufbrechen würde, dann wäre das ein endgültiger Bruch, alle vorhandenen Stricke wären endgültig abgerissen. In diesem Moment fiel es ihr leicht, sich so zu entscheiden.
Léňa sprach mit ihrer Mutter. Der Vater war gestorben, als sie noch ein kleines Kind war, ein tragischer Unfall in der Fabrik, in der er arbeitete, machte sie früh zur Halbwaise. Mit der Mutter war sie dafür umso enger verbunden, die beiden verstanden sich mehr wie Freundinnen, als wie Mutter und Tochter. Für sie war es alles andere als

leicht zu verstehen, warum ihr einziges Kind sie verlassen wollte. Aber auch Léňas Vorschlag, sie solle mit ihr kommen, war der Mutter nicht geheuer. Sie war ein Mensch, der das Beständige mochte, sie konnte sich nur schwer an Umstellungen anpassen.
Daher brach Léňa nach einem tränenreichen Abschied am überfüllten Prager Hauptbahnhof alleine auf. An diesem Andrang waren eindeutig die geänderten Ausreisebestimmungen schuld, fast schien es, als wolle jeder Einwohner der Stadt die neu geschaffene Freiheit nutzen, um ins Ausland zu reisen. Ein Visum für das Nachbarland zu erhalten, war denkbar einfach, Léňas Großtante, die in der Nähe von Regensburg wohnte, hatte sie eingeladen, sie zu besuchen.
Die Züge, die nach Westen, also nach Österreich und Deutschland fuhren, waren ausnahmslos überbesetzt und Léňa hatte große Mühe, sich mit ihrem Reisekoffer einen Platz zu verschaffen. Die Luft in den Abteilen war verbraucht und abgestanden, es roch nach dem Schweiß der Fahrgäste, beißendem Zigarettenrauch und fettigen Brotzeiten. Léňa wurde sofort schlecht davon und sie kämpfte sich zu einem der geöffneten Fenster durch, durch das aber vor der Abfahrt nur der Lärm und der Geruch von Diesel und den Bremsen der Lokomotive von draußen eindrang.
Nicht einmal zum Abschied zuwinken konnte sie der Mutter, da sie nicht auf der Seite des Bahnsteigs stand, als der Zug langsam anfuhr. Sie versuchte, über die Köpfe der anderen Mitreisenden blicken zu können, aber vergebens, dafür war sie zu klein. Es blieb Léňa nichts anderes übrig, als ihnen beim

Winken zuzusehen und den lauten Abschiedsworten zu lauschen. In Gedanken war sie bei ihrer Mutter und sie wusste, dass auch diese verzweifelt nach ihrem Kopf an einem der Fenster Ausschau hielt, unbedarft in die Masse der Menschen hinein winkte.

*

Das Wort, mit dem Léňa diese abweisende Kälte, das unpersönliche, kasernenartige Gebäude und die desinteressierten Menschen dort drin im Nachhinein am besten beschreiben konnte, war kratzig. Vor allem lag das an den einheitlichen, grauen Decken mit dem blauen Streifen, die ihnen von der Heimleitung zum Schlafen zur Verfügung gestellt wurde. Das Material war hart und verursachte nicht nur bei Léňa einen dauerhaften Juckreiz, der sie auch am Tage immer wieder überkam.
Das Auffanglager in Zirndorf. Eine ehemalige, triste Polizeikaserne, die durch hohe Zäune von der Stadt abgekapselt war. Wen diese Barrikaden schützen sollten, war nicht so genau zu sagen. Léňa erfuhr zwar, dass es zum Schutz der Bewohner wäre, aber offensichtlich hatte die Bevölkerung mehr Angst als umgekehrt.
Die Zimmer waren steril und eintönig. Kalte, graue Fliesen bedeckten den Boden, es gab Stockbetten aus Metall, die ächzten, sobald man sich hineinlegte oder sich nachts darin umdrehte. Ansonsten war da nur ein zerkratzter Holztisch und einige Stühle. Die Wände waren kahl, von vereinzelten Schmierereien der

Insassen abgesehen. Das Bad befand sich am Ende des Gangs.

Die Menschen, die mit Léňa das gleiche Schicksal teilten, nach ihrer Flucht hier gestrandet zu sein, waren größtenteils deprimiert über die Lage, in der sie sich hier befanden. Die meisten waren Landsleute aus der Tschechoslowakei, nur eine kleine Gruppe kam aus weiter östlich liegenden Ländern. Diese sonderten sich aber weitgehend von den Tschechen und Slowaken ab.

Viele, mit denen sie sprach, hatten sich ihr neues Leben in Deutschland anders vorgestellt. Sie hatten gedacht, sie würden mit offenen Armen empfangen werden, es würde ihnen Arbeit zugeteilt und sie könnten es sich gutgehen lassen. Dass sie hier im Flüchtlingslager gelandet waren, stieß ihnen sauer auf.

Hauptsächlich waren hier Ledige und Personen untergebracht, die allein gekommen waren, Familien befanden sich in einem anderen Gebäude. Viele weinten sich in der Nacht in den Schlaf, wie auch eine von Léňas Zimmergenossinnen. Andere fingen grundlos Streit an. Das Leben unter vollkommen Fremden auf engstem Raum war bedrückend.

Nach anfänglichen Schwierigkeiten hatte sich Léňa mit Milena angefreundet, die im Bett über ihr schlief. Milena war bereits seit anderthalb Wochen hier und konnte Léňa somit die wichtigsten Einrichtungen zeigen, sie erklärte ihr, an wen sie sich mit welchen Belangen wenden konnte und stellte sie einigen anderen Frauen und Männern vor. Die beiden Frauen

unterhielten sich in ihrer üppigen Freizeit lange miteinander. So erfuhren sie von den Plänen und Träumen der jeweils anderen und auch von weiteren Lagerinsassen. Der Flurfunk funktionierte außerordentlich gut. Nichts, was man einmal laut ausgesprochen hatte, bleib ein Geheimnis.
„Warum gehst du nicht zu deiner Großtante?" fragte Milena.
„Das kann ich leider nicht", antwortete Léňa. „Die Einladung, die ich von ihr erhalten habe, war schwer erbettelt. Es ist eine Verwandte aus der Linie meines verstorbenen Vaters, die selbst er nur ein, zwei Mal gesehen hatte. Sie stellte mir die Einladung nur aus, wenn ich ihr versprach, nicht zu ihr zu kommen. Sie hat sich von ihrer Familie losgesagt, nachdem sie einen reichen Deutschen geheiratet hatte."
„Dann geht es dir wie mir, ich weiß auch nicht, wie es weitergehen soll."
„Naja, ich möchte so schnell wie möglich eine Arbeit finden, um mir ein neues Leben aufbauen zu können."
„Dafür muss man aber die Sprache beherrschen", warf Milena ein.
„Das ist kein großes Problem, ich habe in der Schule und in der Familie Deutsch gelernt."
„Du Glückliche", seufzte Milena bedrückt.
Allmählich dämmerte es Léňa, dass manche ihrer Landsleute ins westliche Ausland geflohen waren, ohne jegliche Vorkenntnisse. Sei es über die dortige Mentalität oder das Grundlegendste, die Sprache. Sie hatten sich darauf eingelassen, ohne darüber

nachzudenken, was sie erwarten würde. Oder, sie hatten ihre fantastischen Hirngespinste vom paradiesischen Westen im Kopf, denen sie nachjagten.
„Das heißt, du sprichst kein Deutsch?"
„Nein", antwortete Milena und lachte dabei schrill auf.
„Wieso bist du dann hierher gekommen?"
„Die einzige Sprache, die ich wirklich beherrsche, ist Tschechisch. Dann noch ein paar Brocken Russisch. Aber, nach Russland gehen, da kann ich gleich zuhause bleiben. Außerdem möchte ich weiter nach Amerika. Und dort schafft man es auch, wenn man mit nichts ankommt."
Léňa wollte ihr nicht widersprechen, das hätte unweigerlich zu einer längeren Diskussion geführt, auf die sie sich nicht einlassen wollte. Dafür hatte sie genug eigene Probleme, um die sie sich kümmern musste. Sie konnte nicht auch noch Kindermädchen für Milena spielen, die anscheinend wirklich davon überzeugt war, dass ein Leben in den USA grundsätzlich nach dem Prinzip „Vom Tellerwäscher zum Millionär" ablief. Fast hätte Léňa darüber lachen müssen, wenn es nicht so grotesk und traurig gewesen wäre, dass es Leute gab, die so naiv sein konnten.
Sicherlich, auch sie war ins Ungewisse aufgebrochen. Auch Léňa wusste nicht, was sie erwarten und was die Zukunft für sie bereithalten würde. Aber, wenigstens hatte sie etwas Geld und beherrschte die Sprache des Landes, in dem sie Asyl gesucht hatte, einigermaßen gut.

*

Wieder hatte Léňa in der Nacht schlecht geschlafen. Das vehemente Geschrei eines Säuglings in einem der Nachbarzimmer hatte sie zuerst nicht einschlafen lassen, danach kam es zu einem Streit, diesmal aus einem der Zimmer auf der anderen Seite. Schlecht gelaunt war sie aus der kratzigen Decke geschlüpft. Verschlafen blickte sie aus dem Fenster. Ihre beiden Mitbewohnerinnen waren bereits ins Bad gegangen.
Unten im Hof spielten zwei kleine Jungen mit einem abgegriffenen Ball, trotz der frühen Stunde schienen sie schon putzmunter zu sein. Andere Kinder wichen ihren Eltern nicht mehr von der Seite. Sie waren eingeschüchtert von den vielen Fremden um sie herum, von der kargen und unfreundlichen Umgebung. Das Eingesperrtsein behagte ihnen noch weniger als den Alten, sie konnten es nicht verstehen, sich nicht begreifbar machen, warum sie hier in dieser Kaserne waren, während andere Kinder auf dem Gehweg davor vorbeigingen. Sie wollten wieder nach Hause, sehnten sich nach den zurückgebliebenen Verwandten und vor allem nach den Freunden.
Léňa erinnerte die Kaserne an einen dieser abscheulichen Plattenbauten, die nach dem Krieg überall in der Tschechoslowakei aus dem Boden geschossen waren. Schnelle und billige Konstruktionen, die fast jeden Laut aus der Nachbarwohnung durchdringen ließen, deren Rohre und Kabel oftmals nur provisorisch verlegt waren und

in denen sie immer das Gefühl hatte, sie müsse Selbstmord begehen, sollte sie einmal in einem solchen Bunker wohnen müssen. Und jetzt war sie hier...
Lange wollte sie nicht untätig dasitzen und einfach nur die Zeit verstreichen lassen. Sie musste sich eine Arbeit suchen, so schnell wie nur irgendwie möglich diesen schrecklichen Ort verlassen.
Das Fenster ließ sich nicht richtig schließen und es zog kalte Luft zu ihr herein. Léňa zog sich an und stieg die Treppen hinunter zum Speisesaal. Ein paar andere Flüchtlinge kamen ihr dabei entgegen, aber die wenigsten grüßten sie oder schenkten ihr ein flüchtiges Lächeln. Wortlos setzte sie sich neben Milena, die bereits zu essen begonnen hatte und schenkte sich eine Tasse trüben Kaffees ein.

*

Es war deprimierend. Nichts, aber auch gar nichts, was Léňa in die Hand nahm, funktionierte. Alles schien vor ihren Augen den Bach runter zu gehen, wie ein losgelöstes Stück Treibholz, das dem Meer entgegen trieb und für niemanden greifbar war.
Auf so viele Stellenangebote hatte sie sich nun schon beworben. Anfangs hatte sie natürlich versucht, in ihrem gelernten Beruf als Laborassistentin in einem Krankenhaus unterzukommen, was sich als vergeblich herausstellte. Ihre Ausbildung, so sagte man ihr bei mehreren Gelegenheiten, sei hier in Deutschland nicht gültig, Léňa müsse das Geforderte

auf eigene Rechnung nachholen. Und dazu fehlten ihr die finanziellen Mittel. Auch in pharmazeutischen Forschungseinrichtungen und Apotheken wurde sie nur skeptisch angesehen und wieder fortgeschickt. Als Bürgerin eines kommunistischen Landes konnte sie doch hier im freien Westen nicht in einem Gesundheitsberuf arbeiten, schienen die Blicke zu sagen, die Léňa immer wieder zu spüren bekam. Sie fühlte sich nach mehreren vergeblichen Versuchen wie ein Spion, der den Bürgern dieses Landes schaden wollte.
Niedergeschlagen saß sie in einem Café und blätterte in den Stellenanzeigen der großen Tageszeitungen von Nürnberg. Es war nichts zu machen. Keine Stelle, die Léňa in ihre erlernte Arbeit gebracht hätte. Dabei war sie so stolz auf sich und ihre Berufswahl gewesen, als sie ihren Abschluss vor knapp sieben Jahren in Händen hielt. War ihr Traum nun zerplatzt? Unzählige Apotheken war sie in den letzten Tagen abgegangen und hatte nach Arbeit gefragt. Vergeblich. Sollte sie etwa putzen gehen?
Léňa trank den letzten Schluck ihres bereits kalten Kaffees, legte Kleingeld neben die Untertasse und ging aus dem Café. Es hatte leicht zu regnen begonnen, also hielt sie sich die Zeitungen über den Kopf, um nicht nass zu werden. An der Haltestelle musste sie glücklicherweise nicht lange warten, bis ein Bus kam, der sie zurück nach Zirndorf bringen würde.

Winter 1969

Ina und Jan schlenderten auf einem der verschlungenen Waldwege nebeneinander her. Sie schwiegen, es gab nichts Wichtiges, was sie sich in diesem Augenblick mitzuteilen gehabt hätten. Ein Gespräch hätte nur Vieles durcheinander gebracht. Im Gegenteil, sie genossen die Ruhe der frühen Stunde um sich herum. Ina hatte sich bei Jan eingehakt und ging sehr dicht an ihn geschmiegt, er konnte den Duft ihrer Haare riechen.
Irgendwo im dichten Unterholz raschelte etwas, ein Tier auf Nahrungssuche. Sie schauten in die Richtung, aus der das Geräusch kam, konnten aber nichts entdecken. Tosca, die mit ihnen gekommen war, streckte ihren Kopf in die Höhe und lauschte. Sie schnüffelte immer wieder den zahlreichen Spuren von Hasen, Vögeln und Rehen im Schnee hinterher.
Als sie zu einer schmalen Lichtung kamen, konnten sie das imposante Farbschauspiel der aufgehenden Sonne bewundern, die bisher nur ein sehr schales Licht durch die Bäume hatte fallen lassen. Über einer lichtundurchlässigen Dunstschicht wirkten die Farben noch heller. Ein gleißendes Orangerot umrandet von einem zarten Violett durchbrach das Grau des Morgens.
Beide waren stehengeblieben und sahen über die Baumwipfel hinweg. Ein kleiner Schwarm aus vier Vögeln zog davor vorbei und zwitscherte aus der Ferne zu ihnen herüber. Die Hündin versuchte, sich einen Weg durch den Tiefschnee zu bahnen, es sah

lustig aus, wie sie immer wieder umständlich in die Höhe sprang, um vorwärts zu kommen.

Der Weg war kaum benutzt. Nur wenige Fußspuren führten durch den Schnee. Es war keiner der Hauptwege, im Grunde führte er nirgendwohin. Nur durch den Wald und an einer anderen Stelle wieder von dort hinaus. Manchmal patrouillierten die Grenzsoldaten hier, aber auch sie schienen diesen Weg schon lange nicht mehr genutzt zu haben, da die Abdrücke nicht von schweren Stiefeln herrührten. Außerdem führte der Waldpfad nicht direkt an der Grenze entlang und lag davon noch ein beträchtliches Stück entfernt.

Ein paar Meter weiter im Wald lag die Futterkrippe, von der Jaroslav Ina während des Abendessens erzählt hatte. Es war eine einfache Konstruktion aus geschnittenen, dünnen Ästen, an denen noch die Rinde hing. Vom Dach hingen mächtige Eiszapfen. Der Duft des frisch geschlagenen Holzes lag in der Luft.

Jan blieb abrupt stehen, sodass Ina, die immer noch bei ihm eingehakt war, ebenfalls dazu gezwungen war. Bevor sie noch fragen konnte, legte Jan den Finger auf die Lippen und deutete in den Wald hinein. Zuerst wusste Ina nicht, was er ihr zeigen wollte, aber dann fing die Ricke an, sich zu bewegen und kam behutsam der Krippe näher. Offensichtlich witterte sie die Menschen und den Hund nicht, wohingegen Tosca sofort neugierig zu schauen begann. Jan hielt sie vorsichtshalber am nassen Fell ihres Nackens zurück, sodass sie nicht auf das Reh losgehen konnte.

An der Futterkrippe angelangt sah sich das Tier nochmals scheu um. Erst dann begann es von dem Heu zu fressen, das aus dem Gerüst herausragte und teilweise auf den Boden gefallen war. Bei dem leisesten Geräusch sah es sich schreckhaft um und erforschte mit seinen großen, schwarzen Augen die Umgebung. Doch Tosca war nicht mehr zu halten. Ihr Knurren ließ das Reh fluchtartig von ihrem Fressen abhalten.

Als die Ricke schließlich wieder im Wald verschwunden war, gingen auch Ina und Jan weiter den Pfad entlang.

„Es ist so schön hier", meinte Ina verträumt. „Zwar eiskalt, aber ich wünschte, es könnte immer so sein."

„Ja, es ist wirklich herrlich. Als Stadtmensch kann ich nur bestätigen, dass der Wald ein wunderbares Naturereignis ist, dem leider viel zu oft die nötige Aufmerksamkeit entzogen wird."

„Was meinst du damit?"

„Für Viele ist doch der Wald einfach eine örtliche Gegebenheit, die nicht weiter beachtet wird. Wer nicht von ihm oder in ihm lebt, der sieht ihn nicht mit dem Respekt an, den er eigentlich verdient hätte. Das hat Helmut mir gelehrt."

„So kann man das auch nicht sagen. Hier in der Gegend achten ihn alle."

„Aber für die Städter ist er oftmals nichts weiter als eine große Ansammlung von Bäumen. Und ich muss zugeben, dass es für mich bis vor Kurzem genauso war."

Ina schmiegte sich an Jans Arm. Tosca war weiter oben auf einer leichten Anhöhe stehengeblieben und sah den beiden nun wedelnd entgegen. Dazwischen rieselte von einem der Bäume etwas Pulverschnee, der im Gegenlicht schillernd in allen Farben zu glitzern begann.
Jan wusste im Nachhinein selbst nicht, warum er Ina diese Sache mit dem Wald erzählt hatte. Für sie zählte nur, dass sie in diesem Moment mit Jan hier war, das war die Schönheit für sie, die sie augenblicklich schätzte. Das Geschwätz über die Städter würde sie wahrscheinlich nicht im Geringsten interessieren. Aber, Jan wusste nicht, was er sonst hätte antworteten sollen. Er wollte dem aus dem Weg gehen, was geheißen hätte, mit Ina über eine gemeinsame Zukunft zu sprechen.
„Weißt du, alles, was uns früher als selbstverständlich vorkam, wissen wir erst zu schätzen, wenn wir es nicht mehr haben", begann Jan wieder zu sprechen. „Die Zeit meines Studiums, als wir die Nächte durch feierten und uns am nächsten Tag kaum auf das Referat konzentrieren konnten." Er lachte. „Meine Freunde und meine Familie, die immer für mich da waren. Erst jetzt merke ich, wie sehr ich sie vermisse."
„Du wirst andere Leute kennenlernen", meinte Ina.
„Ja, ich weiß."
„Nun mach keine so traurige Mine!"
Ina löste sich von Jans Arm, sprang drei, vier Schritte weiter und drehte sich zu ihm um.
„Hey, nicht so stürmisch!" lachte Jan.

„Warum nicht? Oder, bist du etwa noch immer zu schwach?" Sie sah ihn erwartungsvoll an. „Komm schon! Man lebt nur einmal!"
Schnell bückte sich Ina und nahm Schnee in ihre Hände, den sie rasch zu einem Klumpen formte und nach ihm warf. Der Schneeball traf Jan an der linken Schulter.
„So aber nicht!" rief er vergnügt und warf ebenfalls einen Schneeball nach ihr, der sein Ziel jedoch knapp verfehlte.
„Nicht getroffen!" rief sie ihm neckisch zu.
„Na warte!"
Jan machte einen Satz auf sie zu, schaufelte mit beiden Händen Schnee nach oben und versuchte, Ina damit einzureiben. Doch sie drehte sich zur Seite, sodass Jan an ihr vorbei zielte und beinahe kopfüber im hohen Pulverschnee landete. Ina lachte vor Vergnügen, denn jetzt konnte sie ihn mit Schnee bewerfen, ohne dass er sich hätte wehren können. Tosca kam zu den beiden gelaufen, sie bellte ebenso ausgelassen und sah abwechselnd zwischen den beiden hin und her. Ina formte einen neuen Schneeball und warf ihn, freudig bellend lief Tosca hinterher. Diese Sekunde der Unachtsamkeit hatte Jan ausgenutzt und Ina an den Beinen gepackt, sodass sie den Halt verlor und kreischend neben ihm landete. Johlend warf er sich auf sie und schaufelte schon Schnee heran, als Tosca wieder zurückkam und ihm mit der Schnauze unter den Kopf fuhr, ihn gleich darauf ableckte. Als hätte sie sich auf Inas Seite geschlagen.

„Wah!" Jan stieß einen Schrei des Ekels aus, musste aber gleich wieder lachen. Tosca war vorne mit ihrem Körper auf den Boden gegangen, hatte den Kopf auf die Pfoten gelegt und schaute ihn vorwurfsvoll an während sie eifrig wedelte.

Ina hatte sich inzwischen wieder aufgerappelt und klopfte sich mit den flachen Händen den Schnee von der Kleidung. Ihr kamen vor Lachen fast die Tränen, als sie Jan dabei zusah, wie er spielerisch auf die Hündin losging, diese ihn bis auf wenige Zentimeter herankommen ließ, um dann blitzschnell seitlich auszuweichen, sodass er wieder im Schnee landete.

Noch immer lachend reichte sie ihm die Hand, dass er besser aufstehen konnte. Jan wischte sich Schnee aus dem Gesicht und spuckte kurz aus, dann schüttelte er seine Jacke aus. Als er wieder aufblickte, sah er Inas freudestrahlendes Gesicht dicht an seinem. Lange sah er in ihre wachen und doch verträumten Augen, dann beugte er sich zu ihr herab, nahm sie in seine Arme und küsste sie.

*

Helmut hatte die Puccini-Schallplatte aufgelegt und saß vornüber gebeugt in seinem Sessel, das Gesicht in den Händen begraben. Die Musik spielte leise im Hintergrund, doch er hörte nicht zu, er war in Gedanken versunken. Vieles ging ihm im Kopf herum, seit sie das Haus von Inas Eltern verlassen hatten. Er war froh, dass die jungen Leute spazieren gegangen waren und ihn allein gelassen hatte, sodass er in Ruhe nachdenken konnte.

Es war Helmut nicht geheuer, dass Jaroslav derart über Jan hergefallen war, dass er entschieden auf die Verbrechen eingegangen war und leugnete, was im Land vor sich ging. Er traute dem Förster nicht mehr und wusste nicht, wie dieser weiterhin reagieren würde. Helmut konnte sich nicht vorstellen, dass dies alles nur aus verletzter Eitelkeit heraus geschehen sein konnte. Er fragte sich, ob dies nicht wirklich seine Einstellung war, die er beim Essen kund gegeben hatte.

Im Grunde war es beschämend, dass sich Menschen noch immer darauf einließen, die Gräuel der Regierung gut zu heißen. Ohne die stete Machtausübung, dem Denunzieren und falschem Verurteilen könnte man ein gutes Leben mit dem Kommunismus haben. Aber, es lag, wie so oft, daran, wie die Mächtigen ihre Angelegenheiten regelten. Wie sie das Volk regierten, ob großmütig und gütig, oder eben tyrannisch.

Niemand in der Tschechoslowakei würde frei sein, solange es so weiterging, wie es bisher gelaufen war. Wenn sich die Russen weiter einmischten und die Politik des Landes bestimmten, konnte sich nichts ändern. Dubček hätte es richtig gemacht, doch sie hatten ihn nicht gewähren lassen, hatten ihn einfach entmachtet und die alten Regeln wieder eingeführt. Nach all den Jahren wäre es ein guter Ansatz gewesen, eine Politik mit der man leben konnte. Aber, im Grunde war es Helmut von vornherein klar gewesen, dass dies nicht von Dauer hatte sein können. Wäre es nicht 1968 gekommen, so hätten die Machthaber in der UDSSR Dubček mit Sicherheit spätestens in diesem Jahr das Zepter aus der Hand genommen.

Helmut atmete tief ein und blickte auf. Erst jetzt hörte er die Oper wieder, begann sich zu erinnern, dass er eigentlich abschalten hatte wollen. Er gähnte. Die ganze Nacht über hatten Ina, Jan und er miteinander gesprochen und obwohl Helmut niemals viel schlief, war er jetzt müde.

Er hatte gespürt, dass Ina innerlich das Thema ihrer Liebe zu Jan anschneiden wollte, sich aber nicht getraut hatte. Die ganze Zeit hatten sie über andere Dinge gesprochen und somit aneinander vorbei geredet. Helmut hätte es gerne gesehen, wenn die beiden jungen Leute sich gefunden hätten. Beide waren sie ihm sehr ans Herz gewachsen – Ina war sowieso wie eine Tochter oder Enkelin für ihn und Jan bewunderte er für das, was er wagen wollte - seinen Mut, sich auf etwas vollkommen Neues einzulassen, ohne zu wissen, was ihn erwarten würde. Nicht jeder wäre dazu bereit gewesen, auch nicht unter diesen Umständen.

Doch nun fürchtete er, dass Jaroslav ihm mit Sicherheit noch Steine in diesen an sich schon holprigen Weg legen würde. Sie mussten auf alles gefasst sein.

Seufzend lehnte sich Helmut in dem durchgesessenen Sessel zurück, schloss die Augen und versuchte, sich nun ganz auf die eingehende Musik zu konzentrieren.

*

„Du musst schleunigst hier verschwinden!" schrie Vrata vollkommen außer Atem, nachdem er hastig zur Tür herein gestürzt war. Der Schreinergeselle hatte sich nicht einmal in der Hütte umgesehen, sondern noch im Betreten zu rufen begonnen.
„Was ist los?" fragte Helmut erschrocken.
Er hatte sich mühsam und verschlafen aus seinem Sessel erhoben und blickte verwundert zu Vrata hinüber, der sich hilfesuchend im Raum umsah.
„Wo ist Jan?" fragte er.
„Im Wald spazieren. Was ist denn passiert?"
„Jaroslav ist auf dem Weg zur Polizei. Nachdem Ina euch nachgegangen war, hat er nur noch herumgeschrien und getobt, sich noch mehr betrunken. Und als er heute Morgen aufgewacht ist, hat er ganz ruhig und klar gesagt, er wolle Jan anzeigen, das sei schon längst fällig gewesen. Und diese Klarheit in seiner Stimme hat mir mehr Angst eingejagt, als all seine Reden von gestern."
„Sie sind in Richtung des alten Sägewerkes aufgebrochen. Lauf und such sie, ich werde inzwischen Jans Sachen zusammensuchen."
Vrata stürzte wieder zur Tür hinaus und lief eilig den schmalen Weg zum Dorf hinauf, wobei er durch die vereisten Stellen ein paar Mal fast den Halt verlor.
Jetzt war es geschehen, dachte Helmut. Wie ich es mir gedacht hatte. Jaroslav würde die begangene Schmach nicht auf sich sitzen lassen, er hatte es geahnt. Viel zu sehr konnte er sich in die Leute

hineinversetzen, er wusste meist, wie sie reagieren würden. Andererseits war es in diesem Fall auch mehr als offensichtlich. Und Inas Weggehen hatte die Sache noch mehr zugespitzt, das hatte Jaroslav weiter verärgert und seine Eifersucht noch mehr geschürt.

Helmut hätte Ina gleich zurückschicken sollen. Er hätte es ahnen müssen, wie konnte er nur so leichtgläubig sein. Aber, es war zu spät, um sich Vorwürfe zu machen. Was seinen inneren Zorn nicht davon abhielt, gegen sich selbst zu brodeln. Er nahm seinen Stock, da ihm der Rücken entsetzlich schmerzte und ging in Jans Kammer hinüber.

Viel war es nicht, was Jan dort liegen hatte. Helmut beschloss, ihm noch etwas Proviant einzupacken. Es würde noch eine weite Strecke vor ihm liegen und Jan sollte sich stärken können. Außerdem gab er ihm noch eine Decke mit. Alles zusammen packte er in einen alten Jutesack, legte diesen auf den Esstisch und fing angespannt an zu warten.

Er sah auf die antike Wanduhr, die seine Frau damals aus der Stadt mitgebracht hatte. Es war kurz vor neun Uhr. Seit fast zwei Stunden waren die beiden nun unterwegs. Helmut hoffte, dass sie bereits auf dem Rückweg sein würden, und dass Vrata ihnen im Dorf begegnen würde. Jedenfalls musste er schneller sein als der Förster.

Helmut überlegte, wohin Jaroslav gehen würde. Die nächste Kaserne, in der die wachhabenden Grenzsoldaten stationiert waren, lag ein ganzes Stück weit entfernt. Ebenfalls die Polizeistation von Domažlice. Eventuell würde er aber nur in das

Gasthaus auf dem Weg in die Stadt gehen, dort gab es das nächste Telefon.
Endlich kamen die drei jungen Leute angelaufen. Tosca dachte, es sei ein Spiel und lief fröhlich bellend neben ihnen her. Sie liefen ins Haus, ohne ihre Schuhe vom Schnee zu befreien. Eine eigenartig geformte Pfütze zeugte noch davon, dass Vrata dies auch zuvor nicht getan hatte.
„Schnell, beeil dich", sagte Helmut und drückte Jan den Sack in die Hand. „Darin findest du das Nötigste für die Reise. Und jetzt geh, jede Minute kann entscheidend sein."
„Danke Ihnen für alles, was Sie für mich getan haben", sagte Jan und drückte Helmuts raue Hand, nahm ihn dann aber in seinen Arm. „Das werde ich Ihnen niemals vergessen!"
„Schon gut", brummte Helmut gutmütig und lächelte ihn an. „Alles Gute für die Zukunft."
Er und Vrata blieben im Haus stehen, während Ina und die Hündin hinter Jan herliefen. Noch immer betroffen von dem schlagartigen Umsturz der Ereignisse, sahen sie ihnen mit bangen Blicken hinterher. Helmut hoffte inständig, dass Jan es über die Grenze schaffen möchte. Für ihn war der junge Mann wie ein Sohn geworden, es würde ihm das Herz zerreißen, wenn er erfahren müsste, dass man Jan verhaftet hätte, oder gar noch Schlimmeres.
Aber daran durfte er nicht denken. Jan würde es schaffen, er würde nach Deutschland gelangen und sich dort das Leben ermöglichen, von dem er träumte.

Und vielleicht würde er eines Tages wieder etwas von ihm hören.

*

Ina und Jan liefen den kaum ausgetretenen Weg in Richtung der Grenze. Beiden war die Aufregung deutlich anzumerken. Sie sahen sich immer wieder um, oder blieben stehen, um zu lauschen, ob sich etwas regte. Doch noch war alles ruhig.
In diesem Teil des Waldes war sehr großer Kahlschlag durchgeführt worden, all die kleinen Büsche und das dichte Unterholz war herausgerissen, vermutlich, um den patrouillierenden Soldaten eine bessere Sicht zu verschaffen. Es gab keinerlei Möglichkeiten, sich zu verstecken. Nur die riesenhaften Baumstämme konnten ihnen zur Not Schutz bieten. Jan wusste, dass er sich jetzt viel näher an der Grenze befand, als bei seinem ersten Fluchtversuch vor ein paar Tagen.
Mit einem Mal zog Ina ihm heftig am Arm.
„Hier entlang," meinte sie. „Ich kenne eine Stelle, wo es einfacher sein könnte."
Jan ging hinter Ina her. Sie blieb einige Meter weiter kurz stehen, um sich zu orientieren, aber scheinbar hatte sie sich an den richtigen Weg erinnert. Sie ging etwas geduckt, um den tiefliegenden Ästen auszuweichen. Ein Stück entfernt blieb Jan mit dem Jutesack an einem hervorstehenden Aststumpen hängen, er riss auf und fiel zu Boden. Glücklicherweise war nur ein Apfel heraus gekullert.

Jan hob ihn auf, bedeckte mit seiner Hand das Loch und lief weiter.
Und plötzlich lag es vor ihnen. Ein über hundert Meter breiter, kahler Streifen trennte den Wald von Deutschland. Schon vor längerer Zeit waren dort auch die Bäume gefällt worden, sodass eine unebene Fläche mit Baumstümpfen zurückgeblieben war. Dahinter lag der Grenzzaun.
Jan hatte sich dieses Gebilde viel höher und stabiler vorgestellt. Statt dessen war es ein einfacher Maschendrahtzaun, der von Holzbalken gestützt wurde, darüber eine Reihe Stacheldraht.
„Hier können sie uns von den Wachtürmen nicht sehen", sagte Ina fast flüsternd. „Diese Stelle ist erst einsehbar, wenn du schon direkt am Zaun bist."
Jan sah sich um. Tatsächlich waren von ihre Standpunkt aus keiner der sonst so präsenten Wachtürme mit den drei Leitern und dem Schutzhaus zu sehen. Jan ließ seinen Blick über das Gelände schweifen.
„Sicher gibt es hier Mienen."
Verängstigt sah Ina ihn an.
„Möchtest du es dir nicht doch nochmal überlegen und hier bleiben. Lieber eingesperrt sein, als tot..."
„Nein, ich habe es angefangen und ich werde es auch beenden."
„Dann nimm mich wenigstens mit! Ich möchte dich nicht allein lassen, ich liebe dich."
Ina hielt Jan am Arm. Endlich war es geschafft, sie hatte es gesagt. Wie eine schwere Last hatte dieses Geständnis die ganze Zeit auf ihr gelegen. Nun fühlte

sie sich frei, auch, wenn sie noch nicht wusste, wie Jan reagieren würde. Dieser sog die Luft langsam ein und atmete schwer wieder aus.
„Ich kann dich nicht mitnehmen."
„Warum nicht? Was wäre daran so falsch? Wir könnten gemeinsam ein neues Leben beginnen. Ich möchte an deiner Seite sein. Was soll ich hier noch allein? Ohne dich..."
„Du wirst hier ein besseres Leben haben, glaub mir das. Ich weiß doch nicht einmal, was mich dort drüben erwartet. Und wenn ich hierbleibe, dann werden sie mich für Jahre einsperren. Ich bin nicht der Richtige für dich. Du wirst jemanden finden, mit dem du eine Familie gründen kannst, jemanden, der zu dir passt und der dich liebt. Was nicht heißt, dass ich dich nicht sehr gernhabe!"
Jan befreite seinen Arm von Inas Hand und packte den Jutesack. Tränen rannen nun über ihre von der Kälte geröteten Wangen. Er strich ihr eine Strähne ihres goldblonden Haares aus dem Gesicht und küsste sie auf die Stirn. Dann drehte er sich um, sah kurz nach beiden Seiten, ob auch keine Soldaten in der Nähe waren und wagte sich auf das freie Feld.
„Janíček...!" flehte Ina leise hinter ihm.

Teil IV
Zwischenbilanz

Herbst 1970

Wie wäre es wohl gekommen, wenn sie diese Entscheidung damals nicht getroffen hätte? Was wäre gewesen, wenn sie diesen Schritt, der ihr schon in diesem Augenblick nicht ganz geheuer gewesen war, nicht getan hätte? Léňa konnte nur darüber spekulieren. Nur, dass sie seither fast täglich darüber nachgedacht hatte.

Nach einer schier endlos langen Suche, hatte sie schließlich in einem kleinen Hotel am Stadtrand von Nürnberg Arbeit gefunden. Es war ein einfacher Familienbetrieb, der von zwei älteren Eheleuten und deren Neffen, der das Haus eines Tages übernehmen sollte, geführt wurde. Léňa sollte dort hauptsächlich als Zimmermädchen arbeiten und in der Küche mithelfen. Wenn es allerdings eng wurde, musste sie an der Rezeption oder im Service einspringen. Dafür wurde ihr natürlich extra etwas bezahlt – ein schwacher Trost bei dem geringen Verdienst.

Doch, das Arbeitsklima war hervorragend. Vom ersten Tag an kam Léňa mit jedem ihrer Kollegen gut aus und auch die Hotelierfamilie war sehr nett zu ihr. Das Ehepaar war herzlich und sehr höflich, wie Leute aus einer längst vergangenen Zeit. Léňa hätte nicht vermutet, solche Menschen in einer anonymen Großstadt zu finden. Der Juniorchef war dagegen ein eher zurückhaltender Zeitgenosse, er sprach nur wenig und vergrub sich in seinen Gedanken. Ihm war es am liebsten, wenn er im Büro die Verwaltungsarbeiten machen durfte und sich mit niemandem unterhalten brauchte.

Léňa war zwar nicht gerade zufrieden mit der Arbeit, die sie verrichtete, aber sie hätte es um einiges schlechter treffen können. Sie wohnte in einem kleinen Apartment ganz in der Nähe des Hotels und manchmal ging sie mit ihrer Kollegin Sara, einem anderen Zimmermädchen, die aus Namibia eingewandert war, abends in die Stadt. Es waren die kleinen Dinge, an denen sich Léňa zu erfreuen begann, die das Leben in dem fremden Land schon bald Alltag werden ließen. Langsam hatte sie sich eingewöhnen können.

Eines Abends, als sie schon ein paar Monate im Hotel gearbeitet hatte, lernte sie Stephan kennen. Sie saß zusammen mit Sara in einer Bar, die beiden unterhielten sich, aber es war ein langweiliger Abend. Bisher hatte sie kaum jemand zum Tanzen aufgefordert, das halbe Lokal war leer. Der Barmann stand lustlos hinter dem Tresen und beobachtete die Gäste.

Es war bereits kurz nach eins, als Léňa gedankenverloren auf ihre Uhr sah. Sie dachte daran, wie viel Spaß sie in Prag mit Jan und ihren Freunden gehabt hatte, wenn sie abends durch die Kneipen zogen oder tanzen gingen. Dass sie um diese Zeit schon von Müdigkeit gepackt wurde, wäre undenkbar gewesen. Sie hielt die Hand vor den Mund und gähnte. Im selben Moment stellte sich ein Mann neben sie an die Theke und bestellte ein Bier.

Léňa warf einen Blick zu ihm und der Fremde schenkte ihr ein Lächeln. Er war nicht allzu groß, aber wirkte sehr elegant, trug einen grauen Anzug und blaues Hemd mit Krawatte. Seine Haare waren an den Seiten graumeliert und vorne wurde er langsam kahl. Er war älter als Léňa, sie schätzte ihn auf Anfang bis Mitte Vierzig. Doch, sie reagierte nicht weiter darauf und wandte sich wieder ihrer Freundin zu.

Einige Sekunden darauf sprach der Mann die beiden Frauen neben sich an. Er war sehr galant, brachte sie zum Lachen und konnte hervorragend tanzen. Obwohl Léňa müde war und in ihr Bett wollte, blieben Sara und sie noch bis in die frühen Morgenstunden. Stephan war ihr sympathisch und sie begannen daraufhin, sich öfter zu treffen.

*

Stephan war leitender Vertreter bei einer Firma, die Spezialwerkzeuge für den Automobilbau herstellte. Er war den Verkäufern in seinem Gebiet, dem südlichen Deutschland, überstellt, war oft auf Reisen und verdiente recht gut. Seine Wohnung war modern und geräumig, sehr exklusiv eingerichtet. Bisher hatte er sich ganz auf seine Karriere konzentriert und noch keine Zeit für eine Familie gehabt, wie er Léňa bald erzählte. Wohl auch, da er bisher noch nicht die richtige Frau gefunden hatte.

Es kam schneller, als Léňa es sich erahnt hatte. Bereits nach einem halben Jahr machte ihr Stephan einen Heiratsantrag. Sie waren zusammen für ein Wochenende weggefahren, hatten sich ein Zimmer in einem Landhotel genommen und den Tag an einem See verbracht. Beim Abendessen machte er ihr seinen Antrag. Zuerst war Léňa aus allen Wolken gefallen. Zwar hatte ihr Stephan mehrfach seine Liebe gestanden und sie fand ihn ebenfalls sehr nett und sympathisch, aber mit dieser Geste überraschte er sie. Léňa hatte bisher noch nicht darüber nachgedacht, ob sie heiraten wolle. Damals mit Jan, aber das schien ihr endlos lange her. Sie wollte sich in Deutschland zuerst etwas aufbauen, bevor sie daran dachte, eine Familie zu gründen. Stephan drängte sie zu nichts, aber dennoch fühlte sie sich in diesem Augenblick überrumpelt und wie vor den Kopf gestoßen. Dennoch, sie sagte ja.
Die Hochzeit fand im darauffolgenden Frühjahr statt. Sie war genau so, wie Léňa es sich als kleines Mädchen immer erträumt hatte. Ein langes, weißes Kleid mit einer Schleppe, die von den kleinen Töchtern von Stephans Bruder getragen wurde. Der Bräutigam in einem maßgeschneiderten Anzug. Geheiratet wurde in einer großen Kirche inmitten Nürnbergs. Die anschließende Feier fand in einem teuren Hotel statt. Ihr frisch angetrauter Ehemann ließ sich das Fest einiges kosten. Wie sehr hätte sich Léňa gewünscht, ihre Mutter könne bei der Hochzeit dabei sein. Mit Sicherheit wäre sie zu Tränen gerührt

gewesen, wenn sie diese märchenhafte Feier gesehen hätte, ihre Tochter in diesem wundervollen Kleid.

Doch der Zauber, den die Hochzeit mitgebracht hatte, war leider schnell verflogen, als der Alltag für die Eheleute anbrach. Léňa wurde bald schwanger und Stephan verkaufte die Wohnung. Sie zogen in ein hübsches Haus am Rande von Erlangen, umgeben von weiteren Siedlungshäusern, inmitten von weitläufigen Gärten. Eigentlich hätte Léňa zufrieden sein müssen mit dem luxuriösen Leben, das ihr Stephan bot.

Unter der Woche war er die meiste Zeit unterwegs. Da er in ganz Süddeutschland arbeitete, übernachtete er oft in Hotels und sie sahen sich nur an den Wochenenden, an denen Stephan allerdings oft von der vielen Arbeit niedergeschlagen war und seine Ruhe wollte. Oder er traf sich mit seinen Freunden in einer Kneipe n Nürnberg. Léňa kam es so vor, als lebe sie wieder allein. Ihre Arbeit hatte sie aufgegeben, durch den Umzug sah sie Sara nur noch sehr selten und in der Siedlung fühlte sie sich bald eingeengt und weggesperrt, wie ein Hund, der auf seinen Herrn wartete und dabei verzweifelte.

Léňa versuchte, sich mit den Nachbarn anzufreunden, sodass sie unter der Woche jemanden zum Reden hatte. Es lebten viele junge Familien in der Gegend, Léňa stellte sich vor, wie es sei, wenn ihr Kind mit den anderen auf dem Spielplatz tobte und sie sich derweil mit den Müttern unterhielt. Leider traf sie dabei nur auf allzu höfliche Menschen, niemand empfing sie herzlich, es wurde nur über Belangloses gesprochen. Die Nachbarn betrachteten sie misstrauisch, ihr slawischer Akzent war ihnen nicht geheuer. Wer wusste, was diese Frau aus Tschechien von ihnen wollte. Alle schienen ihr zu misstrauen. Vielleicht würde sich nach der Geburt des Kindes alles ändern, hoffte Léňa.

Doch, es wurde nur noch schlimmer. Bald schon hatte Léňa den Verdacht, dass Stephan ihr fremdgehen würde. Immer öfter blieb er auch über das Wochenende von zuhause fort, er rechtfertigte dies mit Konferenzen oder geschäftlichen Gesprächen. An seinen Hemden fand

Léňa mehr als einmal die auffälligen Reste von Lippenstift, seine Kleidung roch nach fremden Parfums und Stephan schien sie immer weniger zu beachten.

Als Martin geboren wurde, schien sich das Blatt noch einmal zu wenden. Stephan kam mitten unter der Woche aus Stuttgart zurück, als er von der freudigen Nachricht erfuhr, Vater zu werden. Seine Augen leuchteten beim Anblick seines neugeborenen Sohnes, er hielt ihn lange in seinen Armen und strahlte über das ganze Gesicht. Kurzfristig nahm er sich eine Woche frei, sodass er bei seiner Frau und dem Kind sein konnte, um die er sich in diesen Tagen aufopferungsvoll kümmerte. Er las Léňa jeden Wunsch von den Lippen ab, behandelte sie, als wäre sie aus Glas und schmiegte sich oft zärtlich an sie, wenn sie Martin stillte.

Der Schein trog allerdings, denn schon wenige Wochen nach seinem Urlaub war Stephan wieder wie

zuvor. Léňa versuchte dies so gut sie konnte zu schlucken, zu verdrängen. Sie hatte ja jetzt Martin, um den sie sich kümmern musste. Und, das gestand sie sich ein, im Grunde hatte sie Stephan nie wirklich geliebt. Sympathie machte noch lange keine Liebe.
Vielleicht wäre es anders gekommen, hätte Léňa in den Müttern der Nachbarschaft Freundinnen gefunden. Aber, diese behandelten sie weiterhin wie eine Fremde, die in ihrer Siedlung nichts zu suchen hatte. Sie gingen ihr aus dem Weg und hatten allerlei Ausreden parat, wenn Léňa sie einmal zu sich nach Hause einlud.
So vereinsamte sie immer mehr. Sie sehnte sich nach jemanden, mit dem sie reden und lachen konnte. Jemanden, mit dem sie ihre Zeit verbringen konnte. Sara traf sie nach wie vor sehr selten, aber sie hängte ihre ganze Sehnsucht in diese Treffen, an die sie schon mehrere Tage zuvor ununterbrochen dachte.

*

Léňa saß in dem fast leeren Zug, der sie in Richtung der tschechoslowakischen Grenze brachte. Neben ihr schlummerte der acht Monate alte Martin. Von dem monotonen Rattern der Räder und dem gleichmäßigen Schaukeln war er schließlich eingeschlafen. Sie betrachtete ihn lange und hatte Tränen in den Augen.
Warum hatte sie sich das angetan? Warum war sie so schnell auf Stephans Heiratsantrag eingegangen? Er hatte nur jemanden gesucht, der ihm die heile Familie

vorspielte, jemanden, mit denen er bei seinen Vorgesetzten und Geschäftspartnern punkten konnte, wenn er sie zu einem Abendessen nach Hause einlud. Léňa selbst hatte ihn nie interessiert. Wahrscheinlich hatte er gedacht, das Tschechenmädchen wäre leicht zu überreden und dann mit Sicherheit froh über ein so tolles Heim, das er ihr bieten konnte. Sie würde nichts zu seinen Eskapaden sagen und brav die Hausfrau spielen.
Aber, Léňa hatte etwas gesagt. Sie hatte nicht mehr geschwiegen, weil sie nicht mehr konnte. Denn, so hatte sie sich ihr Leben in Deutschland nicht vorgestellt. All der Reichtum und der schöne Schein waren wertlos, wenn man einsam und niedergeschlagen ist.
Zuerst hatte Stephan sie nur ausgelacht, als sie ihn mit dem Lippenstift an einem der Hemden konfrontierte. Doch dann hatte er gesehen, dass es Léňa ernst damit war, dass sie nicht bloß an ein Versehen glaubte, wie er ihr weismachen wollte. Daraufhin war ihr Ehemann in Rage geraten.
„Na und? Was ist schon dabei," schrie er sie an. „Das ist meine Sache! Kümmere dich hier um Martin und das Haus und halte dich aus meinen Angelegenheiten heraus."
Diese Aussage war mehr als deutlich gewesen. Léňa hatte nichts mehr darauf gesagt, denn alles, was sie zu sagen gehabt hätte, wäre nach Stephans Meinung sinnlos gewesen. Als er am Montag wieder auf Geschäftsreise gegangen war, hatte sie ihre Kleidung und die wenigen persönlichen Dinge, die ihr schon

vor der Hochzeit gehört hatten, zusammengepackt und hatte Stephan verlassen. Nichts von dem, was er ihr geschenkt hatte, nahm sie mit und auch nur soviel Geld, dass sie sich die Reise leisten konnte und für die erste Zeit etwas zum überbrücken hatte.
Léňa wollte nach Hause. Das ganze Abenteuer Deutschland hatte sich als ein einziges Desaster herausgestellt. Sie dachte an Jan. Was würde er sagen, wenn sie mit einem Kind wiederkehren würde? Ihre Mutter würde sich mit Sicherheit sehr über den Enkel freuen. Sie mussten es allein schaffen, denn auch, wenn Jan ihr nicht aus dem Sinn ging, so wäre es doch vollkommen ausgeschlossen, dass sie zu ihm zurückkehren würde. Nein, Léňa würde sich so schnell nicht wieder auf einen Mann einlassen.
Der Zug wurde langsamer und fuhr in den mit Stacheldraht verhangenen Grenzbereich zur Tschechoslowakei ein. Als sie aus dem Fenster blickte, konnte sie die deutschen Beamten sehen, ein wenig weiter dahinter ihrer Heimat. Léňa lehnte sich zurück, sie schloss die Augen und atmete tief durch. Alles, was jetzt geschehen mag, lag im Ungewissen. Sie wusste nicht, was mit ihr und ihrem Sohn passieren würde. Ein Wagnis und doch der Schritt zurück in eine für sie bessere Welt.
„Grenzkontrolle. Die Pässe bitte", hörte sie hinter sich eine männliche Stimme.

Frühjahr 1971

„Es ist gar nicht so lange her und doch kommt es mir vor, als wäre eine Ewigkeit vergangen", sagte Alena und lächelte ihren Bruder an.
Jan sah an ihr herab.
„Du hast dich nicht verändert", meinte er und nahm sie in den Arm. Beide seufzten erleichtert.
Es war das erste Mal, dass sie sich wieder sahen, seit Alena gemeinsam mit ihren Kommilitonen die Tschechoslowakei verlassen hatte. Keine zwei Jahre war das her, aber es war den beiden so vorgekommen, als würden sie sich niemals wieder sehen.
Nachdem Jan die Grenze passiert hatte, war er durch die verschneiten Wälder gegangen, noch immer in der steten Angst, von jemandem entdeckt zu werden, der ihn wieder zurück in seine Heimat schicken würde. Als sich der Wald schließlich lichtete, gewann die Zuversicht überhand und er begann mehr und mehr zu begreifen, dass er es geschafft hatte. Er stieß einen lauten Jubelruf in die leere Weite und begann, unbeholfen auf einem zugefrorenen Acker zu tanzen, was ihn jedoch schnell zu Fall brachte und er landete mit dem Hinter auf einem harten Erdklumpen. Jan stand wieder auf und begann über sich selbst zu lachen. Es war ein wunderbares Gefühl, diesen fremden Boden unter seinen Füßen zu spüren, zu wissen, dass er ab jetzt keine Angst mehr zu haben und keine Verfolgung zu befürchten brauchte.
Selbstbewusst und stolz wanderte Jan über den Acker. Zwar wusste er nicht genau, wo er sich befand,

konnte sich aber an die Karte im Gemeindehaus des Dorfes erinnern, wo er im Ungefähren aus dem Wald gekommen sein musste.

Als er nach mehreren Kilometern Fußmarsches die kleine Stadt Furth im Wald erreichte, war es schon wieder fast dunkel und er fragte sich in seinem schlechten Deutsch nach der Polizeidienststelle durch. Sofort stellte er einen Antrag auf Asyl, wurde, so schien es ihm, fast schon herzlich aufgenommen und jemand stellte ihm eine Tasse Tee und einen Teller mit einem Wurstbrot hin. Jan hatte gar nicht bemerkt, dass er den ganzen Tag über noch nichts gegessen hatte und machte sich hungrig darüber her.

Nach zwei Tagen, in denen er sich erholen konnte, wurde ihm ein Bahnticket ausgehändigt, mit dem er nach Zirndorf reisen konnte, wo sich das große Auffanglager befand.

Nachdem er wiederholt sein Asylgesuch vorgebracht hatte, waren die ersten Fragen, die er den dortigen Beamten stellte, ob sie etwas von seiner Schwester, oder von Léňa wüssten. Er wurde damit vertröstet, dass sie sich erkundigen wollten.

Nach ein paar Tagen kam tatsächlich ein kleiner, untersetzter Mann in einem braunen Pullover, der ihm erzählte, dass Léňa hier gewesen war. Wohin sie allerdings gegangen ist, konnte er nicht sagen, und wenn er es wüsste, dürfte er das auch gar nicht. Von einer Alena Bartaková hatte er noch nie in diesem Lager gehört.

Dennoch gab Jan seine Forschungen nicht auf. Er wollte Léňa wiederfinden. Durch ein Telefonat mit

seinen Eltern wusste er inzwischen, dass Alena in der Steiermark war. Sie hatten zwischenzeitlich ebenfalls mehrmals telefoniert und sich regelmäßig geschrieben.
„Als dein erster Anruf kam, konnte ich es gar nicht glauben", meinte Alena, noch immer an ihren Bruder geschmiegt. „Ich erkannte deine Stimme, aber es war so unwirklich. Natürlich hatten mir Mama und Papa erzählt, dass du fortgegangen bist, aber sie wussten zuerst nicht, wohin und an eine Flucht konnten sie nicht glauben. Wir machten uns alle unwahrscheinliche Gedanken um dich!" Sie ließ von ihm ab und sah ihm bedeutungsschwer in die Augen. „Niemand wusste, warum du dich nicht gemeldet hast. Wir hatten Angst, dass dir etwas Schlimmes zugestoßen sein könnte. Der Brief an unsere Eltern, den du nach Tagen geschickt hast, war einfach zu spät, weißt du."
Sie sah ihn noch immer fest an und hatte Tränen in den Augen. Jan wusste nicht, ob das von der Wiedersehensfreude kam, oder, weil sie davon erzählt hatte, wie sehr sie alle damals um ihn gebangt hatten. Er strich ihr mit dem Finger eine Träne von der Wange und verwischte dabei ein wenig ihre Schminke.
„Es ging nicht früher", erklärte er ruhig. „Dort, wo ich war, lebte ich komplett von der Außenwelt abgeschnitten, mitten im Wald in einem einzigartigen, kleinen Dorf." Jan merkte, wie seine Stimme ins Schwärmerische abwich und räusperte sich schnell. „Kein Telefon und keine Post, die Leute dort leben

wie vor dem Krieg. Und bis jemand in den nächsten Ort kam, um den Brief aufzugeben, das dauerte."
„Ich bin so froh, dass ich dich wieder habe, großer Bruder."
Sie schlenderten durch die engen Gassen des Ortes. Rings um sie herum waren Touristen, sie fotografierten und betrachteten bewundernd die malerische Architektur der Häuser. Im Hintergrund die hohen Berge der Alpen, schneebedeckte Gipfel, blühende Wiesen und fleckige Kühe auf den Weiden rund um das Dorf. Es war eine perfekte, ja schon fast kitschige Urlaubsidylle.
„Und du bist immer noch in Zirndorf geblieben?" fragte Alena schließlich.
Sie hatten darüber schon am Telefon gesprochen, doch Jan breitete das Thema nie großartig vor ihr aus.
„Ja", meinte er auch jetzt nur kurz angebunden.
„Warum?"
Er atmete tief durch. „Zuerst einmal musste ich besser Deutsch lernen. Mit meinen paar Bruchstücken kam ich nicht weit. Ich belegte also einen Kurs, während ich darauf wartete, dass mein Antrag genehmigt wurde. Als politisch Verfolgter war ich wenigstens in Sicherheit, ich wusste, sie würden mich nicht ausweisen und auch der Antrag wurde ja relativ schnell genehmigt."
Jan schwieg und sah in die Ferne.
„Das erklärt aber nicht, warum du dageblieben bist."
„Ich wollte helfen", meinte er schließlich. „Den Menschen, die frisch dort eingetroffen waren unter die Arme greifen und versuchen, sie besser

einzugewöhnen. Alles, was ich erlebt hatte, war noch sehr frisch, ich konnte es nicht verdrängen. Und irgendwie sehne ich mich auch jetzt noch in die kurze Zeit im Dorf zurück. Ich habe gelernt, was es heißt, Freunde zu haben, die zu einem halten und einen unterstützen. Das wollte ich teilweise weitergeben. Nenne es von mir aus Aufarbeitung einer Schuld, wenn du möchtest."
Er knuffte Alena neckisch mit dem Ellbogen in die Seite und zog sie gleichzeitig wieder an sich, legte einen Arm um seine Schwester.
„Ich frage mich, was aus den Leuten geworden ist", begann er erneut. „Mit Sicherheit hatte Jaroslav nicht verschwiegen, dass Helmut, Ina und die anderen mir geholfen hatten, mich vor der Polizei versteckten. Hoffentlich ist es ihnen nicht allzu schlimm ergangen..."
Auch Alena wusste daraufhin nichts zu sagen. Jan hatte ihr alles detailliert in einem Brief mitgeteilt, wie Helmut sich seiner angenommen hatte und er die Menschen dort noch immer verehrte. Gleichzeitig war es aber auch ein Thema, das Jan nie offen ansprach. Auch jetzt schien er wieder in Gedanken zu versinken, als wäre alles Erlebte nur ein Traum für ihn gewesen.
„Weißt, die Zeit dort hat irgendwie einen anderen Menschen aus mir gemacht", begann Jan erneut, stockte aber inmitten des Satzes.
„Das glaube ich dir gerne", meinte Alena. „Ich kann mir vorstellen, dass es Leute zusammenschweißt, wenn man gemeinsam so etwas durchgemacht hat."

Insgeheim hoffte sie, ihr Bruder würde sich irgendwann öffnen, um ihr die komplette Geschichte zu erzählen. Sie ahnte, dass etwas in ihr enthalten war, worüber Jan nicht sprechen wollte. Wozu er aber noch nicht bereit war, es zu offenbaren.
Ein kurzes Stück weiter des Wegs lenkte Alena ihre Schritte auf eines der großen Häuser zu.
„Hier ist die Werkstatt, in der ich arbeite", verkündete sie ihm freudig.
Jan betrachtete ein altes Gebäude, das an einem leichten Hang erbaut worden war. Unter einem riesigen Balkon, der mit bunten Blumen behangen war, führte eine offenstehende Tür ins Innere. Daneben hing ein fantasievolles Schild – *Kunstmalerei Kirschner*.
Sie betraten die Werkstatt. An einem der hinteren Tische stand ein leicht graumelierter Mann Anfang Sechzig, der konzentriert an einem verwitterten Aushängeschild schliff. Als er sie hereinkommen sah, blickte er durch seine dicke Hornbrille an und grüßte sie freudig.
„Hans, das ist mein Bruder Jan", stellte Alena die beiden vor.
Der Kunstmaler trat einen Schritt nach vorn und gab Jan die Hand.
„Freut mich, Sie kennenzulernen. Ihre Schwester hat mir schon viel von Ihnen erzählt."
„Ganz meinerseits", antwortete Jan.
„Darf ich ihm die Werkstatt zeigen?" fragte Alena.
„Natürlich", entgegnete der Kunstmaler. „Schließlich ist das kein geheimes Institut."

Während sich Hans wieder in seine Arbeit vertiefte, führt Alena Jan durch die Werkstatt und zeigte ihm, woran sie gerade arbeitete.
„Wir restaurieren hier hauptsächlich alte Gegenstände und Gemälde an historischen Gebäuden", erklärte sie ihm. „Hier, zum Beispiel, ein wundervoller Bauernschrank, dessen Bemalung ich gerade rekonstruiere. Hans hat ihm schon einen neuen Fuß verpasst und die Scharniere zerlegt und gereinigt, sodass die Türen wieder ohne Widerstand schließen. Ich bin nun für die Kleinarbeit zuständig."
„Sieht mir nach einer sehr filigranen Arbeit aus," sagte Jan bewundernd, als er den Schrank betrachtete. „Sicher keine leichte Aufgabe."
„Nein, das nicht", lachte Alena. „Aber, es ist genau die Art von Arbeit, die ich mir immer erträumt hatte. Und, es bleibt mir noch genug Zeit für meine eigenen Werke."
Jan freute sich, dass seine Schwester glücklich war. Es gab ihm die Bestätigung, dass es für sie richtig gewesen war, aus der Tschechoslowakei wegzugehen, um ein neues Leben zu beginnen. In ihrer alten Heimat hätte sie zwar durchaus auch die Möglichkeit gehabt, eine solche Arbeit zu bekommen, aber sie wäre immer Gefahr gelaufen, wegen der politisch nicht einwandfreien Bilder, die sie in ihrer Freizeit malte, denunziert zu werden.
Für ihn selbst hatten sich die Ereignisse auch sehr zum Positiven gewendet. Er arbeitete mit Menschen, was er schon immer gerne getan hatte. Nur vermisste er die Lehrtätigkeit, der er in Prag nachgegangen war.

Die Aufgabe, Kindern etwas beibringen zu können, was sie für ihren späteren Werdegang gebrauchen konnten. Und außerdem wollte er endlich aus dem Dunstkreis des Flüchtlingslager heraustreten, um ein individuelles Leben zu beginnen. Allerdings wusste er nur zu gut, dass er in Deutschland mit seinen bisherigen, sprachlichen Fähigkeiten nicht als Lehrer arbeiten würde können, was ihn deprimierte. Andererseits, so dachte er sich immer, war es ein freies Leben, er konnte etwas aus seinen Fähigkeiten machen, wenn er nur weiterhin an sich feilte und sich die fremde Sprache akribisch erarbeitete. Jan schätzte sich glücklich, diese Situation vollkommen ausnutzen zu können.

*

„Hast du Léňa eigentlich wieder getroffen?" Das war die Frage, die Alena schon die ganze Zeit über im Kopf herumgespukt war. Sie hatte sich nur nicht getraut, Jan danach zu fragen, es schien ihr nicht der rechte Zeitpunkt dafür zu sein. Jetzt, da sie auf einer Terrasse mit wunderbarer Aussicht auf den im Tal liegenden Ort saßen, sah sie ihn gekommen.
Jan ließ den Blick über die nächtlich erleuchteten Häuser streifen, bevor er sich seiner Schwester zu wandte und sie eingehend betrachtete. Er legte das Besteck, mit dem er gerade noch sein Abendessen zerkleinert hatte, auf den Tellerrand.
„Nein," antwortete er betrübt. „Ich habe sie gesucht, aber nicht gefunden."

Missmutig dachte er an die Odyssee zurück, die er in dieser Hinsicht hinter sich hatte und der Appetit war ihm mit einem Mal vergangen.

„Es scheint so, als hätte sie niemand in Deutschland gesehen", begann er zu erzählen. „Überall, wo ich nach ihr fragte, konnte oder wollte man mir nichts von ihr berichten. Einzig in Zirndorf war sie, soviel ist sicher. Einer der Sozialarbeiter hat mir von ihr berichtet. Aber, danach verliert sich ihre Spur."

Leichter Wind kam auf und brach sich raschelnd in den Blättern der nahen Sträucher. Die Flamme des auf dem Tisch stehenden Windlichts flackerte leicht und das gleichmäßige, monotone Zirpen der Grillen erklang wieder über der Rasenfläche.

„Irgendwann habe ich es dann aufgegeben, nach ihr zu suchen. Das Schicksal hatte wohl andere Pläne mit uns beiden."

Alena wusste, dass sie ihren Bruder nicht trösten konnte. Er hatte seine große Liebe aufgegeben, sie für immer verloren.

„Das Schicksal spielt oft merkwürdige Spiele mit uns", meinte sie schließlich. „Als wir in den Westen geflohen sind, dachte ich, unsere Gruppe würde für immer zusammenbleiben. Ich stellte mir vor, wie wir zusammen ein Atelier aufmachten und gemeinsam malten, abends um die Häuser ziehen und ein glückliches Leben führten. Aber, auch das kam anders, als ich es erwartet hatte. Der erste, der aus unserer Gemeinschaft fortging, war der Professors. Er hatte sich für eine Stelle an der Kunsthochschule in Wien beworben und wurde schon kurz nach unserer

Ankunft dort angenommen. Wohin Radek gegangen ist, wissen wir nicht, er verschwand nicht lange danach und hat nie wieder etwas von sich hören lassen. Vielleicht war ihm unser kleines Techtelmechtel peinlich. Zdenka hat einen netten Mann kennengelernt, mit dem sie heute in Salzburg wohnt. Wir schreiben uns noch regelmäßig und ab und an besuchen wir uns gegenseitig. Aber, es ist alles nicht so, wie ich es mir damals vorgestellt hatte."
Eine Weile aßen sie schweigend weiter und dachten über die Lebensläufe des jeweils anderen nach. In gewisser Hinsicht glichen sie sich, sie hatten beide nicht das bekommen, was sie sich von ihrem Leben erhofft hatten. Doch hatten sie auch beide etwas gefunden, was sie glücklich machte. Alena konnte sich mit ganzer Kraft ihrer Kunst widmen. Sie hatte ihren Traum zu ihrem Beruf gemacht und verdiente damit Geld, anstatt sich mit mühevoller Alltagsarbeit über Wasser halten zu müssen. Für Jan war es ein Leben in Freiheit, er saß nicht im Gefängnis und musste nicht jeden Augenblick damit rechnen, wieder von der Polizei verhört zu werden. Außerdem konnte er weiterhin mit Menschen arbeiten und ihnen ein bisschen von seinem Wissen weitergeben, auch, wenn er vorerst nicht wieder als Lehrer arbeitete. In der Tschechoslowakei hätte er sich wohl mit einer schlecht bezahlten Arbeit in einer Fabrik oder Ähnlichem herumschlagen müssen, nachdem er von den Kommunisten gebrandmarkt worden war.
„Ich habe begonnen, über all das ein Buch zu schreiben", sagte Jan schließlich. Seine Schwester sah

ihn neugierig an und bedeutete ihm somit, er solle weitersprechen.

„Es wird kein Roman werden. Eher ein Werk, das die Wahrheit ans Licht bringen soll. Über all die Lügen und die Zensuren, die das kommunistische Regime uns auferlegt hatte. Eine Art erzählendes Sachbuch, das dem Westen die Gräuel unserer Regierung und den Zwang, den sie den Bürgern auferlegt, näher bringen soll."

„Das ist toll", meinte Alena lächelnd. „Sicherlich wird es ein großartiges Buch werden. Erzählen konntest du schon immer gut."

„Na, ich weiß nicht so recht, ob ich das gut hinbekomme. Außerdem ist es bisher nur das Rohgerüst und es liegt noch viel Arbeit vor mir. Und dann brauche ich noch Jemanden, der es aus dem Tschechischen übersetzt. Jedenfalls habe ich etwas sinnvolles zu tun, etwas, was mir Spaß macht und ich bin zuversichtlich, dass ich es auch zu Ende bringen werde."

„Hast du nicht einmal daran gedacht, deine Geschichte aufzuschreiben, anstatt über die allgemeinen Dinge zu berichten?"

„Das war mein erster Gedanke. Aber irgendwie glaube ich, dass mir die literarische Ader dazu fehlt. Es wird wohl doch besser sein, wenn ich etwas wirklich Tatsächliches schreibe.

Jetzt lächelte auch Jan wieder.

„Ich möchte es unbedingt lesen, wenn du damit fertig bist."

„Natürlich. Du wirst die Erste sein, die es lesen darf. Weil du der wichtigste Mensch bist, der mir geblieben ist. Ich bin so froh, dass wenigstens wir uns nicht aus den Augen verloren haben."

Teil IV
Die Rückkehr

Über zwanzig Jahre waren vergangen, seit Jan die abenteuerliche Flucht aus seinem Heimatland geglückt war. Inzwischen hatte sich Einiges geändert. Nicht nur, dass er natürlich älter geworden war, nein, auch politisch gesehen gingen die letzten Tage nicht spurlos an der Welt vorbei. Man hatte wiedermal Geschichte geschrieben. Diesmal im positiven Sinne.
Nach den Gräuel des 2. Weltkrieges und der anschließenden Machtübernahme der Kommunisten der Sowjetunion, den vielen unnützen Toten und unschuldig Eingesperrten, war nun das geschehen, woran viele schon nicht mehr geglaubt hatten. Der eiserne Vorhang war gefallen. Die Bürger der osteuropäischen Länder durften endlich ungehindert ins Ausland reisen und Deutschland war wieder ein ungeteiltes Land geworden.
Und dabei schien es rückblickend gesehen so einfach. Durch friedliche Protestaktionen und ein wenig Druck auf die westlichen Politiker, wie im Fall der Besetzung der Deutschen Botschaft in Prag, konnte die samtene Revolution unblutig von Statten gebracht werden.
Die ungarische Regierung war die erste, die sich zu dem schweren Schritt entschlossen hatte und im Mai 1989 ihre Grenzen öffnete. Im August bildete Polen eine neue Regierung und im November überschlugen sich die Ereignisse, als die Berliner Mauer fiel, der bulgarische Parteiführer Schiwkow gestürzt wurde

und auch die Tschechoslowakei nach langen Streiks und vielen Demonstrationen vom alten Regime befreit wurde.

Das ganze Jahr über hatte Jan in seiner neuen Heimat in der kleinen Universitätsstadt Passau an der Grenze zu Österreich, mit seinem Heimatland gefiebert. Er hatte Unterschriftenaktionen veranstaltet und Briefe an die Regierungen geschrieben. Auch zwei Zeitungsartikel waren von ihm publiziert worden. Seine Freizeit verbrachte er ausnahmslos für die Befreiung seines Landes.

Nach langer Zeit hatte er auch wieder Kontakt mit seinen Bekannten und Freunden in der Tschechoslowakei aufgenommen. Ohne dabei Angst haben zu müssen, von etwas zu schreiben, was den Empfänger in Schwierigkeiten bringen könnte. Beide Eltern waren inzwischen verstorben. Alena und er waren auf der Beerdigung der Mutter gewesen. Zu der Zeit, als der Vater gestorben war, hatte Jan die deutsche Staatsbürgerschaft noch nicht, weshalb seine Schwester allein in die ehemalige Heimat reisen musste. Ludvik und Hanka lebten nach wie vor in Tschechien.

Allerdings hatten die beiden nicht mehr viel Kontakt zueinander. Eine Weile, nachdem Jan aus dem Land geflohen war, führten sie eine Liebesbeziehung, bis sie schließlich merkten, dass aus Freundschaft keine Liebe entstehen konnte. Sie trennten sich unter dem Versprechen, dass alles wieder so werden würde, wie zuvor, dass sie weiterhin miteinander befreundet wären und dieses kurze Intermezzo wollten sie einfach abhaken. Daraus wurde nichts. Bei jeder Zusammenkunft verhielten sie sich steif und teilweise wie Fremde zueinander. Und irgendwann riss auch das letzte kleine Stück ihres Verbindungsfadens auseinander, sodass sie sich nur noch zu Weihnachten und an den Geburtstagen schrieben oder miteinander kurze Telefonate führten.

Das war nötig geworden, da Ludvik 1971 in den Norden des Landes, in die Stadt Chomutov gezogen war, um dort in einem der Bergwerke als Ingenieur zu arbeiten. Hanka hatte geheiratet und nochmals zwei Kinder bekommen, sie war in Prag geblieben. Nur einmal trafen sie sich, vor circa fünf Jahren, da Ludvik geschäftlich in Prag zu tun hatte. Sie gingen zusammen Essen, um über die alten, gemeinsam verbrachten Zeiten zu sprechen.

Das alles hatte Hanka Jan geschrieben, nachdem er einen Brief ihrer Mutter erhalten hatte, die ihm ihre heutige Adresse mitteilte. Aber vor allem schrieb sie, würde sie sich wahnsinnig freuen, ihn wieder zu sehen. All die Jahre, in denen sie nur eine kurze Nachricht von Jans Eltern erhalten hatte, dass er nach Deutschland fliehen wolle. Danach aber kein Lebenszeichen mehr von ihm. Sie hatte sich sehr um den Freund gesorgt, sie wusste nicht, wo er war, oder ob er überhaupt noch lebte, bis sie Jans Eltern darauf angesprochen hatte.

Daher lud Hanka in ihrem zweiten Schreiben Jan zu sich und ihrer Familie nach Prag ein. Zwar lebten sie in einer kleinen Wohnung, wie sie ihm mitteilte, und konnten daher kein Gästezimmer anbieten, aber gleich um die Ecke wäre ein familiäre Pension, in der er gut und günstig übernachten könne.

Frühjahr 1990

Es war eine lange Reise, die Jan quer durch den Bayerischen Wald und durch halb Tschechien führen würde. Er besah sich die Reiseroute zuvor genau. Sein Weg würde ihn an Domažlice vorbei, über Pilsen nach Prag führen.
Das weckte zwar schöne Erinnerungen in ihm, er wusste aber nicht, ob er dem kleinen Dorf, das ihm im kalten und schicksalsschweren Winter 1969 / 70 so freundlich aufgenommen hatte, einen Besuch abstatten wollte. Irgendetwas in ihm wehrte sich dagegen, ein innerlicher Zwang, als hätte er sich selbst verboten, nochmals hierher zurück zu kommen. Daher beschloss Jan, zuerst einmal nur daran vorbei zufahren.
Die Arbeit hatte ihn von Zirndorf nach Passau verschlagen. Jan bekam eine Halbtagsstelle als Tschechischlehrer an der dortigen Universität. Dies war zwar nicht die Arbeit, der er in Prag nachgegangen war, denn es gestaltete sich um einiges anders, Studenten eine fremde Sprache beizubringen, als Kinder die Literatur, aber die Probleme mit der Grammatik hatten all seine Schüler gemeinsam.
Abends half er in einem Lokal aus, was ihm zusätzlich Geld einbrachte. Die Bezahlung der Universität war durch die Halbtagsstelle bedingt ziemlich dürftig. Aber auch diese Arbeit machte ihm Spaß. Er liebte das gesellige Zusammensein. Die Gäste waren gut gelaunt und zahlten reichlich Trinkgeld. Außerdem hatte er sich mit zwei der

Kollegen angefreundet und gemeinsam unternahmen sie kleine Ausflüge oder zogen an freien Tagen um die Häuser.

Jans Alltag war ruhig verlaufen, keine sonderlichen Höhen, dafür waren ihm aber auch weitere Schicksalsschläge erspart geblieben. Der bisher erhabenste Moment war es gewesen, als er sein Buch in Händen halten konnte, das ihm ein befreundeter Tscheche in Deutsche übersetzt hatte.

Vor acht Jahren hatte er sich eine 2-Zimmer-Eigentumswohnung gekauft, die er von seinem Gehalt abzahlte und ab und an gönnte er sich eine Reise nach Italien oder fuhr zu Alena nach Österreich. Am Morgen der Abreise nach Prag stand er sehr früh auf, um nicht in den Berufsverkehr zu geraten. Er lud seine Reisetasche in den Kofferraum seines roten Peugeot und machte sich auf den Weg in die ehemalige Heimat.

Ein wenig mulmig war Jan zumute, als er in der langen Schlange am Grenzübergang Furth im Wald stand und geduldig darauf wartete, dass die Wagenkolonne vor ihm abgefertigt wurde. Viel hatte sich hier in den letzten Jahren mit Sicherheit nicht verändert. Das alte Verwaltungsgebäude sah heruntergekommen aus, die kleinen Kontrollhäuschen steril und dennoch furchteinflößend. Wie eine Mautstation inmitten der Straße, die Jan aus Italien kannte. In einer separaten Spur reihten sich unzählige Lastwagen und warteten auf die Zollkontrolle. Die Fahrer waren teils ausgestiegen und gingen rauchend umher, oder sie unterhielten sich mit den Kollegen.

Den Nummernschildern nach hatte sich hier der gesamte Ostblock versammelt.
Einerseits freute es Jan, dass alles mit ansehen zu können, obwohl es sich dennoch um ein langweiliges Unterfangen handelte. Aber endlich war die Grenze zu Tschechien, wie jede andere Grenze auch. Es hätte sich auch um den Übergang nach Frankreich handeln können, um jede x-beliebige Station am Ende eines Landes. Andererseits musste er immer daran denken, dass er aus dem Land geflohen war. Vielleicht hatten sie noch immer Fotos der Abtrünnigen in den engen Kammern hängen, eine endlos lange Liste mit den vielen Namen, und würden ihn beim Eintritt in seine Heimat schließlich doch noch verhaften.
Trotz des deutschen Passes. Es klang so unwahrscheinlich und doch machte es Jan Angst, als er endlich an der Reihe war. Zuerst der deutsche Grenzbeamte. Er musterte ihn nur kurz, warf einen Blick in das Dokument und ließ ihn weiterfahren. Ein paar Meter weiter erreichte er die tschechische Kontrollstelle.
Auch der Tscheche nahm seinen Reisepass entgegen, las darin und musterte Jans Gesicht, bevor er nochmals das Dokument betrachtete.
„Fahren Sie bitte dort vorn zur Seite," sagte er schließlich ruhig.
Ein weiterer uniformierter Mann kam auf ihn zu und hieß ihn auszusteigen. Desinteressiert fragte er, ob etwas zu verzollen sei. Jan öffnete den Kofferraum und zeigte ihm die Kiste fränkischen Weins, die er als Geschenk dabei hatte. Der Mann warf einen Blick

hinein, ließ ihn seine Reisetasche öffnen, sah aber schon nicht mehr hin. Er reichte Jan seinen Pass und ließ ihn seine Reise fortsetzen.
Nun war es geschafft. Jan war nach über zwanzig Jahren wieder in seinem Heimatland. Einem freien Land, wie er nun am eigenen Leib festgestellt hatte. Zwar gaben sich die Grenzbeamten mürrisch und auf eine schroffe Art unfreundlich, aber das war nichts im Vergleich zu den Soldaten, die früher hier ihren Dienst getan hatten. Niemand würde ihn mehr verhaften, solange er keine illegalen Waren schmuggelte. Und erst recht würde niemand mehr auf einen Ausreisenden schießen. Jan fühlte sich freudig erregt, wie ein Kind, das gerade mit einem neuen Ball spielte, der viel geschmeidiger und leichter mit dem Fuß zu führen war, als das abgewetzte, alte Ding, aus dem stets schon die Luft entwichen war.
Gut gelaunt lehnte er sich in seinem Sitz zurück, schaltete das Radio wieder ein und fuhr gemächlich über die kurvige Landstraße, die ihn durch kleine Ortschaften und verfallende Kleinstädte führte.
Überall waren die Spuren einer Politik sichtbar, die sich nicht um ihr Land gekümmert hatte. Die Straßen waren voller Löcher, die teils wunderbaren, alten Häuser waren grau vom Ruß der nahen Fabriken, die Fassaden verfielen, der Putz bröckelte an allen Ecken und Enden. Teilweise wirkten die Orte wie Geisterstädte, als wären sie schon seit Generationen verlassen. Niemand würde vermuten, dass hier noch Menschen lebten. Alles war erschreckend für Jan, der es inzwischen gewohnt war, die deutsche Penibilität

Tag für Tag zu sehen. Und auch kam es ihm so vor, als wäre sein Land zur Zeit seiner Flucht noch nicht in einem derart verheerenden, desolaten Zustand gewesen.

Obwohl es inmitten des Tages war, ließen sich nur wenige Leute auf den Bürgersteigen und Plätzen blicken. Ab und an standen ein paar Roma in einer Gruppe vor einem schäbigen Lokal. Andernorts trugen alte Menschen gebückt ihre Einkäufe nach Hause. Auf einem Marktplatz sah er die Gesichter mehrerer Jugendlicher. Sie waren nicht vergnügt, Zorn funkelte in ihren Augen und es waren die Minen von Menschen, die resigniert hatten. Sie trugen billige Kleider aus den neu eröffnete Geschäften, die amerikanischer Mode nachempfunden waren. In knalligen Farben, dazu teilweise noch gestrickte Pullover. Von der Euphorie, die das Fernsehen aus Prag gesendet hatte, war hier wenig zu spüren.

Jan fuhr an mehreren jungen Mädchen vorbei, die mit lustlosen Gesichtern am Straßenrand standen und auf Freier aus Deutschland warteten. Manche von ihnen waren wohl noch keine zwanzig Jahre alt, sie waren noch nicht geboren gewesen, als er das Land verlassen hatten. Der Anblick schockierte ihn zutiefst. Der Wandel war von Statten gegangen, doch noch nicht bei den Bürgern angekommen. Die meisten waren noch immer gelähmt von der Trägheit eines vergangenen Zeitalters, das sie gewohnt waren, das sie aufgeben hatte lassen, an eine bessere Zukunft zu glauben. Es waren noch immer arme Leute. Manche von ihnen versuchten nun mit aller Macht, den neu gewonnenen Kapitalismus für sich zu nutzen, Geld mit dem zu verdienen, was sie hatten. Und das war manchmal nur ihr eigener Körper.

Frühjahr 1990

Jan kam es wie ein schöner, gut gehegter Traum vor, endlich wieder in Prag zu sein. Seiner Stadt. Seiner lange entbehrten Heimat. Natürlich hatten sich auch hier diverse Veränderungen ereignet, die Fassaden der Häuser waren ebenfalls verfallener, als er sie in Erinnerung hatte. Dafür waren die hässlichen, sterilen Trabantenstädte am Rande gewachsen, hatten sich wie eine tödliche Seuche ausgebreitet und verschandelten mit ihrem bloßen Dasein die Umgebung.

Jan parkte seinen Peugeot am Straßenrand zwischen verrosteten Škodas, Trabants und Ladas, den typischen Vertretern der osteuropäischen Verkehrsadern. Die Passanten blieben stehen und musterten seinen Wagen eingehend, während er sein Gepäck und die Kiste mit dem Wein aus dem Kofferraum holte.

In einem dieser hässlichen, trostlosen Plattenbauten wohnte Hanka. Jan stieg die Treppe zur Eingangstür hinauf und las die vielen verschiedenen Namen neben den Klingeln, bis er den richtigen Fand.

Und dann standen sie sich gegenüber. Nach zwanzig Jahren. Beide waren sie gealtert. Sie studierten die Gesichtszüge des anderen und dachten das gleiche, betrachteten die kleinen Fältchen, das ergrauende Haar, das Jan langsam auszugehen begann. Hanka hatte zugelegt, ihre einst schlanke, grazile Figur war unförmig geworden. Die Zeichen der Zeit hatten an beiden ihre Spuren hinterlassen.

„Schön dich zu sehen", sagte Hanka und lächelte. Sie trat einen Schritt zur Seite, sodass Jan in die Wohnung kommen konnte.

Er stellte sein Gepäck beiseite und sah sich zaghaft um. Die Wohnung hatte den warmen Charme der 70er Jahre, alles war schon aus der Mode gekommen und doch verhalfen die gelben und braunen Farbtöne dem Ganzen zu einer angenehmen, gemütlichen Atmosphäre. Hanka ging voraus ins Wohnzimmer, in dem ein hübsches, schwarzhaariges Mädchen saß.

„Ich nehme an, dass du Markéta nicht mehr erkennst," meinte Hanka schmunzelnd.

Das Mädchen blickte nun auf und Jan sah in das Gesicht einer schönen, jungen Frau. Ihre Augen waren leicht geschminkt, sie war eher zierlich und ein bisschen kleiner als ihre Mutter, ansonsten hatte sie die Züge Hankas, als diese in ihrem Alter war. Er reichte ihr die Hand.

„Als ich dich das letzte Mal sah, hatte ich dich auf dem Arm und du hast mich angeschrien."

Markéta schien das sichtlich peinlich zu sein, sie errötete leicht und lachte kurz auf.

Später saßen sie am runden Esstisch beisammen und tranken Kaffee. Hankas Mann war in der Arbeit und ihre Kinder zu dieser Zeit noch in der Universität. Nur Markéta hatte frei, da sie sich um ihre Hochzeitsvorbereitungen kümmerte. Während ihrer Unterhaltung war sie jedoch aus dem Zimmer gegangen.

„In zwei Wochen wird sie heiraten", meinte Hanka stolz. „Kannst du dir das vorstellen, Jan? Meine kleine Markétka. Wie schnell doch die Zeit vergeht."
„Ja, wenn ich so zurückdenke, dann weiß ich auch nicht, wie alles so schnell an mir vorbeigehen konnte. Ich erinnere mich noch an die Flucht, als wäre es vor einer Woche geschehen."
„Wie ist es dir denn in Deutschland ergangen?"
„Gar nicht so schlecht. Ich fand relativ schnell eine gute Arbeit, die ich seither ausübe. Nächstes Jahr habe ich mein zehnjähriges Jubiläum in der Kneipe. Ich habe eine hübsche, kleine Wohnung und fühle mich eigentlich ganz wohl. Hier bin ich geboren, Tschechien wird immer meine Heimat bleiben, aber mein Zuhause ist in Deutschland. Dort habe ich Freunde, dort gehöre ich jetzt hin."
„Du denkst also nicht darüber nach, wieder zurückzukommen?"
„Nein", antwortete Jan ohne zu überlegen.
„Und du hast nie geheiratet?" fragte Hanka neugierig.
„Dazu hatte ich wohl keine Gelegenheit. Ich hatte vor ein paar Jahren eine längere Beziehung zu einer netten Frau und ich hätte mir durchaus vorstellen können, sie zu heiraten und eventuell auch Kinder mit ihr zu haben, aber wir haben uns schneller auseinandergelebt, als wir dachten. Und danach kam keine Frau mehr, die ich wirklich lieben hätte können."
„Hast du sie einmal getroffen?"
„Wen?"
„Léňa."

„Nein, ich weiß bis heute nicht, wohin sie gegangen ist."

„Sie ist nach kurzer Zeit im Westen wieder nach Prag gekommen", meinte Hanka. „Ich wusste davon, ein gemeinsamer Freund hat es mir nicht lange nach ihrer Rückkehr erzählt. Ich wollte es dir nur nicht im Brief schreiben."

Verwundert sah Jan sie an.

„Bist du sicher?"

„Ja. Ich habe sie daraufhin ein paar mal getroffen, aber so wie vor ihrer Ausreise ist es nicht mehr gewesen. Wir haben wohl den gemeinsamen Faden verloren."

„Wieso ist sie zurückgekommen?" fragte Jan noch immer verdutzt. „Was ist geschehen."

„Léňa hat wohl geheiratet und ein Kind bekommen. Martin ist inzwischen auch schon erwachsen. Aber, ihr Mann hat sie viel allein gelassen und sie betrogen. Léňa konnte das nicht aushalten."

„Verständlich. Und was macht sie jetzt?"

„Soviel ich weiß, hat sie wieder geheiratet, aber keine Kinder mehr bekommen. Wo sie arbeitet und wie es ihr heute geht, weiß ich nicht. Wir haben uns lange nicht gesehen. Nur, dass sie ihre Entscheidung, in die Tschechoslowakei zurückgekehrt zu sein, nie bereut hatte. Nachdem sie die ersten paar Tage gebraucht hatte, um sich von all dem Erlebten loszulösen, ist sie wahrlich aufgeblüht und war wieder so ausgelassen wie früher."

Jan war erleichtert, als er das hörte. Im Grunde hatte er Léňa nie ganz vergessen können. Auch nach all den

Jahren dachte er noch ab und an an sie. Dass sie jetzt glücklich zu sein schien und in Prag mit einer Familie lebte, beruhigte ihn.

Es entstand eine längere Pause in der beide schwiegen. Hanka schenkte Jan nochmals Kaffee nach, dieser nahm sich ein weiteres Stück des frisch gebackenen Kuchens. Von der lange Fahrt war er hungrig geworden. Als er Hanka ansah, merkte Jan an ihrem Gesichtsausdruck, dass sie ihn eigentlich etwas fragen wollte, aber scheinbar nicht wusste, wie sie die Frage formulieren sollte, ohne ihn zu verletzen. Jan wusste, um welches Thema es sich handeln musste.

Markéta war inzwischen zu ihnen gekommen, hatte am Tisch Platz genommen und sich eine Tasse Kaffee eingeschenkt. Dies schien Hanka noch mehr zu verunsichern. Darum beschloss Jan, von sich aus über die Flucht zu erzählen.

„Weißt du", begann er an Hanka gewandt. „Das Schlimmste für mich damals war, meine Familie und die Freunde ohne ein Wort des Abschieds verlassen zu müssen. Das tat mir sehr weh, glaub mir. Aber, ich wusste, wenn ich jemanden darüber informiert hätte, hätte ich ihn ebenfalls in Gefahr gebracht. Außerdem hatte ich keine Zeit, es ging alles furchtbar schnell. Es war die schwerste Entscheidung meines Lebens und zugleich habe ich rückblickend das Gefühl, dass es auch meine kürzeste war."

Jan erzählte Hanka die ganze Geschichte über seine Flucht. Zuerst die Vernehmung durch die Polizei, dann die lange Zugfahrt, die ziellose Hatz durch den Wald, als die Grenzsoldaten hinter ihm her waren.

Dabei fühlte er sich, als würde er alles noch einmal erleben, die Bilder von damals liefen gestochen scharf vor seinem inneren Auge, als säße er in einem Kino und sähe einen Film über sein eigenes Leben. Doch es machte ihm nichts mehr aus. Nach all den Jahren war Jan über die nächtlichen Alpträume, nach denen er schweißgebadet aufgewacht war, hinweg. Auch das anfängliche Sehnen nach seinen Leuten und nach Prag war mit der Zeit immer weniger geworden, bis er irgendwann einsah, dass er von nun an in Passau sein Zuhause hatte.

Erst, als der Kommunismus am Ende war, begann er wieder darüber nachzudenken, dass er von nun an gefahrlos nach Tschechien reisen konnte, was ein paar seiner lange vergessenen Gedanken an die frühere Heimat wieder aufkeimen ließ. Erst da realisierte er, dass das vergangene Heimweh nicht vollkommen verschwunden war, dass er es nur in einen Teil seines Unterbewusstseins verdrängt hatte, wo es ihm nicht gefährlich werden konnte. Dennoch war es nicht mehr so stark, dass er wieder nach Prag zurückkehren und dort leben wollte.

„Und du hast den Schritt niemals bereut?" fragte Hanka schließlich.

„Nein", antwortete Jan. „Das ist, als würde man in aller Eile entscheiden, die beste und schönste Frau der Welt zu heiraten, weil man weiß, dass man das Richtige tut."

Dabei sah er Markéta an, die ihm die ganze Zeit über aufmerksam zugehört hatte und zwinkerte ihr zu, worauf alle drei lachten.

„Da war mein Leben wohl weitaus unaufgeregter", sagte Hanka. „Zuerst die Heirat, dann die anderen beiden Kinder, ein Leben für die Familie. Mein Mann hat Markétka aufgenommen, als wäre sie seine eigene Tochter und er hat hart gearbeitet, um uns Fünf zu ernähren. Aber in meinem studierten Beruf habe ich mich nie betätigt." Sie seufzte. „Ein Ehrenamt im Sportverein, das mich beschäftigte, als die Kinder aus dem Gröbsten heraus waren, war wohl alles. Aber das ist jetzt auch schon lange her."

„Du kannst immer noch etwas aus deinem Leben machen, Mama", meinte Markéta. „Bald sind wir alle aus dem Haus und du wirst von früh bis spät daheim sitzen und nicht wissen, was du mit deiner Zeit anfangen sollst."

„Sie hat Recht", pflichtete Jan bei. „Jeder ist für sein Leben selbst verantwortlich und er sollte das Beste aus jeder Situation machen."

*

Nach dem Frühstück in der kleinen Pension, die ihm Hanka empfohlen hatte, machte sich Jan allein auf den Weg, um Prag neu zu entdecken. Er wollte die Plätze aufsuchen, die ihm etwas bedeuteten, an denen er gelebt oder gewirkt hatte. All die Orte, die in seinen bereits verblassenden Erinnerungen immer wieder aufgetaucht waren.

Es gab natürlich Dinge und Schauplätze, die ihm die ganze Zeit über nie in Vergessenheit geraten waren, aber sie waren nicht so zahlreich, wie er immer vermutet hatte. Darunter waren das Geburtshaus, das Gymnasium an dem er lange Jahre gelernt hatte und schließlich die Universität. An seine Wohnung konnte er sich komischerweise nur sehr vage entsinnen, vielleicht gehörte sie zu den Schauplätzen, die er aus seine Gedanken verbannt hatte. Sei es aus Selbstschutz, um sich die letzten Stunden nicht wieder wachrufen zu müssen, in denen er von den Polizisten vernommen worden war, oder, weil sein Geist es irgendwann für unwichtig erachtet hatte.

Wesentlich intensiver waren dafür die Eindrücke, die Jan in den letzten Kriegswochen gehabt hatte, in der Zeit, als er zusammen mit der Mutter und Karel auf dem großen Gut inmitten von Feldern und freier Natur war. Was danach kam, war wieder verschleiert und er erinnerte sich erst wieder an seine Gymnasialzeit, an die Freunde, wie er Hanka und Ludvik kennenlernte, daran, wie Alena eingeschult wurde.

Als erstes führte der Weg Jan zum Grab seiner Eltern. Es war ein sehr alter, baumbestandener Friedhof, etwas außerhalb der Stadt gelegen, umgeben von zweistöckigen Häusern, die eine heimliche Kleinstadtatmosphäre verbreiteten. Das Grab war sehr sauber, kein Unkraut wucherte um die Begrenzungssteine und auf dem marmornen Grabdeckel lag noch nicht allzu lang ein Strauß Blumen. Wahrscheinlich würde die alte Tante, wie sie die weitaus ältere Cousine seines Vaters immer nannten, das Grab in Ordnung halten, wie sie es schon immer getan hat, seit Jans Großeltern und

Tante und Onkel väterlicherseits gestorben und hier beerdigt waren. Allerdings musste sie dann inzwischen weit über neunzig Jahre alt sein.
Jan betrachtete den grauen Stein der Grabplatte lang. Wie gerne hätte er seine Eltern noch einmal gesehen, wie gerne hätte er sie zu sich eingeladen, oder ihnen einfach mehr geschrieben, um ihnen das mitzuteilen, was ihn beschäftigte. Doch in den wenigen Briefen, die sich sich gegenseitig schickten, standen nur nichtssagende Belanglosigkeiten, zu groß war die Gefahr gewesen, dass sie von einer Behörde abgefangen und gelesen worden wären. Er hatte ihnen immer unter falschem Namen geschrieben, immer unter dem Pseudonym, das er schon angenommen hatte, als er im Dorf den ersten Brief schickte, den Namen Helmuts. Sicher hätte die Polizei einen Brief mit seinem Namen im Absender abgefangen und gelesen. Vielleicht wären sie nie bei seinen Eltern angekommen. Deshalb hatte er sich zu diesem Schritt entschieden.
Nacheinander besuchte Jan weitere wichtige Anlaufstellen seines früheren Lebens. Mit dem Bus fuhr er nach Prag zurück, es war eine zu lange Strecke, um sie zu Fuß bewältigen zu können. Den Weg zwischen dem Gymnasium und seinem Elternhaus allerdings, den er zu seiner Schulzeit täglich nehmen musste, schritt er auch heute zu Fuß ab. An dem Weg hatte sich nichts verändert. Zwar waren einige Häuser neu erbaut worden, aber die Strecke war noch immer die gleiche. Das selbe unwegsame Kopfsteinpflaster auf dem Gehweg und

Jan fühlte sich sogleich in eine längst vergangene Epoche zurückversetzt.

Ihm kamen Dinge und Ereignisse in den Sinn, die er schon für vergessen gehalten hatte. Die kleinen Raufereien mit den Kameraden, das fröhliche Lachen, wenn sie mit guten Noten aus der Schule nach Hause zurückkehrten und diejenigen aufzogen, die nicht so gut abgeschnitten hatten, wie sie selbst. Aber auch eine Begebenheit fiel ihm ein, die ihm damals – zu Recht – eine Ohrfeige des Vaters eingebracht hatte.

Jan und ein ehemaliger Freund waren gerade in die sechste Klasse gekommen, während Helena, das Mädchen eines Nachbarn, die für ihr Alter viel zu kleinwüchsig und vor allem sehr schüchtern war, in die fünfte Klasse ging. Auf dem Nachhauseweg des ersten Schultages, das Wetter war noch herrlich sommerlich, schlossen sie auf die kleine Helena auf, die mit einem neuen Stoffhasen auf dem Arm , den sie zur Einschulung ins Gymnasium bekommen hatte, ebenfalls zu ihrer Wohnung zurückkehrte.

An der Stelle, an der sie damals Helena einholten, blieb Jan stehen. Der Baum, der die Ungerechtigkeit damals mit ansehen musste, stand noch immer, er schien auch in all den Jahren nicht viel größer geworden zu sein. Jan wäre nicht auf die Idee gekommen, Helenka auch nur anzusehen, er hätte sie überholt und wäre weitergegangen, so, wie er sie schon immer nicht beachtet hatte. Sie war eine bloße Gegebenheit in seinem Leben gewesen, jemand, der zufällig in seiner Nähe wohnte, mehr aber auch nicht.

Doch der Freund war gut aufgelegt und wollte dem Mädchen einen Streich spielen. Abrupt blieb er vor ihr stehen und genoss für einen Augenblick den entsetzten Ausdruck ihres Gesichtes. Es war unübersehbar, dass sie panische Angst vor dem älteren Jungen hatte. Jan blieb ebenfalls stehen und sah seinen Freund verwirrt an. Noch heute konnte er sich an die Worte erinnern, die er zu der kleinen Helenka sagte:
„Gib den Hasen her, den essen wir zu Mittag!" forderte er sie grob auf. Helena drückte ihr Stofftier fest an die Brust und sank merklich in sich zusammen. Sie versuchte, sich an die steinerne Mauer zu drücken, die den Gehweg von dem winzigen Garten trennte. Tränen begannen aus ihren angsterfüllten, weit aufgerissenen Augen zu fließen.
„Komm, gib schon her!" schrie er Helena an und versuchte, ihr den Hasen zu entreißen. Aber sie hatte eines der Beine so fest umklammert, dass es bei dem kräftigen Ruck abriss. Der Junge lachte nun hämisch und wedelte mit dem dreibeinigen Hasen vor ihren Augen herum, während Helenka zu schluchzen begann.
„Na, willst du ihn wieder haben? Dann hol ihn dir."
Er warf das Stofftier herüber zu Jan, der es fing, genauso wie er den verweinten und flehentlichen Blick des Mädchen auffing, der ihn hoffnungsvoll traf und bat, ihr zu helfen. Aber, Jan wollte keine Schwäche zeigen und fing ebenfalls an, ihr mit dem Hasen vor dem Gesicht herum zu wedeln. Sie warfen ihn ein paar mal hin und her, wobei er mehrmals im

staubigen Straßendreck landete und sahen belustigt zu, wie Helenka immer mehr weinte. Doch mit einem Mal schien dem Freund das Spiel zu dumm zu werden und warf das Stofftier über die Mauer auf den Baum, wo er in den dünnen Zweigen zwischen den Blättern hängen blieb.

„Da, hol ihn dir, du Heulsuse!".sagte er, wandte sich um und ging davon.

Jan warf noch einen Blick auf Helena, die mit dem abgerissenen Bein in der Hand weinend dastand und sich nicht traute, auch nur den kleinsten Schritt zu unternehmen. Dann folgte er seinem Freund.

Als es abends an der Wohnungstüre läutete, hatte Jan den Vorfall bereits wieder vergessen. Umso größer war die Überraschung, als plötzlich der Vater und der Nachbar in seinem Zimmer standen. Helenas Vater hatte die beiden Hasenteile in der Hand. Es folgte eine lange Szene, in deren Verlauf ihm sein Vater die Leviten las und ihm schließlich eine Ohrfeige verpasste. Helenkas Vater stand nur stumm dabei und beobachtete alles mit ruhige Gelassenheit.

Noch heute schämte sich Jan für sein damaliges Verhalten. So, wie er sich jedes Mal zutiefst schämte, wenn er Helena nach diesem Vorfall auf der Straße vor dem Haus oder in der Schule sah. Auch, wenn das Mädchen keine Überlegenheit zeigte, sondern noch immer furchtbare Angst vor ihm zu haben schien.

Seufzend ging Jan weiter und ließ die Stelle seiner jugendlichen Schande zurück. Was mochte wohl aus der kleinen Helenka geworden sein? Nicht lange danach war sie mit ihrer Familie weggezogen und hatte auch die Schule gewechselt. Und auch den Freund hatte Jan schnell aus den Augen verloren.

Als er sein Geburtshaus erreichte, fiel Jan ein Stein vom Herzen. Insgeheim hatte er damit gerechnet, dass das alte Gebäude nach dem Tod seiner Eltern abgerissen worden wäre, aber dem war zum Glück nicht so. Es hatte sich all die Jahre über nicht viel geändert, lediglich im Vorgarten waren die hohen Haselnusssträucher gefällt worden, was dem Grundstück eine sonderbare Leere verlieh. Jan betrat den gepflasterten Weg, den schon zu seiner Jugendzeit Grasbüschel und Unkräuter verunziert hatten und las die Namen an der Haustür. Jedoch kannte er niemanden, der jetzt in diesem Haus wohnte, also warf er einen letzten Blick zurück und verließ den Stadtteil Vinohrady.

Jan verbrachte noch den ganzen Tag in Prag. Er genoss das laue Wetter und schlenderte von einer Erinnerung zur nächsten. Gegen Abend machte er sich einen Spaß daraus, in eine größere Buchhandlung in einer Seitenstraße zum Wenzelsplatz zu gehen, um durch die Auslagen zu stöbern. So kurz nach dem Umbruch gab es noch nicht viel neue Literatur zu entdecken, aber Jan war erstaunt, dass dennoch ein paar Autoren, die während des Kommunismus verboten gewesen waren, Einzug in die Regale gehalten hatten. Auch die Zeitungskiosks gaben sich weltoffen, es gab die London Times, die Süddeutsche Zeitung und die Bild neben den deutlich dickeren Ausgaben der einheimischen Verlage.

Viele Geschäfte führten in ihren Auslagen schon die lange ersehnten Waren aus dem Westen, technische Geräte aus Japan, Kleidung aus den USA und frische, exotische Früchte. Es schien, als hätten die Prager alles angekarrt, was irgendwie verfügbar gewesen war. Junge Leute trugen Sportkleidung amerikanischer und deutscher Unternehmen, manche Frauen teure Kleider mit italienischen Designerschnitten. Und auch im Straßenbild tauchte ab und an schon ein Westwagen mit einheimischem Kennzeichen auf.

Hier in der Hauptstadt war es, im Gegensatz zu den ländlichen Regionen, die Jan auf seiner Hinreise durchquert hatte, deutlicher sichtbar, dass ein Ruck durchs Land gegangen war. Es würde nicht mehr lange dauern, bis sich Tschechien und die anderen osteuropäischen Länder denen des Westens angeglichen hatten.

*

Jan lenkte seinen Wagen über eine von tiefen Schlaglöchern gezeichnete, schmale Straße, die durch dichten Wald führte. Es war eine Reaktion gewesen, die er sich selbst nicht genau erklären konnte, als wäre er von einem fremden Willen gelenkt worden. Die ganze Strecke über von Prag bis kurz vor Domažlice war er in Gedanken damit beschäftigt gewesen, wie er nun verfahren sollte. Er konnte sich nicht entscheiden, ob er das Dorf noch einmal sehen wollte, oder nicht. Doch dann war er von der

Hauptstraße abgebogen, ohne nochmals darüber nachgedacht zu haben.

Da Jan damals quer über Felder und durch den Wald gekommen war, verfuhr er sich jetzt, da er auf direktem Weg fahren konnte, einige Male. Dann erkannte er schließlich das Haus der Roma, das nicht weit vom Dorf entfernt stand und wusste, dass er nun am Ziel war.

Am Ende des Waldes hielt er am Straßenrand an und stieg aus. Vor ihm lag das lange vergessene Dorf. Und es schien, als wäre es nur in Jans Erinnerungen erhalten geblieben, vom Rest des Landes übersehen, vielleicht sogar von den Landkarten getilgt. Wer wusste das so genau und der Anblick vor ihm gab den Eindruck preis, als könnte dies wirklich zutreffen.

Nichts schien sich großartig verändert zu haben. Das ein oder andere Haus war neu gestrichen worden, hier und da gab es einen neuen Schuppen oder ein umgekippter Gartenzaun war ersetzt worden. Aber, Jan konnte auf den ersten Blick nicht erkennen, dass ein neues Haus gebaut, oder ein altes abgerissen worden wäre. Es waren die vertrauten kleinen Gebäude, die sich an den sanften Hang schmiegten. Alles war genau so, wie damals – nur der Schnee fehlte.

Links von ihm lagen die Häuser. In einem von ihnen hatte Ina damals gewohnt. Dazwischen führte die Straße, vor der Kurve war die alte Eiche zu erkennen, weit dahinter die unauffällige Kapelle. Auf der rechten Seite der Straße die größere Hofstelle mit der schon früher windschiefen Scheune, im Hintergrund das Gemeindehaus, das einzige, das nach dem Krieg errichtet worden war, in dem sich die Bürger manchmal versammelten und in dem es einen kleinen Ausschank ohne Küche gab.

Jan blickte über die leicht abfallende Wiese zum Waldrand hinunter. Ein schmaler Pfad führte mitten hindurch an einer mit Stacheldraht versehenen Weideumzäunung entlang. Dort war die Hütte, in der er ein paar Wochen im Winter der Jahre 1969 und 70 verbracht hatte.

Aber, der Anblick, der sich Jan bot, war mehr als bedauerlich. Helmuts Haus war in einem desolaten Zustand, das Dach in der Mitte durchgedrückt, es würde wohl nicht mehr lange dauern, bis es eingestürzt wäre. Ebenso, wie der kleine Stall, in dem die Tiere lebten. Dem hohen Gras ringsum zu urteilen, hatte das Grundstück auch seit geraumer Zeit niemand mehr betreten.

Als Jan dem ausgetretenen Weg hinunter gefolgt war, musste er feststellen, dass die Scheiben teilweise eingeworfen waren, die Eingangstür war nur angelehnt. Er ging hinein. Es roch muffig nach Staub und abgestandener Luft. Mitten im Zimmer lagen zwei unförmige Steine, die die Fenster zertrümmert hatten. Nur noch wenige Möbel, wie der abgenutzte Küchentisch, daneben zwei zerbrochene Stühle und ein eingefallenes Regal, standen im einstmals gemütlichen, wenn auch kargen Zimmer. Auch von dem Bett, in dem Jan damals geschlafen hatte, war nur noch die Strohmatratze übrig. Auf dem schimmligen Bettlaken befand sich Mäusekot.

Überall hingen riesige Spinnweben an den Decken und der graue Staub hatte sich mit ein paar verwelkten Blättern vermischt.
Die hölzernen Dielen knarrten unter Jans Gewicht, leise drang der laue Wind durch die geöffnete Tür und verwirbelte den Staub. Weiter hinten im Raum huschte etwas von einer Ecke in die andere. Scheinbar eine Maus. Ihm wurde schwer zu Mute, wenn er daran zurückdachte, was Helmut dem Haus leben gespendet hatte, wie behaglich es damals war. Im Ofen knisterte ein wärmendes Feuer, die einfache Einrichtung verlieh dem Haus eine rustikale Gemütlichkeit. Und jetzt diese Leere. Jan wusste nicht, was er vorzufinden gehofft hatte, aber, dass das Haus sich selbst und damit dem Verfall überlassen worden war, damit hatte er nicht gerechnet.
Vom angrenzenden Stall war nur noch ein kümmerliches Gerippe übriggeblieben. Alles Brauchbare hatten wohl irgendwelche Leute mitgenommen, das Holz für neue Gebäude verwendet, oder einfach nur verheizt. Unkraut und schwerfällige Brombeerranken hatte das restliche Gebäude fast komplett zugewuchert.
Traurig kehrte Jan um und ging zur Straße zurück. Im Dorf kamen ihm zwei jüngere Männer in verschmutzten Hosen und mit Schaufeln entgegen. Sie musterten ihn neugierig. In einem Hof spielte ein Mädchen Seilhüpfen, ein zotteliger Hund bellte ihn lustlos an. Aus einem Haus drang undeutlich die Musik eines Radios.

Auf dem Friedhof musste Jan nicht lange suchen, bis er das Grab gefunden hatte, in dem damals bereits Helmuts Frau beerdigt gewesen war. Nun stand auch Helmuts Name darunter. Er war vor über elf Jahren gestorben. Da das Grab sauber und mit frischen Blumen bepflanzt war, konnte man davon ausgehen, dass sich jemand aus Inas Familie noch immer darum kümmerte. Wenigstens ein Lichtblick, dachte Jan.

Obwohl Jan geahnt hatte, dass Helmut nicht mehr am Leben sein würde, überkam ihn in diesem Moment eine tiefe Trauer. Innerlich hatte er doch irgendwie gehofft, er könne den alten Mann noch einmal wiedersehen. Er hatte ihm soviel zu verdanken und damals so wenig Zeit gehabt, ihm dies mitzuteilen.

Seltsamerweise fühlte er sich allerdings auch befreit, als wäre er einer schweren Last endlich entledigt worden, die er seit Jahren mit sich herumgetragen hatte. War es, dass er nun an Helmuts Grab nochmals an alles zurückdachte? Das hatte er aber die vergangenen Jahre über ebenfalls getan. Es musste mit dem Ort zu tun haben. Damit, dass er in das Dorf zurückgekehrt war, in dem sein Leben den entscheidenden Wendepunkt erhalten hatte.

Herbst 1977

Das Wetter war nass und der Himmel grau bewölkt. Es regnete schon seit zwei Tagen ununterbrochen durch, was Helmut in seinen schmerzenden Gelenken spürte. Aber, was macht das schon, dachte er. Ich kann mich sowieso fast nicht mehr bewegen, ohne dabei Beschwerden zu haben. Da kommt es auf die Gelenke auch nicht mehr an. Er stand, auf seinen Stock gestützt, am Fenster und betrachtete melancholisch die herunterfallenden Tropfen, die auf den Schotter vor dem Haus niederprasselten und seichte, aber großflächige Pfützen hinterließen.
Langsam schlurfend kehrte Helmut zu seinem Sessel zurück. In fröstelte, obwohl es nicht kalt im Raum war. Er schob es beiseite, dachte nicht mehr daran, so, wie er alles um sich herum in den letzten Stunden vergessen hatte. Nichts war mehr von Belang, alles schien ihm eintönig und lebensfremd. So musste sich jemand fühlen, der gerade alles verloren hatte, dachte er.
Seine Lungen rasselten, als er eine selbstgedrehte Zigarette angezündet und den Rauch tief eingeatmet hatte. Er war jetzt siebenundsiebzig Jahre alt, was konnte ihn noch erwarten? Was würden noch für entscheidende Schicksalsschläge auf ihn zukommen? Wahrscheinlich keine wichtigen mehr, dachte er sich.
Wieder sah er zu Tosca hinab, die zu seinen Füßen auf dem ausgetretenen Teppich lag. Ihre Schnauze war mit dem Alter von graubraun ins hellgraue

verfärbt worden. Sie lag auf der Seite, die Augen geschlossen. Sie war vor etwa zwei Stunden eingeschlafen und würde nie wieder erwachen. Helmut seufzte, ein paar Tränen rannen ihm über die stoppeligen Wangen.

Während der nächsten Minuten wanderte er rastlos zwischen seinem Sessel und dem Fenster, aus dem er einige Momente einen verstörten Blick warf, hin und her, bis er sich schließlich doch dazu entschloss, nach draußen zu gehen. Ohne seine Mütze aufzusetzen griff er nach dem Spaten und ging zum nahen Waldrand.

Sie waren zusammen alt geworden, die Hündin und der Herr. Immer war sie ihm eine treue Kameradin gewesen, jemand, der ihm nicht nur Gesellschaft leistete, sondern, der ihn auch oft durch ihre Tollpatschigkeit zum Schmunzeln brachte. Helmut war, als wäre mit Tosca das letzte Lebewesen gestorben, das ihn an diese Welt band.

Sicherlich, Ina kam nach wie vor täglich in die Hütte und besuchte ihn, aber, seitdem sie mit den Kindern beschäftigt war, hatte sie kaum noch Muse, sich auch noch um ihn zu sorgen. Sie war verheiratet, hatte ihre eigenen Probleme und Sorgen. Helmut verstand das und freute sich durchaus für Ina. Nur, seitdem Ivan gestorben und Herr Fuks zu seiner Tochter nach Pilsen gezogen war, fehlte es immer mehr an Leuten, mit denen er reden konnte. So war Tosca für ihn zum Schluss die einzig wirkliche Zuhörerin. Er hatte innig gehofft, vor ihr sterben zu dürfen.

Unter starken Schmerzen machte sich Helmut daran, im weichen Boden am Waldrand eine letzte Ruhestätte für die Hündin zu graben. Es fiel ihm nicht leicht, immer wieder konnte er sich vor Leid kaum noch bewegen, seine Lunge brannte und er ächzte bei jedem Spatenstich, wobei ihm der kontinuierliche Regen durch die Kleidung drang.

Nach der großen Anstrengung ließ er den Spaten zurück und ging zurück ins Haus. Er zog den leblosen Körper Toscas auf eine alte Decke, stülpte diese um und zog das tote Tier unter Aufbietung seiner letzten Kräfte bis zum Grab, wo er noch lange, mit nasser Erde beschmiert, auf den Spaten gestützt stand und still trauerte.

Frühjahr 1990

Inas braune Augen leuchteten Jan an, als wäre sie kurz davor, Tränen zu vergießen. Aus dem ehemals grazilen Mädchen war eine schöne Frau geworden, deren Gesichtszüge über all die Jahre hinweg erhalten geblieben waren, nur um die Augenpartien herum zeigten sich leichte Fältchen. Ihr naturblondes Haar war von feinen, weißen Strähnen durchzogen, was es auf den ersten Blick noch heller erscheinen ließ. Sie war etwas fülliger geworden, was aber keineswegs zu ihrem Nachteil war. Jan hätte sie sofort wieder erkannt, hätte sie unter tausenden von Frauen gestanden.
„Janíček...!" sagte Ina und betrachtete ihr Gegenüber mit einer Mischung aus entsetztem Schrecken und lähmender Überraschung.
Jan erinnerte sich an das letzte, was Ina ihm hinterher gerufen hatte, als er die Tschechoslowakei für immer verließ. Es war die selbe Koseform seines Namens und es kam ihm sogar so vor, als hätte sie sie genauso ausgesprochen und betont wie damals am letzten Stückchen Rand des Böhmerwaldes.
„Was machst du hier?" fragte sie ihn, noch immer verwirrt. „Komm erst einmal herein."
Ina wohnte noch immer in dem Haus, in dem ihr Vater die Schreinerei betrieben hatte. Allerdings waren aus der Werkstatt keine Geräusche zu hören. In der Stube hatte sich bis auf ein neues Fernsehgerät nichts verändert, es schien, als wäre die Zeit stehengeblieben. Auf einer am Boden ausgebreiteten

blauen Decke krabbelte ein kleines Kind von etwa einem Jahr, es versuchte ausdauernd, ein Kuscheltier zu sich zu ziehen.

„Mein Enkel", sagte Ina lachend, als sie Jans verdutzten Blick sah. „Ich bin vor elf Monaten Großmutter geworden."

Sie nahm den kleinen Jungen auf den Arm. Er hatte die selben braunen Augen wie Ina, er grinste den unbekannten Besucher listig an, als wäre er der Herr im Haus und begann dann, vor sich hin zu brabbeln.

Sie setzten sich an den Tisch. Ina hatte ihnen Tee bereitet und ein paar Kekse mit dazugestellt, offensichtlich selbstgebacken. Das Kind war nach einer Weile eingeschlafen und lag friedlich schlummernd auf der Decke.

„Es freut mich sehr, dich nach so langer Zeit wieder zu sehen", sagte Ina. „Es ist schön, dass du mich nicht vergessen hast."

„Ich wollte schon gar nicht kommen", antwortete Jan verlegen und schilderte kurz, wie er im Grunde nach seinem Ausflug in die Hauptstadt wieder nach Hause fahren wollte.

„Gut, dass du dich anders entschieden hast", sagte Ina. „Nach all dieser eintönigen Zeit, die ich hier verbrachte, war es immer auch eine stete Hoffnung, dass du eines Tages zurückkehren würdest. Ich gebe zu, die Chance war mehr als gering, aber ich konnte nicht aufhören, daran festzuhalten."

„Hattest du denn ein so schlechtes Leben hier?" fragte Jan ungläubig und wollte damit auch von der

Tatsache ablenken, dass Ina ihn noch immer als einen wichtigen Teil ihres Daseins betrachtete.

„Wie ich bereits sagte, es war eintönig." Ina sah ihn betrübt an und atmete durch, hielt die Teetasse in beiden Händen. Sie hatte das durchgemacht, was die meisten Mädchen in den abgelegenen, ländlichen Regionen erfahren hatten.

Kurz nachdem Jan aus ihrer Reichweite verschwunden war, hatte sie geheiratet. Nicht aus Liebe, sondern im näheren Sinne des Selbstschutzes wegen. Was wiederum Jaroslavs Schuld gewesen war, der ihr nach wie vor den Hof machte. Aber Ina wollte nach dem hinterlistigen Vorfall, nachdem er Jan der Polizei ausgeliefert hatte, nichts mehr von ihm wissen und kündigte ihm ebenso die Freundschaft.

Hier hatte Ina die Rechnung allerdings ohne ihren Vater gemacht. Dieser hatte sich voll und ganz hinter die Entscheidung des Revierförsters gestellt. Auch er wollte den Fremden, von dem man im Grunde nichts wusste, aus dem Dorf zu jagen. Das, was Jan von sich erzählte, begann er immer öfter zu behaupten, war mit Sicherheit gelogen. Jaroslav war also nach wie vor ein gern gesehener Gast des Vaters, sodass Ina ihm nur selten aus dem Weg gehen konnte.

Um endlich ihre Ruhe vor ihm zu haben, hatte sie Vrata geheiratet, der zwar bei Weitem nicht ihr Traummann war, aber, wie sich herausstellte, führten die beiden eine gute und ruhige Ehe. Vrata blieb so ruhig, wie er schon seit seiner Kindheit gewesen war. Er sagte weiterhin nur das Nötigste und beteiligte sich selten an Gesprächen, war aber dafür ein ausgezeichneter Zuhörer. Es zog ihn nicht allabendlich ins Wirtshaus und er hatte auch kein Interesse an anderen Frauen. Für die beiden Kinder, die kurz nacheinander geboren worden waren, erwies er sich als ein guter Vater, der ihnen abends vor dem Einschlafen immer Geschichten erzählte.

Sie wohnten weiterhin bei Inas Eltern und vor allem die Mutter freute sich, Großmutter geworden zu sein. Jaroslav hatte nach einiger Zeit ein Mädchen aus der Stadt geheiratet und eine gehobene Stellung im Forstamt angetreten. Daraufhin sah sie ihn anfänglich nur noch sehr selten und bekam ihn schließlich gar nicht mehr zu Gesicht.

Als der Vater vor sieben Jahren starb, war Vrata das Oberhaupt der Familie. Doch, das Schicksal meinte es nicht gut, denn auch der zweite Mann im Haus starb nur wenige Wochen später. Vrata wurde von dem herabstürzenden Balken eines Daches, an dem er gerade mit ein paar anderen Männern des Dorfes arbeitete, erschlagen. Die beiden Kinder waren damals elf und knapp dreizehn Jahre alt.

„Von nun an musste ich mich um die Familie kümmern", erzählte Ina. „Ich suchte mir eine Arbeit als Verkäuferin in einem Lebensmittelladen in Domažlice und ging täglich den langen Weg in die Stadt. Wenn Mutter nicht nebenbei ihre Stickereien verkauft hätte, wären wir wohl nicht über die Runden gekommen. Zum Glück änderte sich das vor zwei Jahren, als Lucie, meine Älteste, ihren jetzigen Mann kennenlernte. Wir haben wieder einen Mann im Haus, der die Familie miternähren kann."

Ina hatte frischen Tee gemacht und brachte die Kanne an den Tisch. Sie nahm das soeben aufgewachte Kind auf den Arm und setzte sich zu Jan.
„Hast du nicht überlegt, wieder zu heiraten?" fragte Jan.
„Nein, habe ich nicht. Zuerst fehlte mir die Zeit, einen Mann kennenzulernen und danach war ich glücklich mit meinem Leben. Mit der Zeit hatte ich mich daran gewöhnt, dass ich mein Schicksal allein in die Hände nehmen muss, um meiner Familie zu helfen."
Es war später Abend geworden. Inzwischen war Lucie von der Arbeit nach hause gekommen und kümmerte sich, nachdem sie von Ina vorgestellt worden war, um ihr Kind. Jan und Ina waren nach draußen gegangen. Schweigend schlenderten sei einige Minuten lang durch den Ort, gingen an den Häusern vorbei, die Jan bereits vor ein paar Stunden passiert hatte. Beide merkten den nahen Abschied, doch schienen sie auch beide nicht zu wissen, was sie dem jeweils anderen mitteilen sollten.
Es war, als hätten sie sich zum zweiten Mal kennengelernt. Als wäre davor zwar schon ein gemeinsames Leben gewesen, aber es existierte nur noch in den tiefsten Erinnerungen. Nach so langer Zeit kann man nicht einfach davon ausgehen, dass man einen Menschen noch immer kennt. Bedürfnisse, der alltägliche Trott, geheime Wünsche und stete Hoffnungen, das alles änderte die Anschauungen. Es lässt manchmal auch den Charakter nicht unberührt. Während die Jahre vergehen, hinterlassen sie

eindeutige Spuren an den Leuten, die sie durchschreiten. Manchmal in positiver Hinsicht, ein anderes Mal entwickelt sich die Weltanschauung leider negativ. Je nach den Erfahrungen, die der Mensch in seinem Leben macht.

Doch die gemeinsame Sympathie war nach wie vor Bestandteil ihres Beisammenseins, Ina und Jan hatten gleich von Anfang an wieder zusammen gefunden, als wäre die letzte Trennung nur ein paar Augenblicke zuvor gewesen. Umso schwieriger war es nun für beide, diesen letzten Teil ihres Gesprächs in einer Weise anzufangen, dass sie vorsichtig ausdrücken mussten, auch zukünftig miteinander in Kontakt bleiben zu wollen. Es sollte nicht wiederum alles dem Zufall überlassen werden.

Sie mussten sich annähern, um sich nicht zu verlieren. Eine heikle Situation, denn das ganze Geflecht ihrer Gefühle, seien sie nun freundschaftlich oder weitschichtiger, war brüchig und musste demnach behutsam behandelt werden. Für Jan war unübersehbar, dass Ina ihn nach wie vor nicht vergessen hatte, sie machte sich insgeheim wieder Hoffnungen, dass sich ihrer beider Leben doch noch zu einem einzelnen zusammenfügen würden.

„Was wirst du nun machen?" brach Ina das Schweigen.

„Ich werde wohl wieder nach Deutschland zurückkehren."

„Dann nimm mich mit. Ich bin immer noch bereit, dir dorthin zu folgen, Janíček. Ich liebe dich noch immer."

Dank

Im Zuge der langwierigen Recherche möchte ich mich vor allem bei den Leuten bedanken, die mir einige Dinge über die Zeit Ende der 1960er in der damaligen Tschechoslowakei dargebracht haben:

Ludmila Rakušanová (PNP)
Norbert Assel (Stadtarchiv Zirndorf)
Alexander Thal (Bayerischer Flüchtlingsrat)
Jaroslav Verner (Geschäftsführer TV Sokol München)
Dr. Wolfgang Schwarz (Kulturreferent für die böhmischen Länder im Adalbert Stifter Verein München)
Barbora Michelfeitová (Kulturamt Domažlice)
Team Prager Literaturhaus
Lucie Stastková

Ganz besonders möchte ich mich bei der Schriftstellerkollegin Helena Reich bedanken, die mich durch den Text geführt hat und ihn immer wieder mit kritischen Hinweisen versehen hat.

Auch möchte ich mich bei Nick Woodland für die Genehmigung bedanken, einen Auszug aus seinem Lied „Smell the roses" als Zitat verwenden zu dürfen.

Deggendorf, November 2016

Lassen Sie sich von wunderbaren Erzählungen und fantasievollen Autoren anstecken.

Besuchen Sie uns:
Mehr zu Eichenblatt Literatur und den einzelnen Autoren

Unsere Internetadresse
www.eben-robert.com

Unerreichbar nah
Gedichtsammlung
Robert Eben

Gedichte über die Liebe, die Natur und deren Bewohner, über das Alltägliche und gezielte Kritik an unserer Gesellschaft.

Eichenblatt Literatur 2010
ISBN 13:   978-3839167250